U0091996

# 鴻運小廚娘 3 完

文創風 458

初語 著

# 目錄

# 第六十一章

秀王妃回到王府上房，麗蓉已等在那兒，眼睛腫得像核桃，道：「娘親可是去找小閒為我出氣？我一大早去找過她了。」

「傻孩子，要找小閒也不是現在。」秀王妃嘆了口氣，道：「她原是丫鬟，妳不知她與葉啟有私情情有可原，不用自責，也不必遷怒於她。」

若是以前，麗蓉進門後把小閒納為妾侍，再拿捏她也就是了。葉啟心愛之人又如何？麗蓉占著大婦名分，要整治得小閒生不如死易如反掌。現在卻是大大不同，小閒已是官宦人家嫡女，嫁給誰，都只能做大婦。

秀王妃接過麗蓉遞來的茶，吃了一口，道：「為娘進宮，請翁貴妃作媒，促成葉啟那小子與小閒的親事。」

麗蓉大吃一驚，失聲道：「娘親！」小閒可是她的情敵，娘親不說好好收拾她，還為她出面，這是什麼情況？

秀王妃把茶吃了，放下茶碗，讓麗蓉坐到她身邊，拉著她的手，溫聲道：「陳氏一向愛面子，妳是郡主之身，她都瞧不上眼，若是嫡長子娶了丫鬟，面子一下子丟光了，娘親這是為妳報仇呢。以後只要那小閒一露面，自然有人宣揚她的丫鬟身分以此羞辱她，連帶著打盧國公府的臉。妳的氣，可不就出了？」

麗蓉的眼淚就像珍珠，一滴滴往下掉，道：「那三郎呢？」

「傻孩子，」秀王妃嘆氣，道：「陳氏已經向翁貴妃求娶丹陽了，難道妳想姊妹易嫁？妳乃堂堂郡主，怎堪被人如此羞辱？」若不是恨陳氏踩高踏低，她又怎麼肯出此下策。

麗蓉還是不甘心，正待對母親表白自己愛葉啟之心，廊下侍候的丫鬟急急進來，道：「葉夫人來了。」

話音未落，陳氏已闖了進來，橫眉怒目喝道：「宸娘！」隨著話聲，揮掌便打。都是大家閨秀出身，什麼時候動過手了？秀王妃完全沒提防，被陳氏一巴掌搧在頭上，髮髻歪了，人也懵了。

麗蓉傻了，宮女也傻了，一時間靜悄悄的。陳氏順勢抓住秀王妃的髮髻，劇烈的疼痛襲來，讓秀王妃本能地反抗，一頭把陳氏頂得一屁股坐倒在地上，帶得她也向前撲。

麗蓉嚇得直哭，丫鬟們忙上前攙扶秀王妃。

陳氏帶來的丫鬟也衝進來，見陳氏頭上的步搖簪子掉一地，髮髻歪了，衣衫不整，不由望向秀王妃。秀王妃披頭散髮，一支簪子在髮間搖搖欲墜，身邊也是一堆首飾頭面。

明月扶起陳氏，哭道：「這是怎麼了？」

「我們走。」陳氏帶著人，如來時一樣呼嘯而去。

在馬車上，明月幫陳氏梳頭整理衣衫，待她心情稍微平復，才道：「秀王妃好狠的心，把夫人的脖子都勒紅了。」

陳氏倒不在乎脖子上的紅痕，恨恨道：「賤人居然請翁貴妃出面保媒，要把小閒那個賤婢嫁到盧國公府！」
明月張口結舌。「啊……」實話說，她沒覺得小閒成為少夫人有什麼不好，只是陳氏的脾氣她一向深知，這話是萬萬不敢說的。
「貴妃娘娘答應了沒有？」她陪著小心道。
陳氏哼了一聲，道：「翁貴妃倒不蠢，沒有應承。」
說話間，馬車駛進盧國公府側門，陳氏一下車便吩咐道：「去看看三郎可在啟閒軒？讓他過來一趟。」
自有小丫鬟飛跑而去，明月、明珠一左一右扶著陳氏進了東廂房，吩咐小丫鬟打水侍候她梳洗，換了衣裳，上了茶，才屏聲息氣退下。
陳氏越想越氣，想讓盧國公府成為京城的笑柄？門兒都沒有！
「去，把國公爺找來！」陳氏厲聲道。
盧國公府面臨生死考驗，這混蛋無論如何也得站在她這邊才是。

一大早發生的這些事，葉啟自是全不知情。大舅母張氏一直想把表妹許配給他，魏國公府沒有皇室高貴，母親推脫時，想必用他與小閒做了藉口，所以大舅母在畫舫上見到小閒，才會仇人見面分外眼紅。
葉啟一個人坐在書房，面前是一個小泥爐，爐上的紫砂提梁壺上冒出白煙，水咕嚕咕嚕地響。

順發垂手站在屋角，看看紫砂提梁壺，看看葉啟，心裡暗暗嘆氣。郎君練完箭回來一直坐到現在，連姿勢也沒變過，到底想搞哪樣？

門外的說話聲很輕，順發還是聽到了，再次看了看葉啟。

「夫人找我？」葉啟得到門外剪秋的稟報，唇邊露出一抹嘲諷的笑。又有什麼事呢？天天這麼折騰。

小丫鬟大氣不敢出，跟在葉啟身後去了上房。

陳氏一言不發，就那麼盯著葉啟看。他拉過一個大迎枕，往那兒一靠，半閉著眼，任由母親看去。

半晌，陳氏道：「為娘一定會為你求娶丹陽公主，就算再等幾年，為娘也一定會等。」

葉啟睨了她一眼，道：「娘親說完啦？說完兒子回去了，還有一堆事等著兒子呢。」

這是什麼態度？屋裡的丫鬟們強忍著才沒有笑出聲。

陳氏差點吐血，道：「以後不許跟麗蓉那小賤婢來往，兄妹相稱也不行。」

葉啟瞟了明月一眼，示意詢問。

明月苦笑道：「夫人不如把今早的事告訴郎君吧。」

陳氏瞪了明月一眼，道：「還不去看看國公爺回來了沒有？」

明月不敢再說，低頭出了東廂房。

葉啟隨後告退回啟閒軒，吩咐剪秋。「找個藉口去明月那兒套套口風，看看今早發生什麼事了。快點回來稟報。」

剪秋忙丟下做了一半的針線，來到上房。走近東廂房的廊廡，便傳來茶碗摔在地上的聲音，廊下侍候的人一個個頭都快垂到胸口了。

她停了腳步，不敢再往前走，在前引路的守門僕婦嚇得掉頭就跑，連眼前還有一個活人都顧不上了。雖然心裡害怕，好奇心還是驅使剪秋伸長脖子往東廂房的方向張望。

丫鬟們都在廊下侍候，像兩道屏風把房門圍住，雖然換了湘妃竹簾，屋裡還是什麼也瞧不見。

明月一轉頭，瞧見在不遠處探頭探腦的剪秋，心裡打了個突，忙放輕腳步走過來，低聲道：「妳這會兒來做什麼？」

剪秋一把拉住她，道：「天氣漸漸暖和，我想做件春裳，來問問妳可有新式的花樣子？」

這時候誰還顧得上花樣子！明月能混到陳氏身邊一等大丫鬟的位置，自然不是吃素的。她似笑非笑地睇著剪秋，道：「是不是三郎君讓妳過來？這會兒國公爺在屋裡呢，沒得閒，妳下午再來吧。」

原來夫人對國公爺發脾氣呢。剪秋不敢再說，道了謝，一溜煙跑了。

秀王妃請翁貴妃作媒，為葉啟求娶柳氏女，不到半天便傳遍勛貴人家。

不要說勛貴們覺得不可思議，就是勛貴家的千金也很好奇。什麼樣的女子，才請得動秀王妃出面呢？一時間，很多人開始打聽小閒是個什麼樣的人？有怎樣的家世人品？

這些，小閒自然不知。她抽空去了東市的幾家店鋪，東市北與皇宮毗鄰，西臨著名的平康坊，乃是達官貴人聚居的場所，所賣貨物價值極高。

每天午時一刻，開市的鐘聲響起，各家店鋪撤下門板開門營業，早就等在東市大門外的百姓們一擁而入，順著四通八達的青石板路，慢慢逛著。

小閒帶了袖袖、青柳走在人群中。

前面一家珠寶店，兩個滿頭珠翠的婦人帶了婢女剛剛離開，婢女手裡捧了幾個紅漆雕花匣子，看樣子收穫不少。

小閒走了進去，一個眉清目秀的夥計迎上來，滿面堆笑道：「娘子想買些什麼？請隨小的來。」

店裡還有幾個帶婢女挑首飾的婦人，小閒隨夥計來到擺放金釵的櫃前，只見或金鑲玉，或金鑲珍珠，各式各樣的金釵晃得人眼張不開。

夥計取出兩支釵子，都是赤金的，釵頭鑲著一塊翡翠，道：「這是今年最新的款式，小娘子戴最合適了。」

小閒笑問了價錢，又看了幾款別的，就在夥計以為她會挑中自己賣力推薦的那一款時，袖袖湊過去道：「這是東家。」

「啊？」夥計一怔，道：「請稍待。」

很快，胖胖的掌櫃從裡間出來，把小閒迎了進去。

「東家，這是最近三個月的帳，妳請看看。」胖掌櫃姓趙，早得了囑咐，驗過憑證後，馬上把帳冊奉上。

這是東市最有名的珠寶店，生意不是一般的好。小閒才看了一頁帳，臉上已變了色。這可是下金蛋的母雞，有這麼一家店，不要說吃喝不愁，就是置田置地也不在話下。葉啟怎麼弄到手的？

趙掌櫃道：「原先的東家犯了事，三郎君才盤下的。」

小閒吁了口氣，沒有仗勢欺人強搶就好。

趙掌櫃陪著小心看小閒的臉色，道：「小老兒沒見過三郎君，是一位叫順發的小哥兒與小老兒接觸，說三郎君把小店送予娘子，手續俱全，一切由娘子作主。小老兒等了好些天，可算等到娘子了。」

文書手續確實齊全，小閒好言撫慰幾句，查了帳才離開。

轉了個彎，一間三開門面的綢緞莊門口圍滿了人，小閒望了一眼牌匾上三個楷書大字：「花慕容」，不由笑靨如花。

青柳上前道：「讓一讓。」

有人瞪了她一眼，見是一個十五、六歲的青衣小婢，不僅不讓，反而腳步錯動，把能窺見前面的一點縫隙都堵死了。

青柳哪裡是好惹的，手腕微一用力，按在那人肩頭。那人只覺半邊身子痠麻，被青柳輕輕一推，便讓開了。

如此這般，青柳在前面開路，小閒、袖袖緊跟其後，不一會兒，三人擠進店裡。

眼前是一條燦若雲霞的裙子，一邊是彩色的，一邊又是灰色的，臨近裙邊處，卻是黑色，這麼多色彩聚於一條裙上，偏偏沒有違和感。

小閒在心裡讚嘆的當兒，袖袖已道：「好美的裙子，怎麼織出來的啊？好多種紅色。」

小閒吃了一驚，她看到的是彩色、灰色、黑色啊，哪裡是好多種紅色了？

旁邊一個珠光寶氣的婦人嫌棄地道：「沒看清楚不要亂說話。」

看清楚什麼？小閒剛要走近兩步好好看看，一旁的掌櫃笑道：「小娘子不知，這是本店的鎮店之寶，百鳥裙，乃是採集百鳥的羽毛織就而成，裙子上又織有一百種鳥的圖案。小娘子請走近一步，看看顏色可相同。」

小閒果然上前一步，裙子的顏色又變了，卻是絢麗多彩，紅黃白藍紫皆有。不過一步的距離，差別便這麼大。小閒三人瞠目結舌。

掌櫃姓張，是個頭頂微禿的五十餘歲老漢，一張圓臉笑得像彌勒佛，道：「這條裙子不同的人看是不同色，這是在屋裡，若在大太陽底下……」話沒說完，嗡嗡聲一片。

站在前排的一個長臉少女向身邊的婢女使個眼色，婢女大聲道：「這條裙子，我家娘子要了！」

先前嫌棄袖袖的婦人道：「這條裙子是我先看中的，妳有沒有家教啊，先來後到懂不懂？」

那少女自是不甘示弱，反唇相稽起來。一時間，唇槍舌劍，加上兩人帶來的婢女加入戰團，圍觀人們不停起鬨，聲浪遠遠傳了出去，又引來更多的人，花慕容門前人山人海。

小閒悄悄退後兩步，站在旁邊觀戰。

待聲勢大時，張掌櫃笑道：「這樣的裙子，需頂頂出色的織娘織三年而成，還需有花色品種合適的羽毛才成。最少三年內，這樣的裙子普天之下只有一件，也就是本店這件鎮店之寶。本店原沒有打算轉手的——」

「我出五千兩。」婦人截口道。

「六千兩。」少女清脆的聲音讓不少人的心怦怦亂跳。

張掌櫃為難道：「小老兒得請示一下東家，這裙子可是本店的鎮店之寶……」

婦人一隻胖胖的手掌拍在裙子旁邊的櫃檯上，厲聲道：「一萬兩！」

全場寂靜，哪怕一根針落在地上，也能聽到聲響。

少女顯然沒料到婦人如此大手筆，不禁張大了櫻桃小口。

張掌櫃怔了有一息，道：「這個……」

婦人大聲道：「貴店東家是哪一位，可否請出來一見？」

「賣了吧、賣了吧！」人們開始起鬨。

小閒笑吟吟地看著張掌櫃，不知他在此等情景下會作何決定？

張掌櫃為難地揪著自己稀稀疏疏的鬍子，道：「小老兒可是擔了偌大的責任。」

婦人吩咐身邊的婢女。「把名帖留下。」又對張掌櫃道：「我身上只帶兩千兩銀票，先做訂金，現派人去取銀兩。」

送到面前的是兩張面額一千兩的銀票，張掌櫃「糾結」了半天，才伸手接了，道：「既是魏國公府上的夫人，小店自是要給面子的。夫人這邊請用茶。」

那婦人面有得色，隨張掌櫃進了裡間，待隨從回府取銀子，夥計把那條裙子細心包裹好，交給婦人的婢女。

魏國公府！小閒吃了一驚，這婦人不是張氏，卻不知是魏國公府哪位，有如此大的手筆？其他客人見百鳥裙的事塵埃落定，也搶起店裡的其他衣服，速度之快，付款之豪爽，讓小閒再次目瞪口呆。

這條百鳥裙讓花慕容的檔次提高不少，襯得店裡其他成衣的價格也高了起來。一條披帛售價八百兩，那個胖胖的婦人眉頭都不皺一下，便讓隨身的婢女取出銀票；那件粉紅色交領窄袖衫，居然賣出一千二百兩的高價。

袖袖摸了摸懷裡的錢袋，腿肚子直打哆嗦。裡面只有十幾兩碎銀子和一張五十兩的銀票，原本她以為已經帶了很多錢，沒想到還不及人家一個零頭。

夥計們收錢收到手軟，一時無人理會小閒。

等到店內的衣服被哄搶一空，人們聚在門口靜等婦人的隨從送錢來時，店裡的小閒主婢便顯得突兀了。夥計們開始從庫房搬貨物過來補充，小閒站在那裡又有些礙手礙腳。

袖袖輕輕扯了扯小閒的衣袖，道：「我們到店外候著吧。」她也想看那位夫人是否能從府裡取出銀子，一萬兩呢，可不是小數目。

小閒微微搖頭。

# 第六十二章

一個十六、七歲的夥計含笑過來，道：「娘子請稍待，小店很快補齊貨物。」又問小閒。「可要到裡間吃茶？」

她微笑頷首，在人們的議論聲中昂步走進擺設矮榻、几案，明顯是貴賓室的裡間。

婦人倨傲地睨了小閒一眼，冷哼了一聲。

小閒笑道：「逛了半天，有些渴了，討碗茶吃。」

「有有有，娘子請稍待。」張掌櫃眼底閃過一絲異色，在分茶時，分了小閒一碗。

「不知夫人如何稱呼？」小閒主動和婦人搭訕。

婦人不理。她可看得真真的，眼前的小姑娘站了半天，可沒買一丁點東西。她最瞧不起這種人了，光看不買啊。

小閒笑道：「不知魏國公府陳夫人與夫人如何稱呼？我還是前幾天見過她一面，不知她近來可好？」

婦人露出不敢置信的神情，道：「妳見過陳夫人？」

「是。」小閒臉上依然帶笑，神情卻淡淡的，道：「前些日子鄭國公夫人邀我一同遊曲池，陳夫人也在座，卻不知夫人為何沒去？」

張氏遊曲池的事，婦人知道，小閒這麼一說，她便信了，笑道：「妾身是陳夫人的妯娌，娘家姓王，不知小娘子如何稱呼？」

原來是張氏的妯娌，陳氏的二嫂王氏，卻不知她哪來的大手筆，一出手便是一萬兩。

小閒笑道：「奴家姓柳。」

王氏「啊」了一聲，指著小閒道：「妳……妳就是……」

好在她反應快，把狐狸精三個字吞回肚裡，上上下下打量起小閒來。

張掌櫃露出釋然的神情，語氣恭敬道：「小娘子請吃茶。」原來是東家到了。

在人們好奇的議論聲中，回府取錢的隨從沮喪地回來了。

「帳房上只支了四千兩，李先生說，再多卻是不能了。」隨從越說聲音越低。

李先生是魏國公府的帳房。陳曆身為嫡長子，世襲魏國公的爵位，魏國公府並沒有分家，庶務並在一起，幾兄弟依靠每年的分紅過日子，也就是說，他們分房不分家。帳上的銀錢，由住在魏國公府前院，深受陳曆敬重的帳房李先生掌管，只有每年的年末才發放分紅。

能支四千兩，已是不易，可是眾目睽睽之下，王氏如何收場？只見她柳眉倒豎，厲聲訓道：「你是怎麼做事的？連幾千兩銀子也支不出來？」

有人冷笑。「好大的口氣。」

幾千兩銀子可不是小數目，能在花慕容購物的人，哪個不是非富即貴，也沒見誰有這麼大的口氣；再說，大家可都是拿銀票支付，沒有誰拿不出錢來的。

王氏臉紅得要滴出血來，大聲斥責那個隨從。「連這麼一點小事也辦不好，我養你們做什麼……」

那隨從平日在王氏跟前也是個有臉面的，這時當眾被她如此訓斥，頭垂得低低的，臉紅似關公。

小閒向張掌櫃使個眼色，張掌櫃微微頷首，站起來，推開牆上一扇小門，向裡走去。那門隱在多寶槅旁，又跟多寶槅同色，一般人還真沒注意。

小閒沒想到裡面還有一間屋子，舉步時，青柳也跟著站起來。她不放心，緊緊跟隨。

把小門關上，張掌櫃拱拱手，道：「小老兒見過東家。」

小閒笑了笑，把憑證拿給他看，道：「你剛才做得很好。」

不過是幾句話，便把一條裙子賣到一萬兩的高價，這樣的人才確實難得，不知葉啟從哪兒請來的。

張掌櫃細細驗了憑證，雙手遞還給小閒，謙遜道：「不敢當東家誇獎。」

小閒道：「那條裙子本錢多少？」

張掌櫃不明白小閒的用意，但還是恭恭敬敬道：「兩千兩銀子購下的。還是三郎君作的主，說雖然貴了些，先在店裡放一段時間，三郎君自有用處，並不急著出手。沒想到今天遇到兩個傻子爭著買這條裙子。小老兒連價都沒開呢。」

小閒笑問：「若由你開價，你開多少？」

張掌櫃也笑了，伸出一隻手，道：「三郎君說，能賣五千兩，便是小老兒的本事了。」神態間不無得意。

京城勛貴滿街走，但人情來往，成群奴僕要養活，出則非馬車即馬匹，入則居豪宅，富麗堂皇的擺設，夏綢緞冬毛皮，腰間的羊脂玉、頭上的珠翠，哪樣不要錢？

百姓們看著風光無限的勛貴，但凡沒有別的進帳，靠朝廷發的俸祿生活，不要說被勛貴圈子瞧不起，就是生活品質，比老百姓還不如呢。

屈指算來，真的沒有幾個人會花五千兩銀子買一條裙子，一萬兩更是想都不用想。

小閒笑道：「三郎沒有看走眼，你確實能幹。」誇了他幾句，轉入正題，道：「我想為那位陳夫人作保，讓她先把裙子取走，不知可否？」

張掌櫃臉上詫異之色一閃即逝，笑道：「東家吩咐，小老兒遵命就是。」

真是聰明人。小閒不由高看了他一眼，道：「我會跟三郎說一聲。」

張掌櫃拱手稱謝。

從小門出來，王氏還在訓斥那位隨從。若不如此，她實在是沒有臺階可下。

外面圍觀的人更多了，先前有人花一萬兩買一條裙子的消息把花慕容提高到無可比擬的地位，不要說東市的同行趕來，就是西市的成衣店綢緞莊的掌櫃，也都往這裡趕，就是想瞧瞧此事的真假。

此時眾目睽睽之下，王氏拿不出錢，丟的可不僅僅是自己的臉面，連花慕容都有人質疑。

小閒從小門出來，便聽一個小眼睛男子對另一個中年男子道：「不會是花慕容想出名想瘋了而設的局吧？」

若此事成真，花慕容可就成同行第一，再沒人可以與它比肩了。

小閒笑吟吟地對氣急敗壞、聲嘶力竭的王氏道：「奴家蒙陳夫人青眼有加一同遊曲池，又與夫人一見如故，妳我算是有些淵源。若是夫人手頭一時不方便，我倒可以立下字據，以三天為期，為夫人作保。」

正經來說，王氏並不能稱為「夫人」，不過仗著魏國公府的名頭，世人又多喜捧高踩低，她是花慕容的常客，也是東市的常客，來了，誰不稱呼她一聲夫人？

王氏一怔，手還戳在那隨從額頭，待反應過來小閒願意給她作保，不由大喜，道：「如此，多謝了，還請掌櫃立字據。」

若是三天內她拿不出四千兩的餘款，花慕容可是要向小閒追討的，她一時沒想到張掌櫃憑什麼相信小閒，只覺得遇到一個大大的好人，解了她的圍，當下沒口地道謝。

張掌櫃二話不說，揮毫寫下字據，一式三份，三人簽了字，按了手印，拿到店門前揮了揮，對圍觀群眾道：「陳夫人雖然手頭一時不方便，好在同來的這位小娘子願意作保，現如今這條稀有的百鳥裙便歸陳夫人所有了。」

先前說話的小眼睛男子湊上來掃了一眼字據，搖頭對中年男子道：「天底下怎有這樣的傻瓜？」

若是這位婦人賴帳，小姑娘豈不是白白賠進去四千兩？那是四千兩啊，這樣規模的店面也可以盤下兩間了。

不少同行搖頭嘆息，沒想到事情會圓滿解決，花慕容果真賣出一條一萬兩的裙子。看熱鬧的百姓卻興致勃勃地談論起豪擲萬金的王氏，以及有錢沒處花的小閒，一個個不停咋舌。這些有錢人，真讓他們仰望。

待人群散盡，王氏鄭重向小閒道謝。「過兩天再過府拜訪。」

小閒笑道：「夫人不必客氣，天色不早，我也該回去了。」

王氏咬牙切齒道：「府裡是大嫂當家，一向與我不睦，今兒是故意作踐我呢，我怎麼能與她善罷干休？妳雖敬她是長輩，我卻不怕她。」

小閒笑笑道：「魏國公府的家事，我一個外人不好多嘴。」

王氏吩咐貼身丫鬟抱了裝百鳥裙的檀香匣子，道：「我這就去與她理論理論。」

小閒目送她離開，回轉身對張掌櫃道：「記得去催帳。」

張掌櫃微微彎腰，笑咪咪道：「是。」

小閒上了馬車離開時，東市的闔市鼓已敲響。一路上，袖袖出神半晌，幽幽道：「郎君待姊姊真好。」這哪裡是送鋪面，簡直是送會下金蛋的母雞，不用說，那些良田也是上好的了。

小閒心裡何曾不是倍覺溫暖。他可真有心，這份情，她又要如何回報呢？

青柳卻一路沈默，到柳府巷口，要下車時，才道：「其實夫人待娘子也不錯。」

小閒啞然失笑，道：「夫人自是待我極好。妳現在是我的人了，可要心在我這兒才好。」

說話間，三人下車，袖袖付了車錢，車夫自去。

福哥兒在門口探頭探腦，一見小閒走來，忙迎上來道：「娘子，下午有一位極美的小娘子找妳，在車裡等了小半個時辰，妳還沒回來，特地讓小的轉告一聲，她明天上午還來，請娘子在家裡等她。」說著遞上帖子。

小閒看了，很意外，邊往裡走邊道：「宋十七娘找我做什麼？」和她的交情並沒有好到相互走動的地步，她來幹什麼？

小閒想不通，自然不再想，讓袖袖去隔壁傳話，請葉啟得便來一趟，然後把廚子叫來，看晚飯準備好了沒有。

晚上，下起了雨，小閒擔心葉啟冒雨趕來，算了算日子，今兒他須進宮輪值，怕是這會兒才回府，想必還沒接到她的消息。她喊了袖袖幾聲，袖袖卻一直坐在窗下傻笑。

青柳上前推了推她，她才望過來，道：「做什麼呢？」

「妳笑什麼？」小閒好奇道。

袖袖挪到小閒身邊坐下，道：「姊姊一下子成了有錢人，我高興呢。」

她剛才粗略算了一下，小閒這是日進斗金啊，照這麼下去，買房置地，再買一幢大宅子也不在話下。到時候，她跟在小閒身邊，成了和汪嬤嬤一樣的內宅大總管，奴僕丫鬟們個個俯首聽命，數不清的銀錢經她手裡過，她想嫁誰，央求小閒准了，世世代代在小閒的子孫手下當大總管，豈不是好？

小閒哪裡知道她想得這麼長遠，翻了個白眼，道：「這些都是三郎的產業，不過先放在我這裡罷了。」

袖袖呵呵地笑，道：「郎君與姊姊不分彼此。」

青柳耳朵靈敏，道：「我聽著外面有人敲門。」

撐了傘出去，不一會兒，身著蓑衣的葉啟走進來，青柳放下雨傘，接過他的蓑衣。

「雨這麼大，你怎麼來了？」小閒忙遞了帕子過去。

葉啟卻不肯接，把臉湊上來，意欲小閒幫自己擦。

小閒嬌嗔地橫了他一眼，眼角上挑，媚眼如絲，把葉啟都看呆了。

「下這麼大雨，怎麼還來呢？」小閒心疼地給他擦臉上的雨珠。

葉啟嘻嘻笑了兩聲，道：「我從皇宮直接過來的，反正得趕路，來妳這兒也是趕，回府也是趕，有什麼不同？」

在他心裡，她在的地方就是家。

小閒收了帕子，輕輕依在他懷裡。葉啟伸臂攬住她的腰，袖袖和青柳臉色緋紅，悄沒聲息地退了下去。

兩人就這樣依偎著。良久良久，小閒才抬起頭，凝視葉啟的臉，道：「我去東市了。」

葉啟輕輕嗯了一聲，低下頭，親了親小閒的額頭。

「那麼好的鋪面，怎麼就送了我呢？」她嗔怪道。

笑意便從葉啟眼底逸出來，拉著她在矮榻上坐了，柔聲道：「給妳備下的嫁妝呢。」

「嫁妝？」小閒輕呼出聲，瞬間明白，胸臆間便被滿滿的感動充滿了。

以父親的古板清廉，哪裡能為她攢下什麼嫁妝？可是最近幾年，攀比之風大盛，京城富貴人家嫁女，嫁妝已經高達兩萬兩以上。葉啟這是為她考慮，生怕別人說三道四，特地先過戶到她名下，以後就算有人起疑，也不好說閒話。

小閒雙手環住葉啟的腰，頭靠在他胸前，道：「這些天，夫人給你氣受了吧？」

母親自從跑去秀王府與秀王妃打了一架，回來便開始歇斯底里，不僅派人盯他的梢、查他的崗，還天天找碴和父親吵。

秀王府有皇帝派去的人，這邊打架，那邊便把消息遞進宮裡。皇帝去了紫宸宮，和翁貴妃說了小半個時辰的話；然後，翁貴妃便放出話來，丹陽公主自小嬌生慣養，可是要找一個溫柔寬厚的婆婆，太剽悍的婆婆，丹陽公主承受不起。

只是這話，卻不方便告訴小閒，沒得增加她的負擔。葉啟挑開心的話說。「太后要為三皇子說親了呢，妳知道挑來挑去，挑中誰家嗎？」

三皇子十七歲了，要擱在尋常人家，早當爹了。

小閒見葉啟避而不談，更是擔憂，仰臉看他，道：「說了誰家的姑娘？」

葉啟笑道：「妳想都想不到。千挑萬選，最後選中翰林編修伍思略家的閨女。」

小閒很意外，道：「為什麼會選中他家？」皇室不是最重血統，最講究門當戶對嗎？怎麼找了翰林這樣一個清貴的親家？

葉啟笑道：「三皇子聽說，也很意外。我們便商量著要去會會這位伍氏，妳猜怎麼著？」

「怎麼樣？」

葉啟先笑了一陣，才道：「我派人去打探，得知伍氏要去報國寺進香，我們便扮作香客，一大早趕了過去。到的時候，剛好伍氏下車──」說到這兒，他已笑得不行。

小閒好奇心起，道：「不會是伍氏特別美貌，三皇子做了出格的事吧？」

若是如此，皇帝一定饒不了他，御史們彈劾的奏摺淹也淹沒了他，想必葉啟也不會樂成這樣。話一出口，她便推翻了自己的猜測。

葉啟拉了小閒的手道：「哎喲，笑得肚疼，快幫我揉一揉。」

這時的他，哪裡還有平時身姿挺拔如松的樣子。小閒的手隔著圓領缺胯袍，觸到他平坦結實的小腹，手指微僵，心跳不由加速。

抬起頭，卻瞧見他亮晶晶的眼睛和眼中的一團火。小閒猛地抽回了手。

葉啟臉紅紅的，別過臉去，道：「伍氏頭戴冪籬，長什麼樣倒沒瞧見，只是那身材，滾圓滾圓的，好生富態。周十四一見便笑出了聲，三皇子臉上掛不住，推了周十四一把，周十四沒提防，腳下一個趔趄。我們打鬧，本來也沒什麼，沒想到那伍氏竟差身邊一個小丫鬟過來訓斥我們，說我們是登徒子……」

說到這兒，葉啟笑得喘不過氣，再也說不下去了。

小閒不由也笑了起來，道：「三皇子不滿意這件婚事啊？」

# 第六十三章

想來他們一定不僅是互相推了一把，肯定還有別的出格行為，要不然伍氏也不會氣得支使丫鬟去訓斥了。只是，報國寺的僧人還沒說什麼呢，她也太多管閒事了。

葉啟好不容易笑歇了，回頭道：「可不是，最近正和太后鬧著不要這門親呢！」

小閒聽他聲音有些嘶啞，從他懷裡離開，拿火摺子點燃几案上小泥爐裡的銀霜炭。

葉啟忙道：「妳怎麼做這個，喚袖袖來吧。」

小閒不想屋裡多個人破壞兩人獨處，笑道：「我燒火煎茶，我們再說會兒話。」

葉啟從懷裡抽出錦帕，拿起她的手，細細擦了。雪白的錦帕上還帶著他的體溫，以及若有若無的香氣。

他以前只在屋裡熏淡淡的百合香，衣裳上是不用熏香的。小閒湊近細細聞了，道：「這是什麼香？」

葉啟笑道：「翁貴妃新製的香，呈給陛下的。我在奉天殿站了一天，不知不覺身上便帶了這個香味了。」

難怪呢。小閒想像皇帝那麼一個老男人，屋裡熏這麼濃的香，不由抿著嘴笑，那彎彎的眉眼，調皮的神態，要多可愛有多可愛。

葉啟看呆了，室內一時靜謐。

紫砂壺裡的水咕嚕咕嚕冒泡，小閒去提壺，他才回過神，忙道：「小心燙。」搶著接了。

袖袖恰在此時在門外低聲道：「姊姊，阿郎來了。」

小閒吃了一驚，道：「父親怎麼來了？」這都什麼時候了，又下雨，他還沒歇下嗎？她想著鋪面的事還沒細說，還有魏國公府的情形沒問，葉啟卻已道：「我先走了。」半夜三更的，就算沒做什麼事也是有嘴說不清，葉啟主意已定，開了門，閃進雨幕裡，飄然而去。小角門原沒關死，一推便開了。

這邊，柳慎的聲音道：「小閒，妳可歇了？」接著便是砰砰的拍門聲。

小閒深呼吸，示意站在小角門邊的青柳開門。

門兒才下了閂，柳慎已闖進來，急吼吼道：「小閒呢？」

小閒見他沒有撐傘，雨又大，渾身都淋濕了，又想到剛才葉啟走的時候也沒撐傘，不由看了袖袖一眼。

袖袖臉色蒼白，看來嚇得不輕。

小閒沈住氣，道：「父親怎麼不撐傘，瞧瞧都淋濕了。」

說話間，青柳已把油紙傘遞給柳慎，柳慎並沒有接，直接衝過來，道：「妳今天去東市了？可是發生什麼事？」

小閒讓袖袖取乾淨毛巾來，一邊把柳慎往堂屋讓，道：「是，去東市逛了逛。」

柳慎一隻腳在門外，一隻腳保持邁過門檻的姿勢，愕然看著小閒。

小閒不解，道：「發生什麼事了？」

柳慎嘆氣，進了屋子，也不坐，只是盯著小閒看，半天才道：「外間都在傳，妳為魏國公府作保，一保便是四千兩銀子，可是真的？」

一晚上來了幾批同僚，他就覺得不對勁，再聽他們對自己極盡奉承之能事，更是讓他詫異。細問之下，才知原來外間都在傳他有萬貫家財，比魏國公府還富。

誰會跟錢過不去呢？工部那些同僚近水樓臺先得月，馬上備下禮品過來套近乎。他再三解釋自己靠俸祿過活，卻沒有人相信。

最後，還是一個比較厚道的同僚道：「你若沒有萬貫家財，令嬡哪能為魏國公府作保？你比魏國公府還有錢呢！」

他一聽就懵了，把那同僚丟在前院堂屋，一溜煙跑來向小閒求證。

小閒不過跟樂氏遊了一次曲池，平時並有交際，自以為沒有人認識自己，怎麼消息傳得這般快？她不知怎麼解釋好。

「妳哪來的銀兩？」柳慎一見小閒的神色，心裡明白傳言不虛，不由痛心疾首。他清清白白的女兒，哪來的銀子？

小閒苦笑，道：「女兒不過見義勇為，給王氏一個臺階下而已，哪裡用得著出半個銅板？」

柳慎斷然不信，道：「俗話說無商不奸，那等商賈最是奸猾不過，妳若沒有把銀票押在那兒，他怎肯讓妳作保？」要不然，消息怎麼會傳得這麼快呢！

小閒撓頭。大家都這樣想嗎？

福哥兒不能進後院，在角門邊跳著腳道：「阿郎，兵馬司郎中趙大人求見。」平時門可羅雀，今兒怎麼來這麼多官員？真是見了鬼了。

兵馬司！他一個工部郎中，什麼時候跟兵馬司搭上關係了？柳慎頭痛地道：「請進來吧。」

這下真是捅樓子了。望著柳慎急急離去的背影，小閒頭痛不已。

當時圍觀的人那麼多，到底是誰認識她，並把消息散布出去的呢？王氏不會散布出去，這是肯定的。

小閒理不出頭緒，袖袖急道：「等會兒阿郎回來，要怎麼跟阿郎解釋？」

小閒苦笑道：「妳有什麼辦法？」

柳慎忍氣把那位素未謀面的兵馬司趙大人送走，臉黑如鍋底，再次來到後院。

「為什麼那麼多人和我走動？」他苦澀地問小閒。

小閒心虛地咳了一聲，道：「女兒怎麼知道？」她只是一個閨閣女子，哪裡懂得官場中事？

柳慎閉了閉眼，把一腔怒火壓下去，道：「鄭國公府有權有勢，周夫人為什麼會認妳為義女，邀妳一同出遊，送妳銀錢？」

是女兒對她有大恩，還是女兒特別出眾？這樣的疑問，這些天總在柳慎腦海裡揮之不去。

不過兩年，眼前的女兒已經陌生得很了。他雖然暗中訪查過，可是高門大戶的，他又能訪查到什麼？在官場中，他是一個孤臣，沒什麼朋友，連個探聽的人都沒有。

小閒不敢看父親的眼睛，低聲道：「不過一見如故罷了。」

柳慎更不信了，大聲道：「妳與她，地位懸殊，哪裡來的一見如故？」

說到這裡，本來腦中如漿糊一般混沌，突然清明起來，道：「莫不是她想把妳送進宮去？」

細看女兒，雖然年齡幼小，但出落得清麗難言，若是鄭國公府有心挑一個合適的人進宮，陪伴聖駕，以女兒的美貌，自然是勝任的。

自以為得知真相的柳慎，只覺一陣陣暈眩。早就說那些權貴沒一個好東西，連他寶貝女兒的主意也敢打！

小閒哭笑不得，道：「哪有此事，陛下乃是有道明君，哪裡會近女色了？再說，鄭國公府怎麼可能用女色固寵？父親想多了。」

柳慎鬆了口氣，道：「沒有最好。」

他回到前院，想了半夜，天亮讓小書僮去鄭國公府投拜帖，求見周信。這件事不當面問清楚，他是吃不下睡不好了。

還沒到衙門，離得老遠的，一個三綹長鬚、長相清臞的男子便笑著向他拱手，道：「柳大人，好遇，好遇呀。」

柳慎兩眼瞪得老大，結結巴巴道：「華大人，你這是……」這位華侍郎，平時可是眼高於頂，一向當他是空氣的。

華侍郎笑吟吟地道：「等會兒到我公廨來，我們敘敘話。」

這是要與他結交嗎？柳慎只覺渾身不自在。

進衙沒多久，小書僮哭喪著臉回來，道：「鄭國公府把拜帖退回了。」

柳慎很吃驚，道：「你可問清楚了？」

周夫人如此看重小閒，鄭國公怎麼會不把他這位父親放在眼裡呢？

小書僮道：「小的好說歹說，那門子就是不肯通報，小的身上又沒有銀錢可以打點，正在沒辦法的當口，剛好一位郎君帶了一群人出來。小的攔住那位郎君的馬頭，把拜帖遞上。那位郎君瞧了一眼，把拜帖擲回小的身上，縱馬而去。」

柳慎撓頭的時候，一個身著員外郎官服，年約五十的男子引了一位十七、八歲的小廝進來，道：「柳大人，盧國公府有人找你。」

那小廝遞上請帖，道：「請柳大人跟小的走一趟吧。」

大紅的請帖，上面寫的是「盧國公府」四個隸書大字，卻是以盧國公府葉德的名義相邀。

柳慎一頭霧水地離開時，工部上下議論紛紛。

小閒半宿沒睡，一直聽外面雨聲叮咚，到了三更天雨停後才朦朧睡去。

才用過早飯，送柳慎出門上衙，宋十七娘便盛裝而來。

雨水把樹上的嫩芽洗得青翠欲滴，宋十七娘恰似那嫩芽般，讓人眼前一亮。一條翠綠色的襦裙，偏化著精緻的妝，頭上插著金燦燦的步搖，一步三搖而來。

「不愧是鄭國公府的義女，妹妹不僅為人豪爽，還是個小富婆呢。」宋十七娘的笑容較之前幾日又熱情幾分。

外面在轟傳發生在東市的事，她們姊妹聽到可著實吃了一驚。她們是根正苗紅的嫡女，全部私房錢加起來也沒一千兩呢。

小閒道：「姊姊快別說笑了，也不知是誰把這個消息透了出去，現在家父以及小妹都焦頭爛額呢。」

她簡略地把昨晚的事說了，宋十七娘咯咯嬌笑，道：「我也想來抱妹妹的粗腿呢。」要不然怎麼一上來便姊妹相稱？她是京城名媛圈中有名的淑女，可不會隨便便便與人搭訕。

小閒道：「不過是掌櫃的瞧在盧國公府的面子上，給我薄面罷了，我哪裡有什麼錢呢！」

宋十七娘笑笑不語。這話也就哄哄小孩子罷了，誰信呢！

袖袖擺上點心，小閒煎茶，說了一會兒閒話，宋十七娘把話題轉到畫舫去，道：「怕是因為三皇子也去，所以才分坐兩艘畫舫吧？」

小閒笑道：「這個，我還真不清楚。」

「外間傳言，葉三郎與三皇子一向交情極好，卻不知是不是真的？三皇子與鄭國公府可有走動？我瞧著，那天周十四郎也在座吧？」

她的聲音清脆如珠落玉盤，悅耳極了。小閒分了茶，笑道：「姊姊想說什麼？」

宋十七娘便遣了屋裡服侍的丫鬟。她既如此作態，小閒也只好讓袖袖、青柳去廊下候著。

屋中只剩她們兩人時，宋十七娘嬌羞無限地道：「不知三皇子可訂親了？」

果然為三皇子而來。小閒想起葉啟說的伍氏，噗哧一聲笑，又覺失態，忙斂了笑，道：「這個，倒不曾聽說過。」

皇家把消息瞞得好緊，卻不知伍氏知不知道自己曾與王妃之尊擦肩而過呢？

宋十七娘佯怒道：「我很可笑嗎？」

「沒有沒有。」小閒忙道。「我是想起另一樁事，姊姊勿怪。」

宋十七娘臉色稍霽，道：「我就說嘛，妹妹並不是這樣的人。」

小閒道：「還真沒聽說三皇子訂過親。不過，也許我消息有誤。」也有可能訂了親，只是她不知道。

宋十七娘眼睛亮晶晶的，道：「鄭國公深得陛下看重，可不是我們這些三等勛貴能比，所以消息通透些。家母一直希望我能嫁個好夫婿，卻不知誰是我的良緣。」

慫恿小閒去請樂氏出面為她說媒，原是她設計好的一環，要不然，她又何必紆尊降貴走這一趟。

小閒裝傻，道：「梁國公府不是名聲顯揚嗎？怎麼……」

宋十七娘開始大吐苦水。「唉呀，妳是不知道……」

小閒不想知道。她自己麻煩一大堆，還不知道怎麼辦呢。

好不容易聽宋十七娘傾訴完，小閒為難地道：「三皇子是陛下長子，照理說，眼界應該很高。姊姊美若天仙，又是名門之後，與三皇子倒是良配。只是，我地位低微，與義母又隔著一層，倒不好為姊姊說話。」

「妳看，誰能說得上話呢？」宋十七娘忙道。

小閒蹙眉想了半天，道：「姊姊該與令堂商議才是。」

宋十七娘便嘆氣，道：「家母也只逢年過節才得以進宮，進宮後也不能與太后、皇后說得上話，不過隨著眾人參拜罷了。」

要不是梁國公府落魄到如此地步，她何必拋頭露臉搏名聲呢。

小閒只是為難地看她，不說話。

看看近午，宋十七娘不得不拋下多多走動的話，告辭離去。

小閒與袖袖閒話，道：「太后必定把勛貴人家適齡的姑娘都過了一遍，既然覺得她不適合，自然有不適合的道理，知道內情的人，誰會去觸這個霉頭？」

袖袖皺了皺小鼻子，道：「她好勢利，要是我，也不要她。」

一句話把小閒逗笑了。

小廝把柳慎帶到盧國公府的門房，把他丟在那兒，便走得不見人影。

柳慎一直在門房等著，眼看太陽越升越高，門子們開始吃午飯，他又餓又渴，只有乾瞪眼的分兒。

太陽開始西斜，還是沒人來叫他，他實在坐不住了，只好問一個胖胖的門子。「小哥，請問國公爺喚我何事？」

胖門子瞪眼道：「我哪裡知道？國公爺剛才出門去了，你為何不問他？」

柳慎大吃一驚，道：「國公爺出門了？」

進進出出的人挺多的，他並沒有看到一個蟒袍玉帶的人騎馬出去啊。

胖門子翻了翻白眼，道：「是啊，半個時辰前，一輛掛湘妃竹簾的馬車駛出府去，車側不就是我們府的標記嗎？」

柳慎傻了眼，他哪裡知道什麼標記，不過半個時辰前倒確實有一輛豪華馬車駛出去。

「那國公爺喚我來，有什麼事？」

胖門子道：「不知道。你去門外坐著等吧。」

連國公爺都不願搭理的人，門房可是不收留的，他毫不留情地把柳慎趕出去。

柳慎無奈，只好步出門房，來到大門前的臺階上。

「喂喂喂，好狗不擋道知不知道？一邊站去。」胖門子喝道。

又一個時辰過去，依然沒人理他。柳慎走也不是，留也不是，不禁左右為難。

就在他不知如何是好時，一個美少年在他面前勒住馬，隨即翻身下馬，道：「柳大人？你怎麼在這兒？」

# 第六十四章

葉啟看清在大門口發呆的男子是柳慎，忙翻身下馬，滿臉堆笑，道：「柳大人，你這是……」

柳慎不認識葉啟，見少年長相俊美、氣質不凡，又是衣著高貴，前呼後擁，最重要的是居然有人主動搭理他，於是道：「請問是……」

跟在葉啟身後的順發道：「這位是三郎君。」

柳慎恍然，道：「原來是三郎君，小女小閒，多承三郎君照拂——」

葉啟打斷他的話，道：「柳大人既然來了，怎麼不進去坐，吃碗茶？」

柳慎很尷尬，道：「這個……」總不好說在這兒等了一天，沒人搭理吧？怎麼回事還不知道呢，他又不善撒謊，一下子張口結舌起來。

好在葉啟沒有再問，把韁繩丟給順發，束手做請。

柳慎為難地道：「不知府上哪位把我叫來……」若不說清楚，到時候叫他來的人找不到人，耽誤正事可怎麼辦？

葉啟吩咐。「就說我請柳大人去啟閒軒吃茶，若是有事，到啟閒軒找吧。」

把柳慎趕出來的胖門子後背上全是汗，點頭哈腰道：「是是是，小的曉得。」

葉啟頭前大步走了，一群小廝把柳慎擁進側門。

柳慎不敢亂看，眼觀鼻，鼻觀心，跟著小廝彎彎曲曲地走了三、四刻鐘，進了一個四扇紅漆大門的院子。

一個身姿婀娜的婢女端了托盤進來，柳慎垂下眼簾，只看自己放在膝上的手。

剪秋卻吃了一驚。怎麼小閒的父親會到這裡來？她匆匆放下托盤，讓別的丫鬟進來侍候，自己避開了。

點心的香氣直往鼻子裡鑽，柳慎的肚子不爭氣地發出咕嚕聲。他滿臉通紅，恨不得有個地洞鑽進去。

葉啟彷彿怔了一下，然後若無其事地道：「我這裡的點心還略微吃得，柳大人嚐一嚐便知，味道很不錯。」

事已至此，還能說什麼？柳慎在葉啟熱情地勸說下，還真取了一塊淡黃色的點心。那叫不出名字的點心入口即化，口腔中充滿香甜，他差點連舌頭都吞下去了。

葉啟親自煎茶，待他把四碟點心全吃了，又吩咐再上。這下子，柳慎也不好意思了，出聲阻止。

唉，今天真是丟人丟到盧國公府來了。

葉啟並不勉強，笑著再分一碗茶推到他面前，道：「柳大人潤潤喉吧。」

柳慎臉紅似關公，這茶，吃得可就沒滋沒味了。

順發悄悄進來，道：「……是夫人拿了國公爺的名帖請柳大人過來的。不巧，魏國公府那邊有事，夫人只好過去了。」

不過是一個五品的京官，羞辱了也沒什麼。

葉啟眼睛瞇成一條線，道：「夫人回來了沒有？」

順發瞟了柳慎一眼，沒吭聲。

葉啟微微點頭，道：「你下去吧。」

順發應聲，輕手輕腳退下。

葉啟笑道：「想來沒什麼了不得的大事，柳大人先回去，若有事，我派小廝去傳話也就是了。」

柳慎一時回不過神，道：「什麼？」

難道讓他白等一天不成？他還有很多公務沒有處理呢，此時正是治理河堤的最佳時機，他可忙得很。

葉啟摸了摸鼻子，道：「家母有事回外祖家，還未回來，在外祖家住一晚也有可能。我看，柳大人就不必再等了吧。」

「不是盧國公喚下官前來？」柳慎還沒轉過彎。

葉啟揚聲道：「去看看國公爺回府了沒有，若是回府，請柳大人過去一敘吧。」

柳慎聽見門外一個婢女清脆地應了一聲，然後再沒聲息，想來是去找盧國公了。

「貴府門子一個時辰前說國公爺外出，卻不知回來了沒有？」柳慎皺眉道。

他可是朝廷五品官，哪能這麼呼之即至，揮之即去，成何體統？

葉啟苦笑，解釋道：「家裡的庶務由家母打理，若是有什麼事與柳大人相商，只好拿了家父的名帖相邀，柳大人切勿見怪。」

女子的名帖只能在閨閣中流傳，可不能驅使朝廷命官，也不可能下到外男那兒去。陳氏這麼做，完全合乎規矩。

柳慎臉上怒氣一閃即逝，心裡只是想，這些該死的勛貴，連朝廷命官也不放在眼裡。

葉啟含笑道：「待家母回府，我問清楚後再去工部與柳大人商議便是。」

以葉啟的身分地位，這麼說話，已是姿態放得極低了，若是周川在這兒，一定會很詫異，非打趣他不可。可惜柳慎站到腿抽筋，又餓了一天，連口水都沒得喝，他平時對勛貴又有偏見，這時哪有好臉色。

很快，一個十七、八歲，明眸皓齒的婢女進來稟道：「國公爺還未回來。要著人去請嗎？」

葉啟搖搖頭，道：「備車，送柳大人回府。」

丫鬟應了，自去安排。

葉啟送走柳慎，來到上房，陳氏剛傳膳。

「三郎回來了？」陳氏笑道：「一起吃吧，想吃什麼，讓廚房做了端上來。」

葉啟在陳氏對面坐下，與陳氏隔著一張食案，食案上擺滿了菜餚。

「娘親為何要戲弄柳慎？」葉啟緩緩道。

陳氏笑著睇了葉啟一眼，眼中有得意，也有怨恨，道：「我想戲弄便戲弄，有何不可？」

以為是官宦人家的女兒，便幻想嫁進盧國公府，作夢去吧！

葉啟靜靜看了她半晌，一言不發起身走了。

陳氏頓覺沒有胃口，把筷子一丟，道：「撤下吧。」

柳慎生了一肚子氣，打著飽嗝，回了家。

柳洵已經回來，來回到門口看了幾趟，見是盧國公府的馬車送父親回來，奇怪地道：「父親怎麼與盧國公府走動？」不是最討厭這些仗勢欺人的勛貴嗎？

送他來的是順發，翻身下馬，笑道：「柳大人湊巧與我家郎君遇上。不知小閒可在家？」

柳洵道：「小妹不便見外男。」

順發本想把來龍去脈跟小閒說一說，讓她開解一下柳慎，見柳洵神色不善，柳慎又怒氣沖沖，只好搖搖頭，上馬走了。

小閒得知此事，好一陣無語。明顯就是陳氏拿父親出氣，要不是葉啟看在她面子上，這會兒父親還在盧國公府門口吃西北風呢。

「喔，對了，」柳慎道。「妳平時做的那些花花綠綠的點心，味道好像還不錯，廚房裡還有沒有？讓妳哥哥也嚐嚐。」

這都哪兒跟哪兒？小閒不解。

袖袖已去廚房端點心，道：「阿郎哪裡知道，盧國公府的點心，就數娘子做的最好吃。

外間都在傳，盧國公府有一個會做各式點心的丫鬟，說的就是娘子。」

讓你吃你說奢靡，應該禁止，現在倒想吃，什麼人呢！柚柚腹誹。

柳洵問小閒。「妹妹在盧國公府時可曾受到虐待？」

小閒道：「沒有。」又帶著撒嬌的口氣道：「我餓了，我們吃飯吧。」

天早黑了，掌了好一會兒燈，要是平時，早就吃過了。

柳慎想到因為自己的緣故讓女兒挨餓，心痛得不行，把對盧國公府的怨氣先放在一邊，道：「吃飯吃飯。」

過了兩天，葉啟來到工部。工部尚書余慶親自迎進去，吃茶閒談間，葉啟漫不經心地提起柳慎，余慶忙讓人把柳慎找來。

柳慎的氣還沒消。

「下官正忙著，沒有閒情陪三郎君敘談。」他板著臉，一本正經道，完了朝余慶拱拱手，頭也不回地走了。

這是對待長官的態度？人家是皇帝面前的紅人，等閒巴結不上，你好歹陪著坐一會兒啊！余慶哭笑不得，只是不住向葉啟賠不是。

葉啟和顏悅色道：「我們認識也不是一天兩天了，我不過閒著沒事來逛一逛，這麼客氣做什麼？」

余慶連聲稱是，道：「擇日不如撞日，若是三郎有空，我在富貴錦訂一桌酒，我們好好喝一盞。」

葉啟答應了，這一席酒直吃到太陽西下，余慶有了七、八分醉意。

第二天上衙，把柳慎叫來，道：「你到底走了什麼狗屎運？葉三郎在席間特地叮囑我照拂你。說不得，我只好多擔待你一些。」

柳慎哪裡相信，翻了翻白眼，待余慶說完，衣袖一甩，走了。

四千兩的傳言余慶是聽過的，再聯想到葉啟席間說的話，再也坐不住了，喚了親信的小廝，道：「你去打聽打聽，柳慎與盧國公府可有交集。」

那小廝也是個人才，不過七、八天便訪查到了，稟報道：「原來柳大人的女兒曾是葉三郎的婢女，柳大人官復原職才接回去。」

這就解釋得通了。余慶撫著鬍子，道：「柳家小娘子芳齡幾何？可曾訂親？」

若沒有訂親，說不得，他只好和柳慎這個老古板做親家了。

小廝道：「大人的意思……」

余慶的意思他懂，只是擔心主子婢女之間有些說不清道不明，沒得污了尚書大人的名頭。

余慶笑道：「葉三郎少年才俊，若是動了心，早收做妾侍，何必歸還柳家？這等犯官家眷，一向是賣了死契的，想來這位柳小娘子舉止不凡，很得葉三郎看重，因而眷顧柳慎這個老古板。可笑柳慎得了女兒的福，還不自知。」

小廝道：「大人英明。」一溜煙再去打聽了。

今年天熱得早，才四月天，奉天殿已擺上了冰。

皇帝把朱筆擱在筆架山上，揉了揉手腕，內侍忙把晾得剛剛好的煎茶奉上，又擺上兩碟子點心。

皇帝吃了一口茶，道：「別弄亂奏摺。」

長長的几案上放了四大摞高高的奏摺，皇帝的面前，剛攤開一本。

內侍惶恐道：「奴才該死。」

忙不迭把點心撤下，回頭向扛著大刀、站在冰盆旁邊神遊太虛的葉啟使眼色，希望他幫著說兩句好話。

葉啟沒有發現，不知想什麼想得出神。

皇帝吃了茶，出了一會兒神，再看奏摺，可是看了兩頁，突然啪地把奏摺甩在几案上。

屋裡服侍的內侍嚇了一跳，撲通一聲便跪下了。

葉啟也嚇了一跳，側過臉望過來，目光與看著他的皇帝遇上了。

「過來，陪朕說說話。」皇帝道。

他把大刀靠牆放好，走過來笑道：「誰惹陛下生氣了？」

皇帝把奏摺甩給葉啟，道：「你自己瞧瞧。」

奏摺題目叫「論勛貴權力過大疏」，洋洋灑灑一萬多字，囉哩囉嗦，引經據典，說的只有一個主題：太祖皇帝立國之後分封從龍之臣是不對的，後果是嚴重的，理由是這些有爵位的勛貴，一個個是寄生蟲，除了吃掉糧食沒有別的用處。

葉啟邊看邊笑，皇帝瞪他，他也笑個不停，可是看到最後，臉上的笑容僵住了，因為末尾署名是：臣柳慎。

連一百多年前的太祖皇帝，皇帝的老祖宗都挖出來罵，柳慎這是嫌命長嗎？他是不是非要來個抄家滅族才安心？

「呃……柳慎素有鐵漢之稱，陛下素有明君之名，是君臣相投……」葉啟搜索枯腸，道：「正所謂，有賢明的國君，才有忠肝義膽的臣子，若不是陛下聖明，柳慎哪裡敢直言彈劾勛貴？」

柳慎不僅把皇帝的祖宗罵了個狗血淋頭，連帶著把勛貴階層也得罪光了，不就是母親戲弄他一番嘛，怎麼能這樣偏激呢？葉啟心裡直嘆氣。

皇帝似笑非笑道：「你這是給朕戴高帽子？」

葉啟苦笑，道：「臣是實話實說。」

皇帝揮手對內侍道：「都下去。」

待內侍們退出去後，他道：「你可是中意柳氏？」

皇帝手底下有密探，大臣們的舉動大多在他眼裡，他知道自己與小閒多有來往，葉啟並不奇怪。只是剛剛為柳慎說情，便被皇帝說破，饒是他淡定，也不好意思，乾笑道：「這個……」

皇帝呵呵笑道：「照你說，朕若整治他，便是昏君？他不是討厭勛貴嗎？行啊，朕即日賜婚，把柳氏許配你，讓他與勛貴做了親家，朕看他還有什麼話說。」

「啊……」葉啟目瞪口呆，這樣也行？

皇帝越想越覺得這主意不錯，道：「你母親想為你求娶丹陽，被太后駁了面子，最近上躥下跳的，天天纏著貴妃。若是你的親事定下來，貴妃也可以免了這些煩心事。」

葉啟並不是沒有想過求皇帝賜婚，但是小閒過門之後總得與母親相處，強扭的瓜不甜啊，以後母親要整治小閒，還不是手到擒來？

「陛下，柳氏年齡還小，過兩年再議親也不遲。」葉啟推辭道。

皇帝輕拍几案，道：「就這麼定了。先把親事定下來，待柳氏及笄再成親不遲——擬旨！朕倒要看他還有何話說！」

柳慎有獨立的公廨，地方不大，約兩丈餘，這會兒，與他相對而坐的是華侍郎。

柳慎心裡存了事，華侍郎客氣話說了兩籮筐，他全然沒聽進去。

看他心不在焉，若是往日，華侍郎定然發作，現在卻只能忍著。他略一沈吟，單刀直入道：「實不相瞞，本官今兒前來，是受尚書大人所託，做一回月老的。」

「喔喔。」柳慎隨口應著，心裡卻在想，不知皇帝看到奏摺沒有，想來龍顏大怒也就這兩天了，但願只殺他一人，不會波及兒女。

「柳大人，」華侍郎提高聲音道：「尚書大人有一子，今年十四歲，與令千金剛好年齡相當，尚書大人有意與你結為兒女親家，不知你意下如何啊？」

這截木頭真是不開竅，無論他怎麼說，都沒有反應，他也只好摒棄所有華美的辭藻，有一說一了。

「喔喔……什麼?!」柳慎隨口應著，待反應過來，眼睛便瞪圓了。

尚書，那是正三品的高官，也算得上位極人臣了，除了中書門下平章事，也就是宰相，就數尚書官大。自己只不過是一個小小五品官，余尚書憑什麼與自己結為兒女親家？

「不不不，」他連連搖頭，道：「小女高攀不上，高攀不上。」

再想到女兒是鄭國公的義女，氣息又弱了，道：「小女年幼，還想再留在家中幾年，望華大人代為說項。」

說得好像余慶要搶親似的，華侍郎失笑，道：「令嬡品貌雙全，與余大人家的五郎正是良配呀。尚書大人可是探聽清楚，才請本官做這個冰人的，還望柳大人切勿推辭。」

瞧他這慌慌張張的樣子，難道生怕余慶挖坑讓他跳？他想了想，提點道：「若能與尚書大人結親，柳大人在官場中可就如魚得水了。」

昨天余慶下帖子請他過府，說要與柳慎結親，他雖然一口答應下來，卻想了一夜怎麼也想不通，余慶怎麼會看上柳慎這個老古板呢？攤上這樣一個親家，以後怕是有苦頭吃了。

柳慎苦笑道：「華大人有所不知，小女年方十二，下官充軍時又分隔千里兩年有餘，現在想享享天倫之樂，讓她承歡膝下，怎忍她早嫁？」

一句話沒說完，外邊一迭連聲道：「聖旨到，柳慎接旨！」

工部中人人側目，若說余慶接旨，那是常有的事，現在怎麼越過余慶這個主管官？

柳慎只覺頭暈目眩，眼前陣陣發黑。來得好快啊，他還沒有和兒女話別呢……

華侍郎目瞪口呆，好一會兒才道：「柳大人聖眷正隆，讓人羨慕呀。」
難怪余慶不惜搭進一個兒子，也要與之結交了。

# 第六十五章

內侍抑揚頓挫的聲音在堂中迴蕩，震得眾人耳裡嗡嗡響。

眾人面露難以置信之色。不過是一個五品的官，皇帝會特地下旨賜婚？

內侍唸完，把聖旨遞給柳慎，雙手拱了拱，道：「柳大人，恭喜，恭喜啊！」

柳慎呆呆接過，半天說不出一個字。皇帝沒有抄他的家、滅他的族，更沒有殺他，而是讓他與盧國公結為親家？他這是作夢嗎？

「柳大人，恭喜啊！」一眾同僚紛紛上前道。

一張張笑臉呈在眼前，柳慎卻呆若木雞。

華侍郎眼露敬畏的神色，道：「原來如此，原來如此呀！」

所以連余大人的親事都推了，原來是攀上高枝了。余慶雖是書香門第，卻並不是出身大族，哪裡比得上傳承百餘年的盧國公府？何況葉三郎少年得志，是皇帝跟前的紅人。卻不知柳氏女何德何能，得此良緣？

華侍郎恍然大悟的當兒，余慶已聽說此事。他從辦公的公廨趕了過來，剛好瞧見內侍向柳慎告辭，柳慎呆呆站著。

「公公辛苦了。」余慶馬上迎過去，拱手笑道：「快請吃碗茶再走。」

內侍笑道：「余大人不必客氣，咱家還要回宮覆旨，這茶麼，可沒時間吃了。」

送走內侍，余慶看了陪在一旁的華侍郎一眼。華侍郎會意，跟在他身後進了他的公廡。

「……這麼說，他不僅與鄭國公府有來往，跟盧國公府關係更密切？」聽華侍郎說了作媒的過程，余慶道。被柳慎毫不猶豫地拒絕，他並沒有生氣，在房中來回踱了幾圈，道：「看不出來，這個老古板人事上還真有一套。」一個五品官，想搭上勛貴已是異想天開，能得勛貴看重，更加難於上青天了。

兩人商議半天，不得要領，余慶吩咐長隨道：「請柳大人過來一趟。」

柳慎渾渾噩噩的，人家讓他坐他就坐，讓他吃茶他就吃茶，全然不知身在何處，要做些什麼，倒把同僚樂壞了，都笑道：「柳大人歡喜得傻了。」

盧國公府也接了旨，陳氏當場暈厥過去，葉德忙著請太醫，一時間，闔府雞飛狗跳。

薄太醫進宮為太后診平安脈，不得空，剛好平時在府中走動的李太醫在，只好請了李太醫過來。

「急怒攻心，沒什麼大事。」李太醫開了舒肝理氣的藥，道：「將養幾天就好了。」

葉德道謝，送太醫出來。李太醫走到門口，想起什麼，道：「聽說三郎的婚事定了？是陛下做的冰人？恭喜——」

一句話沒說完，明月奔出來道：「太醫留步，夫人……又暈過去了。」

李太醫愕然，這是什麼事？好在醫箱裡有現成的針，他用了針，陳氏才悠悠轉醒。睜眼見到李太醫那張清矐的臉，她只覺得頭暈，很失態地拉過被子蓋住了臉。

葉德請李太醫到外面坐，吃了茶，問了病情，送上診金，把人送走後，對汪嬤嬤道：

「我看這李太醫醫術平常得緊，說是醒，就沒醒索利。」

汪嬤嬤抹著額頭上的細汗，道：「李太醫人情世事上欠缺了些。」他哪裡知道現在夫人最聽不得婚事的字眼呢？

「快去煎藥吧。」葉德道。「瞧把我累的，我去書房歇會兒，三郎回來跟我說一聲。」

汪嬤嬤不敢多話，由得他去了。

陳氏在任嬤嬤攙扶下坐起來，道：「一定是三郎搞的鬼！怎麼他說什麼皇上信什麼呢？堂堂一國之君，沒個主見，像什麼樣子！」

任嬤嬤嚇得顧不得尊卑，緊緊捂住陳氏的嘴，道：「求夫人看在闔府幾百人的分上，口下留情，萬萬不可胡言亂語！」

汪嬤嬤安排心腹僕婦去煎藥，和明月前後腳進來，一見這情景，兩人大驚。

待任嬤嬤鬆了手，陳氏大大喘了兩口氣，道：「我不會讓那個賤婢進門的。」

任嬤嬤為表忠心，率先出主意道：「若是不讓她進門，夫人怎麼拿捏她？只有讓她進了門，搓圓搓扁隨夫人的意，到時候讓她立規矩，整治得她死去活來，誰又能說什麼？」

明月聽著心裡不忍，看了任嬤嬤一眼。

陳氏卻眼前一亮，手在錦被被面上用力拍了一下，道：「不錯不錯，就是這個主意。」又誇獎任嬤嬤道：「看不出來，妳鬼心眼倒多。」

汪嬤嬤不鹹不淡地道：「可不是，她一向腦子靈活。」

陳氏坐直身子，道：「那就這樣說定了。待我身子大好了，馬上請媒人過去提親，年內便娶進門來。哼，我倒要瞧瞧，她能撐多久，以為盧國公府的媳婦是那麼好當的？」

明月小小聲提醒。「夫人，聖旨上說了，小閒年齡還小，待及笄再行迎娶。」

陳氏白了她一眼，道：「陛下可把丹陽公主許了人？」她倒想看看是誰家敢虎口裡奪食，跟她搶兒媳婦。

汪嬤嬤道：「這個倒沒聽說。」

以前在第一時間把消息遞來的是秀王妃，宮裡肯透露消息的是翁貴妃，現在與秀王妃撕破臉，翁貴妃又對陳氏避之唯恐不及，一時間竟沒有人了。

陳氏恨恨道：「我白養了這個兒子！」

真是讓她寒了心，為了一個賤婢連親娘都算計，竟然耍出求皇帝賜婚這一招。

明珠端了藥碗進來，陳氏氣道：「倒了！」

任嬤嬤勸道：「夫人還須保重玉體，才能與那柳氏鬥智鬥勇呢。」

陳氏一想不錯，仰脖子把藥喝得點滴不剩，咬牙道：「看是誰長命百歲吧。」

這是要死磕的節奏嗎？明月欲言又止，明珠卻不明所以，望向明月。

「去，看看那個混帳行子什麼時候回來？」陳氏道。

既然他要那個賤婢不要娘，從今以後便不是她的兒子了！

消息傳開，太后特地把葉啟叫去，叮囑道：「已經是訂了親的人了，可不許再頑皮啦。」又賞了一個羊脂玉瓶給他。「就當是本宮的賀禮。」

葉啟道了謝，涎著臉道：「臣已經訂親了，不知三皇子的親事什麼時候定下來？」

太后笑對跟前服侍湊趣的一眾妃嬪道：「這小子還得寸進尺了。」

妃嬪們都笑，道：「難得他待三皇子一片心。」

太后便道：「本宮倒是看中了幾家不錯的，這不是還要相看嗎？都是你們鬧的，要不然哪來這麼多事。」

這麼大的事，當然得好好喝一杯慶賀慶賀。葉啟被羽林將軍、千牛衛將軍以及一眾同僚拉去富貴錦，直吃到月上枝頭，微有醉意才回來。

守在門口的小廝上前悄聲把家裡發生的事細細稟告了，道：「郎君小心。」

葉啟微微頷首，道：「你下去吧。」

上房燈火通明，陳氏得報葉啟回來，等不及喚葉啟過去見她，便氣勢洶洶帶了丫鬟僕婦趕來。

葉啟剛回啟閒軒，接過剪秋遞來的帕子擦臉。

剪秋一臉擔憂，道：「夫人一下子氣病了，這可如何是好？」只怕小閒過門後，日子艱難啊。

葉啟道：「有我呢。」

後院是女人的天地，夫人要作踐小閒，郎君能濟得什麼事？剪秋翻了翻白眼，還來不及說話，一群人嘩啦啦地衝進來。

「夫人？妳——」剪秋懸崖勒馬，把「妳不是病了嗎」這句話吞入肚中，要不然第一個遭殃的一定是她。

陳氏根本沒去瞧別人，直直走到葉啟面前，抬手便是一巴掌。

葉啟捉住她的手腕，道：「娘親病體未癒，不宜大動肝火。」

陳氏冷哼一聲，道：「你不是我兒子。」

葉啟笑道：「娘親要早這麼說，我就無須求陛下收回成命了。陛下也真是的，一把年紀還像老頑童似的，跟一個臣子置什麼氣呢。」

陳氏一怔。這是什麼意思？

汪嬤嬤勸道：「夫人先消消氣，坐下聽三郎君慢慢說，指不定當中有什麼誤會。」

被汪嬤嬤搶了先，任嬤嬤狠狠剜了汪嬤嬤一眼。

「醒酒湯呢？怎麼還沒來。」葉啟鬆開母親的手腕，轉頭對剪秋道。

醒酒湯早就在灶上溫著，小丫鬟剛端到廊下，一見眼前的陣仗，哪裡還敢進去。外頭的丫鬟忙接了，應聲道：「這就來。」

吃了醒酒湯，葉啟一撩袍袂，在矮榻上坐了，道：「娘親可要聽聽今兒在奉天殿中發生什麼事？」又道：「都下去吧，一大群人擠在這兒，呼吸都不順暢了。」

「是。」剪秋帶了啟閒軒的人先退下。

汪嬤嬤見陳氏沒反對，也帶了人退下。任嬤嬤是最後一個走的，走到門口回頭望了陳氏一眼，心想，到底是母子，沒有隔夜仇。

待陳氏黑著臉在主位上坐了，葉啟才把柳慎彈劾勛貴、觸怒皇帝的事說了。

「所以你為救他，趁此機會提出賜婚？」陳氏半信半疑，她深知兒子的本事，不會是一石二鳥之計吧？

葉啟撇嘴，道：「小閒還小呢，女孩子太早成親於生育不利，不要說嬰兒會早夭，有時候孕婦也會難產而死，我怎麼捨得害她？」

這話是小閒說的，這時候自然不能提，要不然母親一定會說她不知廉恥，還沒嫁人便討論生育的事。若不是小閒堅持過幾年再成親，他哪裡按捺得住？娶她的法子多得是，哪裡就只有賜婚一條路了？

陳氏信了。自己生的兒子自己了解，這孩子一向聰慧，怕又是從哪兒聽來的古怪說法吧。

「任你舌粲蓮花，反正我不許她進門。」話雖說得絕對，語氣卻軟了。

葉啟笑道：「行啊，那我就一輩子不娶妻。」

「你……」陳氏氣結。

葉啟收斂調侃的笑容，誠摯地道：「娘親不過是嫌棄小閒的出身不如丹陽和麗蓉，只有沒本事的男人才靠老婆的裙帶關係，可兒子是靠裙帶關係做事的人嗎？兒子靠自己的本事便能闖出一片天來，哪裡用得著老婆幫襯？我的老婆，那是要在家裡享福的。」

陳氏心弦震動，看著葉啟半晌無言，神色複雜。

怎麼親生父子之間差別這麼大呢，這到底是誰帶出來的？她心裡轉而埋怨起葉德。

葉德哪裡知道兒子一番表白會讓自己遭受池魚之殃？他把新納的小妾叫去書房，兩人正在輿頭上，小廝報三郎君回來了，再報夫人去啟閒軒，他只好遣了小妾，自己過來。

剛掀起湘妃竹簾，陳氏劈頭蓋臉道：「你來幹什麼？我病了，也沒見你在床榻前多坐一會兒，這麼大年紀不著調，你就不能幹點讓人放心的事嗎？」

葉德老臉臊得通紅，低聲下氣央求道：「在兒子面前，給我留些臉面。」

葉啟捂臉。

陳氏接著訓道：「……你也知道要臉面？好在兒子不像你，要不然盧國公府還有救嗎？瞧瞧你這樣子，連祖宗的臉面都丟光了。」

剛與小妾鬼混，左邊臉頰上還有半個鮮豔的唇印，難怪陳氏要生氣。

葉德低頭看看自己，衣裳還算完整，可是老婆一向凶悍，現在心情不好拿他出氣，他也只好忍了，乾脆一臉傻笑杵在那兒由得陳氏訓。

葉啟實在看不下去了，道：「娘親病了，還是早點歇息吧。明兒一早，兒子去請薄太醫過來診脈。」

自家事自家知，陳氏白了他一眼，道：「死不了。」話是這樣說，還是站起來走了，竹簾甩得老高，門外候著的丫鬟僕婦嘩啦啦跟上。

葉啟從懷裡掏出錦帕，指了指自己左邊臉頰，示意老爹擦一擦。

瞧見了帕子上殷紅的胭脂，饒是葉德一向臉皮厚，這時也不禁連耳根都紅了。

葉啟只當沒看見，吩咐整治幾個菜，和父親對坐小酌。

吃了兩盞酒，葉德才把唇印的事遮掩過去，道：「你小子聰明，挑了個性子柔順的老婆。」

當年他也想挑一個溫柔和順的，可是父親卻說，他性子軟弱，得挑個有才能，堪擔起盧國公府重任的。陳氏是把盧國公府的庶務打理得井井有條，可他也沒了幸福。

葉啟道：「父親同意這門親事嗎？」

「同意，當然同意。」葉德道。「為父就等你言語一聲，好請了媒人去提親。沒想到你小子行啊，請動聖旨，哈哈哈！」

他當然同意了。兒媳婦娘家勢弱，過門後對他這位公公可不就得恭恭敬敬的？要是娶了丹陽或者麗蓉，他天天得去請安，哪有半點當長輩的樂趣？陳氏真是吃飽了撐著，給自己找不自在，好在兒子爭氣啊！

小閒從東市挑了些花草，捲了袖子，準備在後院的院子裡種些花，免得院子裡光禿禿的，又難看，夏天又沒個遮陽的地方。

小閒指著位置，青柳揮動鋤頭，才鋤了兩下土，順發來了，抹了一把臉上的汗，喘著氣道：「郎君讓我來告訴妳，聖旨在去工部的路上。」

順發快馬加鞭跑來報信，半路上撞了賣貨郎的擔子，丟下一錠五兩的銀子，那貨郎來不及叫罵，已喜不自勝。

小閒一頭霧水，道：「什麼聖旨？」

自葉啟傳出消息，他得到信兒，一顆心便飛了起來，只想快點把喜訊告訴小閒。這件事在他心中早就轉了千百回，真到小閒面前，卻連話都說不清楚。

袖袖笑著倒了溫水遞過去，道：「先喝碗水潤潤喉嚨再說。」

順發咕嚕咕嚕仰脖喝完，穩了穩氣息，打趣道：「恭喜少夫人，賀喜少夫人，陛下賜婚，兩家結秦晉之好……」

順發話沒說完，袖袖一聲歡呼，抱住青柳雀躍起來。

青柳手裡還拿著鋤頭，臉上也樂開了花，道：「定下來就好，定下來就好！」

滿京城的男子，再沒有一個比葉三郎更貼心的了。自家娘子得嫁此人，自己也跟著沾光。

小閒張大了口，良久，道：「陛下怎麼會突然下旨？」

葉啟的婚事，遲早會經由聖旨公開，就算盧國公府請媒提親，皇帝得知後也會下旨賜婚，這是葉啟深得聖寵的殊榮，不管女方是誰，全然是他的面子。

可是，為什麼這樣突然？而且她跟葉啟說過，過幾年再成親，於兩人都好，於孩子也好，他為什麼這樣迫不及待？

順發率先發現小閒臉色不對，撓頭道：「好像是柳大人把陛下惱怒了，郎君為柳大人說情，陛下就說：『你既然為他求情，朕便把他的女兒嫁給你。』」

他聽到喜訊早就歡喜得胸口快炸了，腦子亂糟糟的，別的就沒聽清了。

父親惹惱皇帝?!小閒倒吸口涼氣，道：「家父沒事吧？」

「沒事沒事。」順發忙道。「就算有事，不還有郎君嘛。」

袖袖想起先前也是因為柳慎，小閒才會被賣為奴，不由埋怨道：「阿郎一把年紀了，怎麼還總是闖禍呀。」

青柳向袖袖使眼色，道：「妳怎麼能這樣說阿郎。」

阿郎確實不著調，可看在娘子的面子上，也得忍一忍嘛。

「郎君讓我來，就是跟妳說一聲。郎君說，柳大人對勛貴有挺深的偏見，怕是不同意這樁婚事，讓妳小心些；若有什麼過激行為，去那邊叫人，已拔了人在那邊候著。」所謂的那邊，自然是隔壁院子。

他一直在為她著想。小閒心裡暖暖的，點頭道：「好，我會小心的。夫人反應不知如何激烈，你讓他也小心。」

順發笑道：「夫人那邊妳倒不用擔心，郎君對付夫人很有一套呢。」

要不是郎君，和麗蓉郡主、丹陽公主的婚事怎麼會黃了呢？不過這事郎君不讓告訴小閒，他才忍著不說。

哪個母親能拗得過兒子。小閒點頭，道；「他若是忙，這幾天就不必過來了。」

指不定此時盧國公府鬧成什麼樣呢，再大半夜的跑過來，累壞了怎麼辦？

順發答應了，又喝了一碗水，抹抹嘴，從角門走了。

袖袖興高采烈地道：「娘子應該派個人去鄭國公府說一聲才是，周夫人一定高興壞了。」

說得是，雖然他們現在肯定得到消息，但於情於理，也應該派個人去說一聲。小閒點頭，青柳已道：「我去吧。」

她又想得跟趙嬤嬤說一聲，讓袖袖去看看順發走了沒。順發已騎馬走了，只好重新派了個人去。

小閒堅持把花苗種好，洗了手，在廊下坐下，發起了呆。

# 第六十六章

袖袖像隻快樂的小鳥，不停走進走出，又去吩咐福哥兒。「雇輛車去工部，瞧瞧阿郎什麼時候回來。」

福哥兒明顯感覺到她渾身直往外冒的喜氣，不由多嘴道：「姊姊可是有喜事？」

袖袖小手指向天上一指，清脆的聲音在巷子裡迴蕩。「陛下賜婚，娘子的親事定了，你說是不是喜事？」

巷子裡陡然靜得像沒人似的，只有風吹過的聲音。

升斗小民哪裡見過賜婚，一刻鐘後，錢大娘猶豫著問：「剛才袖袖說什麼？」

袖袖早進去了，花九娘不敢確定地道：「好像說陛下什麼來著？」

錢大娘恍惚了半天，決定作為鄰居們的代表，去柳家當面問清楚。

小閒悵然望著天空。不知遠隔時空的父母此時在做什麼，若是他們得知她的親事定下來，不知會怎麼高興呢……一滴淚，從她的眼角滾落。

袖袖吃驚道：「姊姊怎麼了？」

難道她對這樁婚事不滿意嗎？可是每次郎君過來，兩個人不是有說有笑嗎？

「沒事，就是想起了母親，若是母親在世，不知如何高興呢。」小閒拭了拭眼角道。

袖袖喔了一聲，深表理解，道：「要不，去給夫人上炷香？」

小閒心裡一動，道：「趕明兒去報國寺進香吧。」

「那敢情好，待郎君得閒，一起去。」袖袖又高興起來。

錢大娘來了，把小閒好一通看，道：「我彷彿聽袖袖說，皇帝老爺……給妳賜婚？妳成了公主娘娘啦？」在她看來，只有公主娘娘下嫁，才能賜婚。

小閒瞪了袖袖一眼，袖袖噗哧一聲笑，道：「大娘戲文看多了。」

錢大娘尷尬。小門小戶人家，哪能說看戲就看戲，她還是七、八年前看過一回，那時是坊裡陳大員外的兒子中了秀才，唱了三天大戲。

小閒道：「是，陛下賜婚了，但不是因為我是公主，是因男方家是皇帝近臣。」

「唉呀，那敢情好。」錢大娘拍著手掌，一溜煙跑了出去。

福哥兒直到天黑透才攙著路都走不動的柳慎回來。他被拉去吃酒，碗碗不落空，早醉得不醒人事。

扶柳慎在匡床上躺下，讓小書僮為柳慎擦面淨身，小閒在外間候著。一切收拾好，替柳慎蓋了被子後，小閒才回後院。

東廂房燈光明亮，順發候在廊下。

他歉意地朝小閒笑笑。「郎君來了。」

湘妃竹簾內，葉啟一襲素白色長袍，身姿挺拔，反背雙手站在窗前，月光灑在他身上，像是罩了一層潔白的光。

聽到竹簾響，他回過頭來，黑寶石般的眼睛溢滿笑意，快步迎上來，把小閒擁進懷裡。

「這麼晚了，怎麼還來？」

鼻端是淡淡的皂角香味，小閒仰頭看他，用翡翠簪綰起來的墨髮還濕漉漉的。他這是沐浴了才過來？

淡淡的女兒香讓葉啟心旌搖動，忍不住低頭親了親她的臉，道：「今天什麼日子？」

小閒睇他，他在她耳邊低聲道：「有沒有嚇著妳？」

誰也沒想到皇帝突然要賜婚，就是他，也很意外。

小閒想了想，道：「我還以為你求皇帝賜婚呢。」所以有些生氣，覺得不被尊重；要不是順發說清楚了，這會兒可就不理他啦。

葉啟道：「妳不是說過兩年嘛，我當然聽妳的啊。」

一句話說得小閒心裡暖暖的，雙手環住他的腰，調侃道：「你就不想快點娶我進門？」

葉啟便呵呵地笑，在她耳邊呢喃。「想，作夢都想。」

沒有她在身邊的日子，真不知怎麼捱過來的，要不他怎麼天天往這兒跑呢？只是以前只能翻牆或是走角門，現在可以光明正大走動了。瞧他笨的，應該早些求皇帝賜婚才是。

小閒哪裡猜到葉啟心裡想什麼，笑道：「油嘴滑舌。」

葉啟突然手臂用力，像是要把她嵌進自己的身體裡一樣。

「不如我們擇個日子成親吧。」葉啟在她耳邊道。他再也不想忍了。

小閒吸著氣道：「先放開我……」他的手箍得她的腰好疼。

葉啟略鬆了鬆手，卻把頭靠在她肩上，道：「好不好？」

小閒強忍著要答應他的衝動，道：「不是說好再過幾年嗎？」

「可是……」葉啟只覺自己快把持不住了。

小閒苦笑道：「我可不想難產而死。」

在古代，嬰兒存活率低，除了醫療條件差之外，產婦年齡偏低，身體沒有完全發育也是重要的原因。她這具身體今年才十二歲，若是今年成親，明年生育，怎麼吃得消？

「呸呸呸，」葉啟急道：「好的靈壞的不靈。」

小閒便咯咯笑起來。

葉啟噙住她的唇，狠吻一通，氣咻咻道：「哪有人這樣咒自己的。」

他糾糾纏纏的，直到月兒西斜才依依不捨地離開。很快，寂靜的巷弄裡響起馬蹄聲。

小閒悵然若失。他回到盧國公府時，天快亮了吧？

柳慎直到第二天下午才醒，眼望帳頂發了半天呆才隱約記起昨天的事，但是總覺得不真實，莫不是作夢了？

小書僮掀帳子望了一眼，歡喜道：「阿郎醒了，小的去請娘子過來。」

柳慎喚住他。「我恍惚記得，昨天……」真有些說不出口呢，就算是作夢也太荒唐了。

小書僮沒有注意到柳慎的臉皺成包子，聽到「昨天」的字眼，跟打了雞血似的興奮，道：「娘子已經知道了，我們家與盧國公府結親，以後再沒有人陷害阿郎了吧？」

夢呢？

「真與盧國公府結親？」柳慎喃喃道。原來不是夢啊，他就說嘛，怎麼會作這樣離奇的夢呢？

「是啊是啊，聖旨還是阿郎親自接的呢！」說起這個，小書僮更是神采飛揚，激動得臉都紅了。聖旨可不是誰家想接就能接呢，柳家以後是不是要發達了？他是不是跟了個好主子？誰不想安穩過日子呢？

柳慎只覺全身的力氣被抽盡了，脊梁骨也被抽沒了。

小開進來的時候，見老爹面如金紙，呼出的氣多，吸入的氣少，一副奄奄一息的模樣，不禁大吃一驚，道：「快請大夫。」

半個時辰前她來過，睡得正香，怎麼這會兒成這模樣了？

小書僮一溜煙跑出去。

從這裡出去隔三條巷弄，住了一位朱大夫，鄰里有個頭疼腦熱的，都請他醫治。朱大夫剛送走病人，坐下來準備看醫書，被小書僮拽起就跑，跌跌撞撞地來到柳府。

柳家接了聖旨的事，經錢大娘之口已傳得整個崇義坊沸沸揚揚，聽說是柳大人病了，朱大夫不由揣測道：「可是高興太過？」

小書僮拽著朱大夫來的時候，小開正在餵柳慎喝水。

柳慎雙眼呆滯，一副行將就木的樣子，把朱大夫嚇了一跳。

細細把了脈，朱大夫眉頭皺得緊緊的，左手換右手，右手再換左手，診來診去，診個沒完。站在小開身後的袖袖瞧得不耐煩，道：「你這大夫可會診脈？我家阿郎到底什麼病？要不要緊？」

朱大夫苦笑道：「柳大人看著沒病啊，就是了無生氣。」這是陡遭變故，絕望到極點的人才有的脈象，柳慎剛接聖旨，又與勛貴結親，有什麼事想不開呢？

小閒心裡了然。父親一向仇視權貴，盧國公府既是權貴，又是勛貴，聖旨一下，再無更改，以父親皇權至高的思想，也不敢有更改的念頭，現在可不就是生不如死？

她道：「麻煩大夫開藥吧。」

朱大夫更奇怪了，這是贊成他的診斷嗎？「請問娘子，柳大人為什麼會心如死灰？」眼前的小姑娘十二、三歲，卻長得明眸皓齒，如弱柳扶枝，想必許了盧國公府的便是她了。他頭也不敢抬，只眼角瞥了一眼。

「沒有的事，家父昨晚宿醉，不過是飲酒過度罷了。」小閒斷然否認。

朱大夫活了一大把年紀，也不是不通人情世故的人，訕訕應了，自去開藥。

柳慎大病一場，好的時候已是盛夏。

柳慎生病這段時間，葉啟隔三差五過來探望。一開始，他有些不待見這位名滿京城的新姑爺，又不能不見，彆彆扭扭的，好在每次葉啟總是送上禮物，問了病情，略坐一坐便告辭了，既沒有權勛的囂張，也沒有勛貴的傲氣，倒顯得平易近人。

這麼一來二去的，漸漸改變了他對葉啟的看法。

重新上衙辦公後，天天有同僚宴請，還推託不開，以前人人避之唯恐不及的老古板，現在成了香餑餑，每天晚上都喝得醉醺醺才回家。

今兒柳慎休沐，難得在家。

葉啟和柳洵並肩從西廂房過來，柳慎忙站起來，道：「你不是要指導大郎功課嗎？」

葉啟端端正正向柳慎行了禮，道：「小婿識得一位大儒，叫宋俞，想推薦大郎到那兒進學。剛才跟大郎說了，大郎倒是願意，不知岳父大人怎麼說？」

雖然柳慎病了，葉德夫妻還沒請媒提親，但是有了皇帝賜婚，這樁婚事已是板上釘釘，所以葉啟從第一次提禮物上門便稱呼柳慎岳父，要不然，柳慎也不會乍聽好生彆扭。

柳慎吃了一驚，道：「宋俞？」

宋俞出身江南大族，少年時有神童之名，是本朝唯一一個連中三元，因科舉載入史冊的人物。偏他生性淡薄，不喜政務，只想做學問，狀元入第後在翰林院做了兩年編修，便去國子監當博士。今年六十五歲，乃是當世大儒，桃李滿天下，兩任皇帝的老師，當今皇帝便是他的得意學生之一。

葉啟道：「是，前些天遇到宋俞，小婿跟他提起，他一口答應了。」

已跟宋俞談好？柳慎不通人情世故，只覺得這事太過玄幻，絕不可能。皺著眉頭想了半天，道：「不會是哪裡搞錯了吧？」

多少青年才俊想見宋俞一面不可得，更別提拜入他的門下了。他是帝師，做了他的學生，豈不是跟皇帝做了同門師兄弟？光這一層，已是無數人不敢想的了。

宋俞為人嚴謹，擇徒極嚴，除了天資聰慧逆天到不是人類的學子之外，還得人品端方，一心向學；也就是說，不是天才加勤奮的學生，那是不用指望的，柳洵哪條也搭不上邊。

葉啟笑了笑，道：「沒有搞錯，已經約好明天未時和大郎過去拜訪。」

柳慎瞪圓了眼，喝斥兒子。「還不快去讀書！」

柳洵神采飛揚，眼中盡放異采，道：「父親無須擔心，三郎一切都打點好了。」

妹婿果然是人中龍鳳，再為難的事，在他這兒不過是舉手之勞而已。柳家真是祖墳冒青煙，才能得這樣一位佳婿。

柳慎作勢欲打，柳洵無可奈何，只得和葉啟告辭，道：「我先去讀書了。」

翁婿坐下閒話，小閒帶了袖袖端了點心過來。

柳慎看看眉眼如畫、溫婉如水的女兒，再看看英氣勃勃、俊朗非凡的葉啟，在心裡讚嘆一聲。兩人如觀音座前的金童玉女，再沒有更般配的了。

小閒並沒有退下，在柳慎下首坐了，問葉啟。「你三天兩頭往這裡跑，夫人不會說什麼嗎？」

以前是晚上過來，現在改白天了，街坊們不僅認識他，還會恭恭敬敬和他打招呼，說上兩句閒話。

葉啟反問道：「不然呢？」

小閒嘟了嘟嘴，葉啟便向她眨眼睛，那意思很明顯。她瞪了他一眼，別過臉去。

柳慎便訓小閒道：「怎能這樣對三郎？」

夫是妻綱，剛才低眉順眼的樣子就很好，怎麼還瞪起女婿來了呢？

葉啟朝小閒揚了揚眉，轉頭對柳慎道：「岳父身體安康，你我兩家的親事也該定下來了，家父請了文信侯做冰人，下午過來提親。」

柳慎啊了一聲，道：「甚好，甚好。」

小閒用嘴形問葉啟。「夫人怎麼說？」

葉啟笑笑用嘴形回答。「想開了。」

不想開又怎麼辦？借她十個膽子，她也不敢去皇帝跟前鬧啊。

他又道：「三皇子的親事也快定下來了，說的是妳的義姊，鄭國公府的八娘。」

小閒很意外，道：「太后怎麼挑中八娘了？」

先前說的伍家與鄭國公府的地位，一在地下一在天上，變化怎麼這樣大呢？再想到宋十七娘的請託，小閒又道：「太后沒有相中梁國公府的十七娘嗎？」

葉啟輕笑一聲，道：「這些天妳在家裡侍奉湯藥，外面的事多不知道。太后原是挑了幾家，三皇子相看了都不滿意；梁國公夫人又有意把他們家的十七娘許給三皇子，不知三皇子嫌棄她什麼，死活不願意。後來還是我提的頭，說其實八娘不錯，兩家又知根知底。」

三皇子與葉啟、周川、岳關幾人一起在文秀館上學，自小玩到大，小時候到處亂竄又沒人管，府裡的事還真是門兒清。

小閒奇怪地看他。沒想到是他作的媒，可是他為什麼不為葉馨牽線呢？三皇子家世相貌自是沒話說，更難得的是人很好，溫文爾雅。

葉啟慣會洞悉人心，笑道：「四娘天真沒有心機，不適合嫁入皇室。」

她道：「太后會聽三皇子的嗎？」

這兩年，鄭國公府混得不錯，難道皇室不擔心外戚太強？三皇子可是活下來的皇子中最年長的，皇帝的長子和次子都夭折了。

葉啟點頭，道：「太后特地把八娘叫進宮去，說了半天話，印象還不錯。沒有什麼意外的話，賜婚的聖旨會很快下的。」

兩人說話，柳慎半句也插不上，乾坐了一會兒，道：「我出去一下。」

小閒不知他要幹麼，攔道：「外面太陽這麼毒，有什麼事也等申時太陽弱了再說。」

柳慎不聽，帶了小書僮出門去了。

葉啟笑道：「岳父可真有趣，不會特地給我們留機會說悄悄話吧？」

小閒搖頭，道：「絕不可能。」

以父親的性子，他說有事，那就肯定是有事了。

葉啟沒有走的意思，小閒也不想他走，於是留他吃飯。飯菜早備好了，柳慎還沒回來。直等到午時二刻，柳慎才滿頭的汗，帶了一個揹包袱的小書僮回來，道：「親家要來，可不能失禮。」

打開包袱，是一套嶄新的圓領缺骻袍和一雙新靴。

小閒眼眶濕潤。

# 第六十七章

葉德請文信侯岳坤當冰人，岳坤二話不說，一口答應。

不要說這樁婚事是皇帝賜婚，就是衝著葉啟的面子，他也得應下來；何況女方父親雖然官小了些，女方卻是鄭國公府的義女，地位不低。

一番見禮，在中堂坐定，岳坤示意小廝把一對大雁奉上，笑咪咪道：「令嬡溫柔嫻淑、品貌俱佳，堪配盧國公府長子，陛下深感合適，極力促成這對佳偶。老夫忝為男方冰人，還請柳大人允了這樁婚事。」

都說柳木頭很難搞，今天這樁親事，若是他不答應，自己可沒有臉面在勛貴圈中混了。所以岳坤一上來便把皇帝擺出來，但願柳慎看在皇帝賜婚的分上，應下這門親事，不要為難他。

兩隻大雁毛色油亮，精氣神足，確是上品。這個季節並沒有大雁飛過此地，也不知盧國公府從哪兒弄來的。柳慎在心裡狂讚自家女婿一通，臉上的皺紋像舒展的菊花，道：「小女有幸得配高門，真乃前世修來的福分，下官斷無不允之理。」

岳坤傻了。不是說柳木頭最厭憎勛貴嗎？怎麼一張口便應承了？

柳慎等了半天，見岳坤張大了口，再沒半句話，只好問道：「不知男方有何打算？」男方什麼時候迎娶，總得說一聲吧？

岳坤咳嗽兩聲，掩飾失態，道：「三郎是長子，盧國公的意思，既然已經訂親，還是快點迎娶得的，也可以早日為盧國公府開枝散葉。」

柳慎心肝疼得直抽，宛如被剜去了心頭肉，齜牙咧嘴道：「這麼快？」

「是啊。盧國公說，最好今年內完婚。」岳坤一副理所當然的樣子。

柳慎沈默不語，就在岳坤以為他驢脾氣發作，婚事將生波折時，柳慎沈痛地點點頭，道：「好。」

既然許了人家，再捨不得，也得答應啊。

岳坤鬆了口氣，再說幾句閒話。告辭離開時，只覺後背出了一層細汗，與這位柳木頭打交道，果然不是一般的累啊……

小閒聽說年內就要完婚，不由大急，追出來時，岳坤的馬車早去得遠了。

第二天，葉啟過來時，她便埋怨道：「國公爺怎麼能這樣？你沒跟他說清楚嗎？」難不成陳氏生怕不能早點整死她嗎？這麼急不可耐。

葉啟在榻上坐了，道：「父親自作主張，我有什麼辦法？先前就說好了，先訂親，把名分定下來，陛下聖旨中也這麼說，偏生他不聽，這會兒急巴巴進宮去了。」

小閒還從沒聽說過葉德出入宮廷，不由驚奇地道：「他進宮幹什麼？」

其實是想問，他怎麼進去的？難不成皇帝肯見他？

葉啟撫額，又洞悉她的想法般，道：「去求陛下讓我們早點成親。陛下看在我的面子上，准他進宮了。」

小開好一陣無語。
葉啟心虛似的低著頭，道：「真的要等幾年嗎？」
小開板了臉，道：「你反悔嗎？」
「沒有沒有。」葉啟連忙道。「妳說怎麼樣便怎麼樣，我哪敢不聽妳的？」
小開輕喝道：「還不快進宮跟陛下說清楚？」
若是皇帝改了主意，讓他們即刻成親，就再無轉圜餘地了。
葉啟磨磨蹭蹭，不情不願地去了。
葉德在奉天殿外等了一個時辰，才得以召見，還沒說上正題，葉啟來了。最後還是維持等小開及笄再舉行婚禮的決定。
葉德念叨了好久，可是他說了不算，陳氏巴不得永遠不娶小開進門，葉啟又被小開壓得死死的，他孤掌難鳴，只好眼巴巴地盼著小開及笄那一天快點到來。
三年一晃而過，轉眼間，小開已是十五歲的大姑娘，只比葉啟矮半個頭。
年剛過完，葉啟便提醒葉德道：「小開過了年，十五了。」
葉德天天掐著日子呢，哪裡會不記得？不過還是打趣葉啟道：「想通了？打算娶老婆啦？我怎麼覺得你一點也不急呢。」
葉啟道貌岸然、一本正經道：「我是不急啊，就怕父親急著抱孫。」
「你小子，還拿捏上了。」他哪裡是急著抱孫，不過是想有個人對他恭敬罷了，再說陳氏一副要吃了小閒的模樣，以後肯定會把全副精神放在整治小閒上，他便自由了，有這樣一副絕佳擋箭牌，為何不用呢？

小閒得以在家多待三年，可把柳慎樂壞了。女兒乖巧貼心，三餐熱飯、四季衣裳都料理得妥妥貼貼，又時時噓寒問暖，承歡膝下；未來女婿又孝順，四時八節孝敬有加不說，時常陪他聊天，談些朝政，慢慢地，他比以前開竅不少。有這樣一門親事，同僚們對他笑臉相迎，有什麼事要辦，比以前容易多了。

柳洵有了宋俞精心教導，苦讀兩年，準備今年下場，若能得中，便是秀才了。兒子有出息全靠葉啟，若沒有葉啟，怎能拜宋俞為師，得宋俞悉心教導？再沒有比這更順心的日子了。

唯一的煩心事，便是小閒的嫁妝。柳慎靠俸祿過日子，哪裡攢得下錢來？元宵節剛過，他把小閒叫來，道：「妳嫁到盧國公府，嫁妝自是少不了，為父想把老家幾畝薄田賣了，只是賣了也沒幾個錢，若是不賣，又上哪兒籌得到錢？」

都是錢鬧的，真是一文錢難倒英雄漢哪。

小閒看他為難，心疼地道：「嫁妝的事，父親不用擔心。」

柳慎教訓道：「說的什麼話！女子的嫁妝，可是嫁入夫家的臉面，以後妳在盧國公府才不會被人看輕。」

越說聲音越輕。他哪有錢給小閒置辦嫁妝，不要說時下流行的兩萬兩銀子，就是普通人家的二十四抬，他也湊不出來。

小閒勸了再勸，柳慎只是長吁短嘆。

「父親真的不用擔心，女兒在東市有五家鋪面，在城郊有兩百畝良田……」她不得已只好實話實說。葉啟送她的鋪面良田，這三年獲利頗多，不要說兩萬兩嫁妝，就是再多，她也拿得出手。

柳慎吃了一驚，瞪圓了眼睛道：「妳哪來的銀子置辦鋪面良田？」

小閒道：「三郎送的。原是看父親清正廉明，先放在女兒這裡，做嫁妝用的。」

女婿小小年紀，哪來的這麼多銀錢？柳慎半晌說不出話來。

婚事緊鑼密鼓準備中，陳氏卻撒手不管，不僅不管，還叮囑葉德道：「我們不在乎有沒有臉面，那個賤婢配不上，聘禮過得去就行了。」

葉德哪裡敢多嘴，只好給葉啟遞消息。「你母親只想糊弄過去呢，盧國公府的臉都讓她丟光了。」

葉啟心裡有數，早就備好了，安慰父親道：「沒事，由得她去吧。」

葉德急了，道：「怎能由著她去？她不要臉面，盧國公府還要呢。我們家娶媳婦，哪能讓人看笑話？」

他雖然不靠譜，讓勛貴們不屑，但大是大非上還是拎得清的。現在娶親的是嫡長子，哪能馬虎？陳氏那是腦袋讓驢踢了，全然不把盧國公府的臉面當回事。

葉德氣得不行，可是二十多年積威之下，讓他反駁陳氏又不敢，只好借酒澆愁，生了兩天悶氣。

小閒的及笄禮在三月，婚禮定在四月，全然照聖旨頒的來。

到了及笄禮那天，一大早，剪秋來了，笑吟吟作勢行禮，道：「見過少夫人。」

小閒忙搶上扶起，嗔道：「妳怎麼能這樣。」

剪秋湊到小閒耳邊道：「郎君可想妳了，常常獨自出神。」

小閒笑拍了她手臂一下，道：「妳還能看穿他在想什麼？」

或者在思索政事也不一定。三皇子成了親，又年已二十，朝中立儲之聲漸響，大多數人擁立三皇子，所謂立長是也，可是擁立五皇子的人也不少，他的母親淑妃長袖善舞，素有賢名，口碑極好，五皇子已經十五歲了，長得一表人才，謙遜有禮。

以他與三皇子的交情，誰不把他當三皇子的人看？皇室無親情，三皇子生母早逝，沒了依仗，淑妃又常在皇帝耳邊吹枕邊風，局面棘手得很。

葉啟不說，小閒也能猜得到。自古捲入奪嫡紛爭的都沒好下場，可是就算他沒有站在三皇子這邊，人家也會把他當成三皇子的人。這事，本來就無解。

避不開，只好迎難而上了。

剪秋在葉啟身邊侍候，卻無從得知這些，聞言得意地道：「我當然知道。」

小閒笑笑不語。

錢大娘等鄰居送了禮物過來。錢大娘圍著小閒轉了兩圈，笑道：「我們巷裡也出一位夫人了，老身說出去臉上也有光彩。」

說話間，看到剪秋，道：「好漂亮的姑娘，不知可許了人？」

剪秋已躲入小閒臥室去了，小閒吩咐袖袖取出備下的還禮，一邊笑道：「這是我的好姊妹，小時候已經許了人家。」

錢大娘深有憾色，道：「我還想著為我姪子牽線作媒呢。」

花九娘取笑道：「人家是小閒姑娘的好姊妹，哪裡會嫁到我們這等人家，妳也太敢想了。」

說說笑笑一番，鄰居們才告辭。走到門口，只見嘩啦啦一大群丫鬟簇擁一位氣質高貴、襦裙曳地、美若天仙的小娘子邁步上臺階，幾人一時避也不是，退回去也不是。

袖袖奉小閒之命送錢大娘幾人出來，走在後面，瞧見了，忙道：「大娘們快回來。」說話間，屈膝行禮道：「見過郡主。」

錢大娘幾人躲在袖袖身後，驚得呆了，來的竟是一位郡主娘娘！

麗蓉下巴高高揚起，冷冷道：「罷了。」

袖袖順勢起身，道：「待奴婢去稟報。」

「免了。」麗蓉說著，越過她，身後一群人把袖袖擠到門口去。

錢大娘拉著袖袖的衣袖，還要確定是不是真的是郡主，袖袖一甩她的手，快步追上去，揚聲道：「麗蓉郡主到。」

剪秋正低聲與小閒說笑。「好在妳聰明，一句我已經訂親，把她糊弄過去。」

小閒來不及說什麼，聽到袖袖的提醒，忙迎出來，道：「見過郡主。郡主今兒怎麼有空過來？」

自從皇帝賜婚後，小閒再沒見過麗蓉，卻不知她今天突然來訪，有什麼事？

兩人在榻上坐下，剪秋自覺端了茶具上來，垂手站在一旁。

麗蓉盯著剪秋看了半刻鐘，道：「他對妳可真好，連貼身大丫鬟也送了妳。」語氣神情說不出的落寞。

小閒勉強笑道：「郡主一向可好？」她比以前清減，卻也比以前出落得更漂亮了。

麗蓉搖搖頭，對剪秋道：「妳出去吧。」

剪秋看小閒，她點點頭，剪秋行禮退到門外，與麗蓉帶來的丫鬟分站兩邊。

「我母妃與葉夫人水火不容，互使絆子，妳可知道？」麗蓉語氣不無苦楚。

葉啟自然是絕口不提麗蓉的，倒是已成為三皇妃的周八娘偶爾會提起，聽說她的婚事一波三折，說了幾家，到最後都不了了之。

小閒不知她為什麼提起這個，道：「不知。」

她真的不知道。三年來，她從沒去過盧國公府，陳氏與秀王妃為了臉面，又不可能在名媛圈的宴會上大鬧，有什麼事只能在暗中進行，小閒何從得知？

麗蓉定定看了她半晌，似是要確定她說的可是實話。小閒坦然迎視她的眼睛，一雙大眼晴澄澈見底，漆黑明亮。

「葉夫人向翁貴妃進言，要把我許給梁國公家的十三郎。」麗蓉咬唇恨恨地道。

梁國公府？小閒對宋氏姊妹的印象並不太好，宋十七娘來了幾次，見小閒不冷不熱，便沒再來。想來一母同胞，梁國公的嫡子也不怎麼樣吧？

「妳可是不願意？」小閒問。

到現在為止，秀王妃曾請翁貴妃為小閒和葉啟作媒的事，小閒並不知情，更不知道陳氏為了報復秀王妃，起了壞心，挖了坑要秀王妃往下跳。

小閒到底還是要嫁進盧國公府了，每當想起這個，陳氏越發恨秀王妃。

麗蓉激憤地道：「宋十三郎看著一表人才，其實吃喝嫖賭無所不能，我怎麼願意？」

小閒瞪大了眼，道：「那妳找我，是……」能幫她什麼忙嗎？

麗蓉卻又不說了。

她勸道：「妳跟秀王妃好好說說，想必秀王妃能理解的。」沒有哪個母親會把女兒往火坑裡推，何況她是秀王妃心尖上的寶貝。

麗蓉搖搖頭，淚水順著光潔的臉頰滑落。小閒更不解，只好遞了帕子過去。

麗蓉哭了一會兒，漸漸止住悲聲，低著頭不說話。

小閒專心煎茶，並不催她。

三皇子妃大張旗鼓送了禮物，門邊圍了許多人看熱鬧，小閒和麗蓉只好迎出去，和內侍見禮。

來的內侍白白胖胖的，笑得一團喜氣，道：「皇子妃常常想念十四娘子，還請十四娘子得便去探望皇子妃。」

小閒應了，袖袖接過紫檀描金匣子，遞上一個荷包，道：「公公辛苦，拿著吃茶吧。」

內侍推辭道：「怎麼敢要十四娘子的賞。」

袖袖笑著把荷包塞過去。

待內侍走了，麗蓉冷笑道：「怪道他喚妳十四娘子，原來妳還是堂嫂的義妹，我一時倒沒想起來。這麼說來，我們還是親戚？」

她的語氣神態無不充滿譏諷，小閒苦笑道：「這事勛貴圈中多有人知，妳又不是今天剛剛聽到，衝我發什麼火呢？」

鄭國公府可是把葉啟當女婿的，周信人前人後、開口閉口的「我家三郎……我家三郎昨兒陪陛下去了西苑，我家三郎參股的商隊就要出海了」，不知有多少人眼紅他白撿了個女兒，得了葉啟這個便宜女婿。

麗蓉慢慢垂下眼瞼，聲音漸漸低了，道：「這麼多年，妳還沒回答我，是他先喜歡妳的，還是妳先喜歡他？」

當時在曲池的畫舫上，麗蓉問了什麼，小閒已不記得了。

她拉著麗蓉坐下，道：「他要強，或者不想靠妻子的關係也是有的。」總不能說她太刁蠻任性，他不喜歡。

麗蓉垂頭半晌無語，小閒分了茶，放在她面前，道：「新到的茶葉，妳嚐嚐。」

「三皇子妃告訴我，妳能拜她母親為義母，是三郎的意思。」麗蓉幽幽道。

小閒溫柔地看她，沒有說話。

「要不然今天我不會來，」麗蓉笑了笑，一滴淚從眼角滑落，道：「我不想見他，卻想請他幫忙。三皇兄最近很忙，我去了幾次，都見不著他。」

小閒忙道：「有什麼需要我轉告的？」

因是葉啟低聲下氣追小閒，所以她傷心之餘，再也不想見他了。

「我母親與葉夫人鬥氣，中間又夾了一個翁貴妃，縱然提了幾家人家，都不像話。他不是一向能幹嗎？我想他幫我留意。」

「好，回頭我跟他說。」小閒一口答應，道：「妳有什麼要求，一併告訴我。」

麗蓉長嘆一聲，搖了搖頭。相愛相守已不敢想，只要能找個靠譜點的人，平平淡淡度過一輩子也就是了。天下的男子，又有誰能像葉三郎那麼可人意呢……

# 第六十八章

待麗蓉告辭，小閒便去三皇子府謝恩。

按例，皇子成親得分封分府，可是不知道皇帝是怎麼想的，賜了位於太平坊的一幢宅子給三皇子成親，卻一直沒有分封。

三皇子妃挺著五個月大的肚子迎出來，一見小閒便笑道：「打發人來說一聲就好，怎麼還親自來，我們姊妹哪裡用得著這樣生分？」

小閒快步過去，扶住她，道：「妳怎麼還出來呢？」入內說話吃茶，小閒告訴她。「麗蓉剛才去我那兒了。」

三皇子妃道：「我知道了。她也怪可憐的，葉夫人不知為了什麼事，非和秀王妃過不去，拿秀王妃沒辦法，便拿麗蓉的親事作筏子，偏偏那位貴人又閒得無聊，硬是插了一腳……」

下午葉啟過來，小閒和他說起，他想了想，道：「人都說京城勛貴多如狗，難道還不能給她找個稱心如意的夫婿？再不濟，世家望族的青年才俊總有那麼一、兩個沒有說親的吧？妳不要管，我給她留意也就是了。」

小閒望著他黑寶石一樣的眼睛，溫柔的笑容，只覺心裡說不出的踏實。

隨著婚期一天天臨近，柳府一天天熱鬧起來。

嫁衣是要由新嫁娘親手繡的，小閒前世敲鍵盤的手，這世怎麼也拿不好針線，欒氏瞧她不擅長這個，笑道：「三郎把妳寵壞了，妳都不用操心，府裡撥了繡娘專門給妳繡，到時候妳在衣角上縫兩針就行。」

足足有三年的時間，再精緻的繡品也做出來了。

這三年裡，小閒努力的結果，就是給陳氏做了雙鞋。俗例上，新婦須親手給男方親眷做衣帽，別的就由別人做了，因擔心陳氏找碴，才自己動手做的。也不知扎了多少次手、壞了多少鞋面，總算做好。

陳氏派了任嬤嬤過來，說是讓小閒學規矩。

小閒笑道：「幾年沒見，嬤嬤氣色越發好了。」說著把她往屋裡讓。

任嬤嬤抬眼四望，臉上全是鄙視，道：「難為少夫人還記得老奴。都說妳回家，由一個丫鬟躍身為娘子，人人羨慕，沒想到住的卻是這樣的房子，日常所用，還不及我們府中一個粗使丫鬟。」

話說得可真難聽。任嬤嬤是陳氏當姑娘時的貼身丫鬟，帶到盧國公府後又一日不離，今兒來做什麼可想而知。

小閒走在前頭，淡淡道：「寧為雞頭不為鳳尾，地方雖小，到底是自己的家，哪裡是任人打罵、看人臉色的時候可比？」

任嬤嬤嘴角抽了抽，似笑非笑道：「怎麼，妳在盧國公府，有人打罵妳嗎？」句句不離，揭她曾是丫鬟的過往。

「怎麼沒有呢？服侍梅姨娘時，挨了三十棍，差點打死了。」小閒依然淡淡的口吻，道：「幸好夫人寬容，我在上房時倒沒受什麼罪。」

提起陳氏，任嬤嬤倒不好說什麼，進了屋，坐下吃茶，才道：「夫人的意思，妳雖然學過規矩，但那是當年當丫鬟時學的，如今即將成為少夫人，到底有些不同。」

不過是找個由頭羞辱她罷了。

小閒道：「夫人說得是，我義母也這麼說，前些天特地請了宮中的教養嬤嬤教我。」

宮中的教養嬤嬤！任嬤嬤便訕訕起來，現在鄭國公府可是三皇子妃的娘家。

小閒似笑非笑地睇她。「還要再學嗎？」

待任嬤嬤垂頭喪氣地離開，袖袖笑得直不起腰，對青柳道：「妳沒瞧見她的臉色有多難看。」

到了下聘的日子，八十擔聘禮排得整整齊齊，只等陳氏一聲令下，往崇義坊而去。

葉德一臉怒容，大踏步而來，轉彎處，一個丫鬟收腳不及，差點撞上他，瞥見他的臉色，嚇得當場跪下了。

「當年娶妳時，某可是送了一百二十抬的聘禮！」葉德進門也不瞧瞧屋裡有誰，怒氣勃發，大聲道。

女人就是女人，再要強也分不清重點，八十抬聘禮抬出去，人家嘲笑的可是盧國公府。

想給柳氏沒臉？哼，人家只會可憐她嫁了個小氣婆家，這件事，他無論如何是不能答應的。

誰曾見過這麼有男子氣概的盧國公？屋裡的丫鬟、嬤嬤，請的全福人梁國公夫人齊氏，全都怔怔地看她。

「瑨姊姊先請去花廳吃茶。」陳氏對齊氏道，又吩咐。「明月，好生侍候宋夫人。」

實在是太陽從西邊出來了，明月腦子轉不過彎，聽到喚她的名字，應了一聲，還是傻傻站著。

陳氏狠狠剜了她一眼。

齊氏站了起來。葉德一副吵架的模樣，她總不好繼續在這裡坐。

「夫人這邊請。」明月引著齊氏出去，屋裡服侍的人也跟著退出來。

陳氏往大迎枕上一靠，揚起下巴，倨傲地道：「八十抬聘禮已經抬舉她了，她若嫁到小門小戶人家，有二十四抬就不錯了。」還真以為飛上枝頭變鳳凰了？作夢去吧！

「妳可真不要臉！」葉德氣得胸膛起伏不停。他什麼都可以不在乎，卻不能不在乎盧國公府的臉面，以後盧國公府辦喜事，人家都會拿這樁事出來嘲笑，連帶著他被人戳脊梁骨。

陳氏斜睨他，臉上是冷冷的笑，道：「瞧不出來，我們國公爺還真雄起了一回。」

真要在乎臉面，平時又怎會流連花街柳巷？誰不知道他是勛貴人家的壞榜樣，多少人家教孩子時都道：「切莫學盧國公。」

葉德氣極，抬腳把跟前的矮榻踢飛，道：「馬上追加四十抬，要不然我跟妳沒完！」

一百二十抬是最少的了，當年因老盧國公看重陳氏，聘禮是一百二十抬，二十年間物價飛漲，聘禮也水漲船高，這兩年已普遍是一百二十抬了。

陳氏不屑地道：「你怎麼個跟我沒完法？」

砰的一聲響，葉德又踢飛了一只几案。門外的丫鬟低著頭互相看看，臉都白了。

明珠急中生智，道：「妳們好生侍候，我去請三郎君。」

「找我做什麼？」葉啟接聲道。

丫鬟們一個個抬起頭，露出逃過一劫的表情。

葉啟邁過門檻上的矮榻，掃了倒地的几案，道：「好好的，怎麼吵起來了？」

陳氏重重哼了一聲。瞧這小子，要娶那個賤婢了，神采飛揚的。

葉德像溺水的人抓到救命稻草，搶上去道：「只有八十抬聘禮！」何況聘禮上的東西也很一般。

葉啟笑道：「八十抬也不錯了，娘親既然這樣安排，自有娘親的道理。父親且隨我來，我有事跟父親說。」

葉德急道：「還有什麼事比聘禮更急？」

聘禮一旦出府，便會成為滿京城的笑話，教他如何不急？

葉啟笑道：「淮河的鹽引下來了，有幾家人選，兒子拿不定主意，想請父親參謀參謀。」

這是要葉德推薦人選的意思？好處可不少。陳氏眼睛銳利如刀，看向葉啟，道：「家裡的庶務是為娘打理，三郎有事，也該與為娘商量。」

葉德本想好好勸說葉啟，怎麼著也不能讓老婆未過門便在滿京城的勛貴和家族中落了臉，只怕以後有那促狹之人會當面嘲笑小閒，到時讓她如何下得來臺？可是陳氏這一插話，他再次氣往上衝，一把握住葉啟的手臂，道：「走，我們書房談去。」
葉啟被葉德飛快拉走，急得陳氏把几案一推，几案上的茶碗跌落打碎，茶汁濺了一地。
書房門一關，葉啟便道：「父親太心急了，這事怎麼不來找我，跟娘親有什麼好談的？」
她一心要打小閒的臉，讓小閒成為笑柄，怎麼可能更換？
葉德嘆氣，道：「你忍心讓她被人笑話？」這可是兒子自己千辛萬苦求來的親事。
葉啟唇角上翹，道：「怎麼會呢？」坐下後一本正經和葉德討論鹽引的人選。
葉德卻怎麼也坐不住，不時望向窗外，又時時側目傾聽。
葉啟頗為無奈，道：「府裡的聘禮抬出府，外面自然有人跟上，父親不用擔心。」
葉德大喜，一把抓住兒子的手腕，道：「當真？」
看來兒子搞的是無聲的對抗哪！一想到聘禮送到柳家，木已成舟，陳氏再也無法更改，他便樂不可支。
真是個老頑童。葉啟暗暗嘆了口氣，道：「父親以後每個月到我帳上支兩千兩銀子零花吧。」
葉德大喜，道：「為父本來想等你成親後再告訴你，你一向能幹，盧國公府重振門楣指日可待，為父想上摺子請封你為世子。」
葉啟估摸著有人提醒他，如果沒猜錯，這個人極有可能是周信，要不然以父親糊裡糊塗的性子，哪會想到這？成親不過是藉口，若是換了別的人家，早就請封他為世子了。

葉啟道：「謝父親。」

葉德拍拍葉啟的肩膀，道：「以後支應門庭就靠你了。」

他就可以放心吃喝玩樂了，至於陳氏，有柳氏制約，以後婆媳肯定如水火般不相容，哪裡抽得出空來管他呢？葉德大有世界很美好之感。

陳氏吩咐明珠。「去打聽打聽，三郎最近在忙什麼。」

明珠不明所以。不是在忙娶親的事嗎？可是陳氏神色不善，她又不敢多問，只好藉口奉命看新房佈置好了沒有，去了啟閑軒。

汪嬤嬤進來稟道：「夫人，吉時到。」

陳氏沒有說話，只是揮了揮手。汪嬤嬤理會得，吩咐下去，鼓樂聲中，中門大開，身著簇新青衣小帽的奴僕們抬著一抬抬聘禮出了大門。

從這裡到柳府，路線都是預定好的，別人家是繞城半圈，能走多遠就走遠，為的是誇耀聘禮厚重，陳氏說了，走最近的路，為的是讓小閒沒臉。

盧國公府按制臨大路開府，一行人出了大門，走在大路上，領頭的是騎在白馬上的兩個少年，葉啟的堂兄葉遷、堂弟葉垠。葉遷和葉垠去年同時中了秀才，算是有功名在身，遵例俗送聘禮到女方家。兩人並轡而行，迎著路人豔羨的目光，只覺風光無比。

跟在二人身後的，是大管家老李的二兒子李海。他突然覺得不對，不是應該拐往左邊嗎？那是小路，怎麼前頭這兩人二話不說，一點也不帶猶豫地往右邊拐呢？往右邊可是要繞城的。

再走一段，圍觀的路人越來越多，不時有人讚嘆。「這是誰家送聘禮？」旁邊便有人搶著回答。「當然是盧國公府啦！」

「難怪都道盧國公府是京城第一勛貴，果然氣勢非凡。」

李海起先還暗笑，不過八十抬的聘禮，有什麼氣勢？怎麼如今拍盧國公府馬屁的人越來越多了呢？

可是讚嘆聲此起彼伏，再拐個彎，還看不出這是要繞城一圈的作派，他可就是傻子了。他有些焦急。夫人特別交代，抄小路到柳家，放下東西馬上走人，這可怎麼好？他無意間一回頭，不由吃了一驚，黃土路平坦得很，腳下卻被絆了一跤。

後面是長長望不到邊的隊伍，每個人身著盧國公府的家奴服飾，跟他一樣嶄新，透著一股清爽。可是這些人是哪兒來的？他怎麼不知道？李海大急，忍不住低聲喊。「二郎君、五郎君！」

葉遷和葉垠高坐馬上，志得意滿，哪裡聽得到？

就這樣繞了一大圈，直到太陽毒辣辣照在頭頂，人人走得滿頭大汗，總算來到崇義坊的坊門口。全坊的人聞風而動，跑出來看熱鬧，葉遷和葉垠的虛榮心得到了極大滿足。

柳慎今天沒上衙，一身新官袍，鬍子也修飾過，看著特別精神。

樂氏一早過來，只是看著小閒笑。她本要給小閒做及笄禮，柳慎堅決不同意，只好一早送了禮，那天便沒過來。今兒下聘，無論如何她是不會錯過的。

「來了來了。」袖袖手舞足蹈地跑進來，道：「郎君好大手筆，整整四百抬的聘禮，把院子堆滿不說，後面還有許多，沒地方放。」

「四百抬！」小閒和樂氏目瞪口呆，這也太多了，就是公主下嫁，也沒這麼多。

「這下子妳成了全京城女子們羨慕的對象了。」樂氏笑得見縫不見眼。

小閒舉步往外走，樂氏忙拉住，道：「這個時候不能去。」

總得柳慎收下聘禮，招待完男方送聘禮的人，小閒才能出去。

「可是沒地方……」小閒道。父親太古板了，她總得幫著想辦法。盧國公府送來的東西，珍貴無比，不容有失。

樂氏笑呵呵道：「不是還有妳哥哥嗎？」

柳洵提前兩天向宋大儒請了假。

小閒這才停下腳步，喊袖袖。「快去看看，現在怎麼樣了。」

樂氏只是笑，和身邊的丫鬟果兒道：「果然是女生外向。」

果兒便捂了嘴笑，道：「姑爺也真是的，怎麼不先說一聲呢？」

小閒在屋裡，只聽見外面一浪高過一浪的讚嘆聲、說話聲、笑聲、腳步聲，更是煩躁，道：「袖袖怎麼還不來？青柳，妳快去看看。」

青柳應了一聲，快步去了。

樂氏拉過小閒的手，道：「三郎做事妳應該放心才是。」又給她倒了茶，道：「潤潤嗓子吧。」

小閒吃了一碗茶，平時難吃的煎茶，這時倒不覺得難吃。

等待的人總覺得時間過得慢，覺得過了很久，袖袖才一頭細汗，提著襦裙跑來道：「院子裡放不下的，放進葉家了。柳大人開了大門，讓鄰居們參觀呢。」

樂氏微微皺眉，道：「送的都是什麼東西？」要是有人混水摸魚可怎麼好。

袖袖道：「很多，奴婢也說不清，恍惚聽說絹五十疋，綃五十疋，上好的翡翠手鐲十二對，金磚二十塊……」

樂氏倒抽一口涼氣，道：「這個三郎，怎麼能這樣任性！」

小閒道：「葉家有什麼人？」

樂氏不知，小閒和袖袖可是清楚隔壁葉家住的都是葉啟派來暗中保護小閒的護衛，這些人分派開來看守這些聘禮再好不過了。

袖袖明白小閒的意思，道：「葉家平時倒沒什麼人，今兒剛好是葉大郎過生日，鄉下的兄弟們都來了，足足有二十幾人呢。那葉大郎也是個爽快的，一口應承幫我們看守。」

自然是葉啟早就安排好了的，所謂的葉大郎，不過是派來的護衛頭子罷了。

小閒便點點頭，一顆心放回肚子裡。

樂氏卻著急起來，道：「一些鄉下人，可怎麼信得過？」吩咐果兒。「拿我的對牌去府裡調一百人過來，要快！」

她沒想到聘禮這麼多，要不然早撥了人在這兒候著了。

門外人山人海，有的人甚至一路上跟過來，以錢大娘為首的鄰居反而擠不進去。錢大娘大急，這麼熱鬧的事，怎能少得了她？可是人實在太多，真的擠不過去。

盧國公府送聘禮的奴僕放下聘禮後，並沒有走開，而是站在所挑的箱籠旁邊，眼也不眨地盯著擔上的聘禮。

葉啟預留在這兒的護衛，把兩座院子中間那段路連同大門一併守住，誰也不許進。

禮盒敞開，黃澄澄的金磚，紅的粉的黃的紫的綃絹，在陽光下泛著五彩的光。

不知有多少人流著口水，也不知有多少妙齡女子暗暗祈禱，求月老讓她們能得一個這樣的良人。

柳慎、柳洵送葉遷、葉垠出府時，只有二十人跟隨，其餘人等留在原地。

李海腦袋一片空白地跟在葉遷身後，魂不守舍地往外走。回去可怎麼向夫人交代？

待葉遷、葉垠一行人擠向人群，柳慎苦著一張臉，道：「這下慘了，不知要添多少嫁妝。」

柳洵倒樂觀，笑道：「父親放心，妹婿自有安排。」

柳慎搖搖頭，道：「請你妹妹出來吧。」

小閒往一擔擔的禮物看過去，越看越是心驚。這得多少銀子？這樣財物外露，真的好嗎？現在是非常時期，若是被御史參上一本，皇帝會不會懷疑葉啟？聖眷如何維持？

很快，馬蹄聲響，有人大聲道：「有正事要辦，讓一讓。」

卻是鄭國公府的護衛來了。

# 第六十九章

滿京城都在談論盧國公府的聘禮，連皇帝都驚動了，特地把葉啟叫進宮去，問：「你小子玩什麼花樣？」有錢也不是這樣花法。

葉啟低頭不說話。

「想把皇家比下去嗎？」皇帝臉一沈，喝道。

葉啟苦著臉，耷拉著肩，道：「臣跟娘親鬥氣，沒想到皇家臉面……」

皇帝隨手抓起奏摺邊的白玉扇，打了他兩下，道：「滾回去。再亂來，看朕怎麼收拾你？」

至於陳氏，她「病」倒了，不能理事，然後汪嬤嬤也跟著累「病」了，強撐著出來了一會兒，當著嬤嬤們的面，暈倒了。

眼看吉期在即，諸事千頭萬緒的，這下子全抓瞎了。丫鬟僕婦們像無頭蒼蠅似的，有的事沒人幹，有的事一窩蜂搶著幹，盧國公府一下子亂糟糟的。

葉德又氣又急又怕。他一個大男人，什麼時候主持過中饋，理過庶務了？

得知葉啟從宮裡回來，葉德顧不得著人去喚，一路小跑著追了出去。

「請二嬸過來主持中饋，待娘親病好再把對牌交回去。」葉啟頭也沒回地道，邊說邊往前頭走。

對啊，怎麼沒想到呢？葉德訕訕道：「你去哪兒？」

葉啟停住腳步，道：「娘親不是病了嗎？兒子總得去瞧瞧。」

喔，對喔。葉德摸摸頭，又爆發了，吼道：「她那是病嗎？分明是——」

「父親！」葉啟打斷他的話，平靜地道：「你跟兒子一起去吧。不知太醫可瞧過了沒有？」

葉德別過臉，道：「不去。」

葉啟搖搖頭，自顧自去上房。

陳氏臥房門口，葉馨和葉標像鬥雞眼似的對峙，兩人的丫鬟心驚膽戰，因怕吵著陳氏，勸都不敢勸。

「三郎君來了。」小丫鬟小聲稟道，眼望垂手候在門口的明珠，示意詢問。

明珠還沒有表示，葉馨已跳了起來，衝了出去，一頭撞向緩步走來的葉啟的小腹。

葉啟按住她的肩頭，面無表情道：「娘親病了，還這麼貪玩，想罰抄書嗎？」

葉馨掙開，唾沫差點噴到葉啟臉上，大聲道：「都是你害的，要不然娘親不會病！」

「不就是聘禮嗎？八十抬還不行，以為那個賤婢多高貴呢，四百抬，呸，她也配！」這話，葉馨已經罵了半天啦，偏生葉標對小閒印象好得很，本想來探望母親，一聽葉馨罵得難聽，當即忍不住了，兩人立馬吵起來。

葉啟皺眉，道：「娘親病了，妳不說在床前侍奉湯藥，這樣大呼小叫成何體統？」喝令雅琴。「不帶四娘子回去，想受罰嗎？」

雅琴嚇得小腿哆嗦，上下嘴唇碰了半天，也說不出一句話來。

「帶四娘子回去，沒有我的命令，不許出來。」葉啟對上房候著的嬤嬤道，轉頭又對葉馨道：「妳出嫁，我會跟妳夫婿說，八十抬聘禮足夠了。」

葉馨氣得發暈。

嬤嬤們不敢不聽，帶了人上前半拉半勸。「四娘子快回去歇歇，莫打擾夫人歇息。」

「夠了！」屋子裡傳出一聲巨響，像是瓷器高高舉起摔在地上的聲音，接著是陳氏狂怒的聲音。「我還沒死呢，別作踐你妹妹。」

「娘親，哥哥欺負我……」葉馨號哭著奔進臥房。

葉啟像是沒聽見似的，徑直邁步進去。

陳氏坐在內室的匡床上，額上綁了抹額，一臉怒容，紅光滿面，哪裡像是生病的樣子？

葉啟在床邊的榻上坐了，道：「娘親病了，可得好好歇歇，別操心太多。」

「你！」陳氏氣得說不出話來，對他怒目而視。

葉馨大聲道：「還沒娶妻就忘了娘，你可真行！」

葉啟不理她，轉頭問站在一旁的明月。「太醫怎麼說？」

明月瞄了陳氏一眼，勉強擠出一個笑容，道：「來的是薄太醫，說的話好深奧，奴婢蠢笨，沒聽懂呢。」

葉啟便嗯了一聲，道：「可煎了藥？」

「煎了，剛喝下。」明月臉不紅氣不喘地應著。薄太醫開的是調理身體的常藥，有什麼不可吃的？

葉啟轉向陳氏道：「吉期臨近，府裡諸事繁雜，不巧娘親又病了，我想著，不能讓外人笑話，不如請了二嬸來幫忙照料幾天，把事圓過去。娘親的意思怎麼樣？」

葉德兄弟四人，所謂的二嬸，是葉德二弟葉陽的妻子肖氏，也是官宦人家出身，父親是四品知府，為人最是爽利不過了。

當年，葉德比葉陽先一年成親，葉啟卻比葉遷還小一歲。為此，陳氏一直耿耿於懷，對肖氏便不怎麼親熱，兩家來往不多，葉啟與葉遷卻是兄弟情深，自小談得來。

陳氏大怒。想把她架空，還來問她的意思？

「不用。不過是吉日那天招待來賀的賓客罷了，也沒什麼事。」陳氏心裡窩著一團火，臉上卻淡淡的。

葉啟恭順地道：「是。兒子先告退。」

陳氏目送葉啟的背影走向屏風，嘴角噙著冷笑。他不是想給那賤婢臉面嗎？且看看她給她什麼樣的「臉面」吧，保證會成為勛貴圈中的笑話，從此以後，賤婢再也不敢出來交際應酬！這麼一想，陳氏心情好了不少。

約莫一個時辰後，小丫鬟來稟報。「二太太來了。」

因葉德三個弟弟沒有官職在身，妻子只能稱呼「太太」。

陳氏一驚，坐直了身子，道：「她來做什麼？」

離正日還有幾天呢，難道巴巴跑來為她主持中饋，想過一把癮不成？

說話間，肖氏已經繞過屏風，含笑走來。她四方臉，長相一般，但一雙眼睛明亮有神，唇邊含笑，道：「恭喜嫂嫂，這下子盧國公府可是大大地露臉了！」

陳氏差點一口血吐出來。

「坐吧。」她的臉色自然好不了，語氣也淡淡的。

肖氏只道她一向盛氣凌人慣了，盧國公府又是如此鼎盛，難免得意猖狂，也不與她計較，在榻上坐了，道：「三郎跟我說，嫂嫂病了，府裡沒人主持，亂糟糟的，讓我過來照看幾天。我原想著我出身小門小戶，沒什麼見識，不敢擔此重任，推辭了半天。還是三郎說，我們是兄弟，盧國公府成了笑話，大家都沒臉。我想了想，這話在理，便厚著臉皮過來了。有做得不好的地方，嫂嫂提點些。」

陳氏只覺喉頭一甜，一口血盡數噴在肖氏前襟上。

她真是前世造了孽，才生了這麼一個混帳兒子！

這下，陳氏是真的病了。

不管她願不願意，吉期還是如約而至。

大紅的嫁衣晃得人眼睜不開。小閒想笑，又笑不出來，從早上起來，手心便一直是汗，心跳加速，由著樂氏擺布。

「姊姊可真漂亮。」袖袖唇邊含笑，目不轉睛地望著小閒，喃喃道。

樂氏笑拍了袖袖一下，道：「傻孩子，以後再不許稱呼姊姊了。」

袖袖用力點頭，道：「是。」又鄭重向小閒行禮，道：「少夫人。」

小閒只是傻傻地笑。樂氏打趣道：「這孩子歡喜得傻了。」

一屋子的女孩子都笑了起來。周十一娘抱著母親的手臂笑得喘不過氣，道：「娘親快別說了，小閒臉都紅了。」

女方請的全福人是安國公夫人華氏，華氏兒女雙全，深受安國公敬重。樂氏一早請了她，她自然樂呵呵地應承了，這幾天一直在柳家忙活。

這時，安氏笑著牽了小閒的手，到內室，在她耳邊細細說著什麼。

喜娘細心地給小閒梳了婦人的髮髻，看著銅鏡中那張臉，不由發自肺腑地道：「小娘子可真好看。」

那如遠山般的眉，彎彎的眼，長長的睫毛，小巧的瑤鼻，真是迷死人了。

周十一娘遞過一個白玉雕成的小盒子，打開來，清香撲鼻，卻是滿滿一盒子膏蜜。

「八姊特地讓人淘弄的，總共兩盒，妳一盒，我一盒。」周十一娘有些得意地道：「香甜著呢，妳試試。」說完，臉卻紅了，只是沒人注意到。

掏一點搽在唇上，那香甜一直沁到心裡，輕輕抹開，薄薄的櫻唇恍若流光溢彩，偏那顏色又不張揚，既引人注意，又恰到好處。

「很好。」小閒輕啟朱唇，道：「替我謝過八姊。」

周十一娘的臉又紅了一下，卻是想起三皇子妃給她膏蜜時說的話。「我特地照古方讓人淘弄的，好著呢。妳跟小閒說，出嫁那天用上。妳的那盒就儘量用吧，待妳出嫁，我再重新給妳淘弄一盒。」

「嗯？」小閒見她沒吭聲，轉過頭睨了她一眼，只見周十一娘滿臉通紅。

小閒便笑了，促狹地道：「義母，也該給十一姊說親啦。」

一屋子的人都不解地望著她，樂氏抿著嘴笑了，道：「待妳出嫁後，我再幫她挑一戶好人家。」

周十一娘大羞，兩隻粉拳捶著小閒的肩，跺著腳道：「妳亂開我的玩笑，我不依。」

「唉呀，我的玉娘，這可使不得。」華氏笑著上前擁了周十一娘的肩，把她拉開，道：「今兒可不能跟小閒開這種玩笑。」

周十一娘虛張聲勢道：「先放過妳。」又把一屋子人逗笑了。

青柳進來稟道：「夫人，我家阿郎有幾句話要跟娘子說。」

大家會意，都避到西廂房去。

柳慎腳步沈穩地進來，身後跟著柳洵。他定定地看了小閒一會兒，嘆道：「在夫家不比在自己家，以後凡事不能由著自己的性子來，要孝敬公婆，善待小姑小叔子們，凡事小心。」

小閒心裡感動，若是母親在世，這話本該由母親跟她說。下聘前，樂氏曾跟柳慎談過一次，大約是說小閒雖是義女，在她心裡跟親生女兒沒有分別，該跟小閒說的話，她都會說。當時柳慎鄭重作揖，謝了又謝，可他到底還是不放心。

柳慎見小閒的眼眶紅了，嘴裡說著：「三郎是可以依靠之人，妳不用擔心。」卻別過臉去，用衣袖拭了拭眼角。

「妹妹，」柳洵上前一步，道：「妳放心，哥哥會用功讀書，總有金榜題名的一天，到時候我們家一門兩進士，妳也有了依靠。」

小閒叫了一聲「哥哥」，淚水再也忍不住，順著臉上的粉淌了下來，道：「我會好好的，你和父親不用擔心。」

「瞧妳，把妝都哭花了。」柳慎努力露出一個笑容，道：「快讓袖袖給妳重新化一個。」

小閒拿手背胡亂擦了擦，道：「父親和哥哥都要好好的，我得閒便來看你們。」

「可別。」柳慎嚴肅地道：「妳上有公婆，下有小叔子小姑子，天天往娘家跑，成什麼樣子？」

還不是擔心她被公婆嫌棄。小閒含笑道：「沒事，到時候我讓三郎陪我一起來，公婆也不好說什麼。」

反正無論她怎麼做，陳氏都不可能接受她，又何必委屈自己？

一家人說著話，門外一片喊聲響起。「新郎官來了。」

柳慎、柳洵急忙迎出去，迎親隊伍全副的儀仗把整條巷都塞滿了。葉啟身著大紅狀元袍，見到柳慎便單膝跪了下去。「小婿見過岳父大人。」

「快快起來。」柳慎伸臂扶他起來。

翁婿客氣幾句，葉啟來到後院，東廂房門口打扮得花枝招展的女子們二話不說，一個個舉著大棍便衝了過來。

葉啟往旁邊一閃，身後的周川推了岳關上去，岳關著實挨了好幾下，好在女子們只認準了新郎官打，棍棒聲中，一群人哄堂大笑。

葉啟低聲下氣地求饒，領頭的周十一娘才柳眉一揚，道：「我們走。」

於是青柳端了酒上來，當然，這酒不白喝，葉啟付了一千貫買酒錢，才算過了這一關。

眼看到東廂房門口，剛才那群悍婦齊齊嬌聲道：「快作催妝詩來。」

這個自然難不倒葉啟。「今宵織女降人間，對鏡勻妝計已閒……」清朗的聲音傳進屋裡，小閒只是微笑。

催妝詩作完，男方親友團齊聲大喊：「新婦子，催出來！新婦子，催出來！」

東廂房房門大開，華氏扶著小閒拜別父母。

小閒盈盈下拜，抬起頭時，淚如雨下。

柳慎的淚水也控制不住地直往下掉，嘴唇抖個不停，就是說不出一句話。

華氏道：「吉時已到，新娘子上花轎吧。」

小閒淚眼模糊中，看到一身紅袍，唇紅齒白、劍眉星目的葉啟，癡癡凝視著自己，那愛意，從眼底深處直溢出來。

一塊紅蓋頭遮住了視線，柳洵彎腰把小閒揹起來，華氏說著好四句，鼓樂聲中，走向大門口的花轎，爆竹噼噼啪啪響了起來。迎親的隊伍接了新娘，出了坊門。

走紅毯，踏火盆，拜堂成親，直到送入洞房，都順利無比。

袖袖虛扶小閒手臂，向新房走去。從花轎進大門時，她心裡就一直打鼓，生怕陳氏讓小閒難堪，直到扶著小閒坐在大紅喜帳下，才鬆了一口氣。

青柳和她對視一眼，都從彼此眼中看到略微放鬆。

一大群人湧了進來，葉歡清脆甜糯的聲音喊著。「三哥快把蓋頭揭了，我們看看新娘子。」

小閒聽見各種各樣的笑聲在屋裡響起，從蓋頭下只看到好多雙繡鞋。

接著，眼前繡著喜字的紅蓋頭被移開，葉啟手持喜秤，呆呆地看她。

「新娘子好美啊。」

女眷們交頭接耳，都這麼說，有的真心，有的假意，卻哪裡計較得了那麼多。

小閒只覺臉熱熱的，眼睛只是看著葉啟。他臉色微酡，不知是飲了酒，還是未飲先醉。

兩人就這麼癡癡對望著。

不知誰說了句：「果然情深似海。」一屋子人哄笑起來。

華氏笑道：「酒席要開始了，大家快去坐席吧。」和齊氏一手一人拉了兩個人就走，小閒也不知她拉了誰，那兩人又回頭叫人，於是大家都走了。

屋裡，只剩她與葉啟兩人。

「可餓了？」葉啟柔聲道。花轎繞城一圈，走了近兩個時辰，事前為防內急，她一定沒怎麼吃東西。

他在眼前，小閒只覺平安喜樂，微微一笑，道：「在轎裡吃了兩塊老婆餅，這會兒倒不怎麼餓，就是有些口渴。」

葉啟便對站在角落裡的袖袖道：「去打水來，把小閒臉上的粉洗了。塗成這個樣子，把好好的肌膚都弄壞了。」然後上前，在几案上倒了水，試了試水溫，遞到小閒嘴邊。

齊氏去而復返，笑道：「新郎官新娘子喝合巹酒了。」

自有小丫鬟端上托盤，托盤裡放了一個酒壺，兩個酒盞。

喝過合巹酒，齊氏笑道：「我們就在西廂房，有什麼事差丫鬟去喚我們就好。」說著退了出去。

# 第七十章

袖袖打了水，絞了帕子來。葉啟接過，邊去拭小閒臉上的粉，邊嫌棄道：「妳皮膚那麼好，塗成這樣，難看極了。」

臉上像刷牆似的刷了厚厚一層粉，著實不舒服，小閒早就想洗去了，伸手去接葉啟手裡的帕子，道：「我來。」

他不讓，輕輕按住小閒的頭，小心翼翼地擦她的臉。

葉邵從外面進來，道：「三哥，喊你吃酒呢。快來！」話說完，才發現兩人的動作，不由僵了僵，乾笑道：「三哥就這麼一會兒也等不及啊？」

葉啟專心致志地把小閒臉上的粉拭完，把帕子交給袖袖，才轉身道：「走吧。」

葉邵一張臉比葉啟身上的大紅喜服還要紅。

青柳端了點心進來，道：「少夫人先墊墊肚。」

其實她們有帶點心匣子，本不用問盧國公府的人要，小閒好奇一向不聲不響的青柳是怎麼要到這些點心的？剛要問，一人快步進來。

「少夫人。」剪秋先向小閒恭恭敬敬行了大禮，還沒站直，便撲了過去，把她抱在懷裡，道：「想死我了。」

小閒眼中含淚，反手抱住了她。

袖袖把門掩上，青柳裝作看環境，站到外面去。

剪秋坐在匡床邊的腳踏上，低聲把陳氏最近的所作所為一一說給小閒聽，道：「……本來今兒還要在眾賓客面前給妳下馬威，好在三郎君早料到，順發把那些鋪紅氈的奴才的家人都扣起來了。」

是想讓小閒摔一跤嗎？袖袖出了一身冷汗，道：「她怎麼能這樣？」

「怎麼不能？若是少夫人真有個差錯，不僅進府後會被下人們鄙視不屑，就是她也有藉口逼著三郎君休了呢！」剪秋憤憤地道。

小閒頷首，道：「或者這就是她的目的。」

難不成休了她，葉啟便能娶到更好的？以翁貴妃受寵的程度，丹陽不可能嫁與已經二婚的葉啟吧？

剪秋道：「所以，少夫人還是小心些的好。明兒認親，還不知她要怎麼作怪呢。」

「不是說病了嗎？」袖袖撇嘴。怎麼不一直裝下去？這樣，小閒便能替她主持中饋了，還整不死她？

剪秋擔心地道：「再怎麼著，認親的時候也會在，我擔心她會為難少夫人。」就算病得起不了床，也會讓人抬了來。婆婆怎能不喝媳婦茶？

小閒輕拍剪秋的肩，道：「沒事，我會小心的。」

青柳進來道：「郎君讓少夫人先安歇。」

想來前院吃酒吃得狠了，葉啟擔心她久等，才讓人過來說一聲。

小閒道：「我等他。」

他如此有心，她也要尊重他。夫妻之間本就該互相尊重，哪能不管不顧，先歇了呢？

傳話的丫鬟搶上前拉著小閒的手，歡喜地道：「少夫人可回來了，我們都想念得緊。」

小閒微微一笑，反握住她的手，道：「這幾年，三郎多虧妳們照料，我感激得緊。」

丫鬟忙道：「少夫人言重了。服侍郎君是奴婢們的本分，哪裡當得起少夫人這麼說。」

小閒含笑道：「我們原是一起共過事的，可別跟我生分。」

正是因為跟她共過事，才怕被滅口啊。自從傳出兩人訂親的消息，丫鬟就一直心驚膽戰，原想小閒最多也就做個妾侍，哪裡料到她會一躍成為女主人呢？

「謝少夫人。」丫鬟再次行禮。

小閒讓剪秋扶她起來，剪秋把她扶起來後，正色道：「我們都了解少夫人的為人，妳不用如此惶恐。」

丫鬟低聲應是，道：「四娘子被禁足，想來對少夫人甚是仇恨，少夫人還須小心。」說完，倒退出去了。

袖袖氣道：「這些人真是的，怎麼老揪著少夫人的過往不放呢？」

封建社會自來等級森嚴，自己算是個異數，怪不得人看低。小閒正要安撫她們，葉啟回來了，臉頰潮紅，一身酒氣。

剪秋忙去端醒酒湯，道：「郎君快喝了醒醒酒。」

葉啟一口喝了，望向小閒道：「戴這些首飾怪重的，怎麼不卸了去？」

小閒扶他坐了，溫順地道：「好。」
剪秋把袖袖帶下去，順手把門關上。
小閒一張俏臉如雞蛋清，粉塵不染。
「可覺得頭暈？」她說著，去摸葉啟的額頭，並不燙。
手被葉啟握住，腰一緊，整個人被他緊緊擁住，火燙的唇印上她的唇，葉啟一雙手直往她的衣裡鑽。
頭上的首飾還沒拔下呢。小閒推開葉啟，道：「滿身的酒氣，先去沐浴再說。」
葉啟咧嘴一笑，把她頭上的簪子、步搖、金釵一件件拔下來，手一抖，如雲青絲瀑布般落下，攤在大紅的錦被上，煞是好看。
葉啟捧了她的臉，又吻了下去。
身子被壓在錦被上，小閒莫名覺得心慌。葉啟撬開小閒的嘴，直吻到她的靈魂深處，她只覺不能呼吸，雙手無力地攀在他的手臂上。
良久，葉啟才鬆開，沙啞地道：「我沒有吃多少酒，衣服的酒氣，不過是先灑了酒上去。出去之前，又吃了醒酒湯。」
小閒訝異極了，道：「你沒吃醉？」
他一邊解身上的大紅喜服，一邊露出白牙，笑道：「今兒是什麼日子！我吃醉了，我的新娘子怎麼辦呢？」
小閒羞不可抑，拍了他手臂一下，道：「就你貧。」

葉啟把大紅喜服丟開，只露出裡面的中衣，果然酒味沒了。

小閒讚道：「難得你想得周到——」

一句話沒說完，發現葉啟在解自己的衣服，不由去拍他的手，葉啟只是笑，由得她拍去。

大紅喜帳被放下，龍鳳雙燭的光朦朦朧朧地透進來，只襯得葉啟的眼睛又黑又亮，眼裡跳躍兩簇火焰，像是要把她吞沒。

身上的衣服一件件減少，小閒敵不過他，只好拉過錦被，把自己蓋住。

葉啟欺身過來，噙住她的唇，不能呼吸的感覺再次襲來。

紊亂的呼吸在耳邊響起，小閒清晰地聽到葉啟劇烈的心跳，雙手只是緊緊地抱住他的脖子，腦子昏昏沈沈的。直到疼痛襲來，她不知怎的，張口咬了葉啟肩頭一下，淚水湧了出來。

葉啟在她耳邊喃喃安慰著，把她抱得更緊了。

這樣不知過了多久，她只覺得一點力氣也沒有了，只是由著葉啟哄著。

「妳可真狠，都咬破皮了。」葉啟突然在她耳邊笑道，帶著鼻音。

小閒依然昏昏沈沈的，只覺得很累很累。

「看妳，滿頭的汗。」葉啟道，接著起身，就那樣跳下了床，把小閒嚇了一跳，忍不住睜大眼睛看他要幹麼。

他赤身把她連人帶被子抱了起來。

「去哪裡？」小閒摟著他的脖子，傻傻問。
做新房的是葉啟原來的臥室，牆面重新刷過，因以前曾在這裡兩年多，自以為對這裡熟悉得很，她並沒有問剪秋，為了這次成親可曾改動過。
葉啟不答，繞過檀木雕花刺繡屏風，只見用小屏圍起來，隔開一個小間，裡面熱氣蒸騰，卻是一只大大的浴桶，桶下製成一格，裡面炭火燒得正旺。
溫度剛好的水讓小閒舒服得呻吟一聲，隨即注意到兩道灼熱的目光射在胸前，忙把身體縮到水裡去，水面上漂浮著玫瑰花瓣，多少能遮擋一二。
葉啟邁開長腿跨進來，鑽進水裡，一把將她抱住。
「別……」小閒意識到他想做什麼，用手推搡他，卻哪裡推得開。
他的手撫在她身上，比水還輕柔，比水還灼熱，小閒狂跳的心漸漸安靜下來，以為他只是這樣安撫，沒想到他卻藉著水勢，就那樣進去了，小閒毫不猶豫地咬他。
葉啟笑，吻著她的耳垂道：「還疼嗎？」
當然疼。
重新回到匡床上，她累極，頭枕在他胸前，眼睛再也睜不開了。
葉啟把她抱在懷裡，親了親她的額頭，拉過錦被把兩人裹住，目不轉睛凝視她。她的皮膚極好，初承雨露，又沐浴過，臉頰紅紅的，長長的眼睫毛微微顫動，被他吻得發腫的唇……他再也忍不住了，湊過去，輕輕啄了一下，再次把那如花的唇瓣含進嘴裡。

小閒睡得香甜，恍惚中以為還在崇義坊的自己家，直到有人推了她一下，道：「少夫人快起床，時辰不早了。」

少夫人！小閒猛地睜開眼睛，眼前一張稚氣的臉，神色焦急，不是袖袖是誰？

「還可以再睡三刻鐘呢，妳怎麼把她弄醒了？」

順著說話聲，小閒看見衣著整齊的葉啟，一臉雲淡風輕地站在床邊。

想起昨晚他需索無度，她就來氣，狠狠剜了他一眼，翻身坐了起來。

錦被落下，露出粉光致致的肌膚，豐潤的胸，袖袖快速別過臉去。

「退下吧。」葉啟強抑急促的呼吸道。

就算沒有吩咐，袖袖也急著找藉口退出去，這時得了吩咐，臉紅到耳根，頭垂到胸前，低低應一聲是，飛也似的逃了。

小閒覺得胸前一涼，才反應過來。

葉啟已上了床，一把將她抱進懷裡，密密吻著她的胸前，道：「我服侍妳更衣。」

小閒只覺渾身躁熱，強撐著道：「別鬧，若是起得遲了，夫人要責怪的。」

葉啟輕笑道：「以後得叫娘親，叫錯了是要罰的，罰妳香湯沐浴一次。」

他可真敢想。小閒腦中浮起昨晚在浴桶裡的旖旎畫面，心跳加速，道：「你怎麼這樣啊……」這是古人嗎？怎麼比現代人還開放啊。

葉啟一點點親吻下去，並不說話。

小閒只好推開他，滿床找小衣褻褲，道：「我要叫人進來服侍了。」

「我服侍妳。」葉啟說著，在被裡摸啊摸的，摸出一件紅肚兜，在小閒跟前晃了晃。

小閒愕然。「你……」

葉啟一臉壞笑，道：「乖乖坐著別動，我來就好。」

他像變戲法似的，肚兜、小衣、中衣、大紅喜服、一件件不知從哪兒拿出來，又一件件套在她身上，小閒目瞪口呆。

「好了。」細心地幫她整理衣襟裙袂，再把她的墨髮披在肩上，親了親，葉啟揚聲道：「進來侍候吧。」

小閒只是呆呆看他。

袖袖和剪秋一前一後進來，身後的小丫鬟捧著漱口的盂盆洗臉水。

「少夫人，奴婢幫妳梳頭。」剪秋眉梢眼角都是笑，柔聲道。

袖袖一張臉紅紅的，忸怩地站在一旁絞著手指。

昨晚，整個盧國公府都喜氣洋洋掛滿大紅喜字燈籠，襯得到處紅彤彤一片。外面，笑聲、說話聲、猜拳聲一浪高過一浪，上房三間正房卻寂靜沒有一點聲息，就像是裡面沒有人住似的。廊下侍候的丫鬟、巡夜的婆子都放輕腳步，儘量離正房遠些。

陳氏站在窗前，怒氣勃發，手緊緊攥成一團，長長的指甲刺痛了手心。

任嬤嬤站在她身後，柔聲道：「事已至此，夫人還須保重。」

連皇帝都派了身邊的內侍前來賀喜，可見給足了三郎面子，這時再鬧下去，怕是會影響母子感情。

自從新人進門，陳氏便一直在這兒站著，任嬤嬤不知她到底要站到什麼時候，只好再次勸道：「天色不早，夫人還是安歇了吧。」

明月輕手輕腳入內稟道：「國公爺來了。」

葉德喝得醉醺醺的，大著舌頭，道：「夫人，妳怎麼不去坐席，很多人問起妳喔。」

陳氏翻了個白眼，吩咐明月。「扶國公爺去書房歇息。」

躺在床上，陳氏想了無數種折磨小閒的法子，精神亢奮，哪裡睡得著。不知不覺間，天邊露出魚肚白，晨光透進窗櫺，照在几案上，一個琉璃盞被陽光一照，通體透明，流光溢彩。

值夜的明珠不停望向內室，那裡一直沒有動靜。

外面的丫鬟輕輕推開門進來，道：「夫人還沒起嗎？」

明珠搖搖頭，估計又「病」了。

葉啟和小閒用過早飯，拜過祖宗，往上房來。一路上，葉啟悄悄伸手過去，牽起小閒的手，她看看周圍，一大堆跟的人，忙把手抽回來。

葉啟用力握緊了，在她耳邊道：「別怕，有我呢。」

小閒便低了頭，由他牽著。

來到陳氏臥房門外，明月上前行禮，低聲道：「夫人還沒起呢。」

既不是病了，也沒起來，這是特地甩臉子給新人看吧？

「怎麼，夫人還沒起嗎？是不是病了啊？」葉德從祠堂出來便先走一步，在中堂坐著，靜等新媳婦奉茶。這時也不知聽誰說了，一改往日的膽怯，大踏步過來，說著話，推開臥房門進去了。

明珠無奈，只好行禮，道：「見過國公爺。」又在床邊低聲喚道：「夫人醒醒，國公爺來了。」

陳氏閉緊了眼，翻身向內，只是不理。

葉德一把將帳子撩開，錦被掀開，拉了陳氏的手臂，道：「日上三竿還不起來，妳想給小輩們做個壞榜樣嗎？」

陳氏再也裝不下去，掙開他的手臂，坐了起來，道：「我不舒服，這茶就不用喝了。」

還真不喝媳婦茶了。葉德失笑，道：「不管妳喝不喝媳婦茶，她都是我葉家的兒媳婦，有婚書為證，還有陛下撐腰。」

陳氏怒極，横了葉德一眼，揚聲喊。「來人，侍候梳洗！」

葉啟和小閒候在廊下，看丫鬟們端洗漱用具進進出出。

「不用怕。」葉啟又道：「有我呢。」

小閒反手握住他的手，用力點點頭。看在葉啟面子上，她也不能嫁進來第一天便與陳氏鬧起來。

約莫過了半個時辰，明月出來，滿面歉意地行禮，道：「三郎君、少夫人，夫人有請。」

小閒早站得腿痠了，微微一笑，向明月道謝，便和葉啟一起向屋裡走去。

陳氏依憑几而坐，一張臉像結了霜。

葉啟和小閒齊齊行禮，道：「見過娘親。」

陳氏銳利如刀的一雙眼睛在小閒臉上梭巡不停，滿是挑剔。

她不叫起，小閒不敢起身，葉啟卻滿不在乎地直起腰，含笑道：「叔叔嬸嬸和弟妹們都在花廳候著，還請娘親一起過去，免得他們久等。」

「是啊是啊，讓他們久等不好。」葉德打著哈哈，道：「不是一家人不進一家門，小閒跟我們有緣分。」

陳氏像看白癡一樣地看他，默然半晌，站了起來。

葉啟很狗腿地上前虛扶她，陳氏用力把他的手甩開，葉啟又把手搭了上去。

小閒直起身，上前兩步，和葉啟一左一右扶了她就走。透過兩層綢衣，能感覺到陳氏的手微微發抖。

小閒只當不知。

# 第七十一章

花廳裡，葉邵三兄弟面帶微笑，肖氏和妯娌湊在一起竊竊私語，倒是葉馨一張臉黑如包公，一雙眼睛似要噴火。

葉標悄聲和葉邵道：「她這樣氣鼓鼓做什麼？成親的又不是她。」

葉邵瞄了葉馨一眼，笑笑不語，葉馨狠狠瞪了葉標一眼，哼了一聲。

葉豐忙打圓場，道：「都少說一句。」

兄弟倆對他的話全然無視，葉標繼續和葉邵道：「待我跟父親說，給她找個寒門學子配了出去，瞧她還神不神氣。」

葉馨又狠狠瞪了葉標一眼。

「唉呀，三哥和三嫂就要來了，你們就別說啦。」葉歡不高興地掃了葉馨和葉標一眼，伸了伸腿，眼睛亮亮的，唇邊含笑。

葉標咳了一聲，陪笑道：「九娘，妳這是新做的衣裳？」

「嗯，新做了兩套，昨天那套喜慶些，我穿著坐席。這套是三嫂喜歡的顏色，我特地做了今天穿的。」葉歡笑吟吟地抻了抻衣袖。

她上身著翠綠色窄袖衣衫，下著月白色鑲綠邊繡百合花襦裙，又清爽又精神。

葉馨便重重哼了一聲，腳在地上跺了跺。

「怎麼了，誰惹妳不高興？」葉啟笑著，和小閒一左一右虛扶陳氏邁步進來。
大家忙站起來，互相見禮。
肖氏因有了過府幫忙打理娶親諸事，對小閒便特別親切，拉著她的手，說了好幾句話，又轉頭對三妯娌楊氏道：「三郎媳婦真漂亮。」
可不是，要不漂亮，三郎怎麼非娶到手不可呢？楊氏笑得諂媚，從腕上褪下一只金手鐲，道：「三嬸沒什麼好東西，一點點心意做見面禮，妳不要嫌棄。」
陳氏如刀的眼睛瞪了她一下，楊氏打個哆嗦。小閒卻好像沒看見，面不改色地笑著接過金手鐲，道：「多謝三嬸，還是嬸嬸們對我好。」
這是不是說婆婆對她不好？一直沒說話的四妯娌黃氏便瞧了陳氏一眼，見她臉黑得快擰出水來，便打圓場道：「走了這麼長的路，可累了吧？快坐下歇歇。」又向花廳侍候的丫鬟喊道：「快上茶。」
「對對對，快上茶。」葉德笑得一團和氣，對陳氏道：「夫人請坐，待新媳婦敬茶。」
茶自然是一早就備下的，丫鬟在地上鋪了氈毯，小閒和葉啟跪下，從丫鬟手裡的托盤上取過茶，分別奉與葉德和陳氏。
「好好好，願你們百年好合，子孫綿延。」葉德說著，吃了茶，送了小閒一對玉如意。「祖上傳下來的，妳可要好生保存。」
一屋子的人目光全聚在玉如意上。玉如意色澤翠綠，沒有一絲雜質，綠汪汪、油潤潤的，水頭很足。

笑意直從葉啟眼裡溢出來，道：「快謝過父親。」

小閒再不識貨，也知道那是好東西，於是嬌聲道：「謝過父親。」雙手高舉接了。

陳氏嘴唇碰了碰碗緣，有喝沒喝沒人知道，賞了一套極普通的頭面，小閒也道謝後收下。

小閒送小叔子、小姑子的都是衣裳鞋帽，別人都收了，只有葉馨把雅琴托盤裡的那一份掃到地上。

葉啟沈了臉，在座諸人只覺呼吸不暢，如泰山壓頂般快窒息了。

小閒含笑道：「既然四娘子不喜歡，袖袖收了，擦地的時候做抹布用吧。」

葉馨大怒。那是給她的好不，怎麼能當抹布？當她是什麼了。

袖袖應聲，上前把地上的衣裳鞋子收攏了，葉馨卻又不幹，一把搶了過來。

「夠了！」葉啟聲音不高，自有一股威儀，肖氏等人下意識地縮了縮肩膀。

袖袖手裡只剩一隻鞋子，轉頭望小閒。她實在不知怎麼辦，是要搶回來，還是全送了她？

小閒笑得溫柔，道：「看來四娘屋裡缺抹布，給她吧。」

葉馨氣得哇一聲哭出來，葉邵、葉標、葉豐面面相覷。

待回到啟閒軒，葉啟把玩著玉如意，道：「這是太祖皇帝賞給老祖宗的，一向只傳給世子。」

難不成葉德藉此宣布葉啟的世子之位？小閒的怒氣一下子消失得無影無蹤，從紫檀木匣子裡拿起另一只玉如意，細細看起來，觸手處冰涼細膩，果然是上品。

夫妻倆把玩了好一會兒才收起來，珍而重之地收進箱籠裡。

葉啟讓丫鬟們退出去，把小閒抱在懷裡，道：「四娘太不像話，我會教訓她的。」

小閒把下巴擱在葉啟肩頭，輕聲道：「是不是讓你難做了？」

今兒當著那麼多人，若是葉啟動手打了葉馨的話，怕老婆的名聲怕是會傳揚開了。當然，葉啟自是不在乎別人說什麼，可小閒是在乎的，所以搶在葉啟之前開了口。

葉啟親了親小閒的額頭，道：「沒有。娘親占了大義，我們得讓著她，四娘是妹妹，教訓她是應該的。」

小閒嗯了一聲。

兩人膩歪半天，直到剪秋在湘妃竹簾外稟道：「郎君、少夫人，天色不早，可要擺膳？」才發現太陽明晃晃地掛在半空。

吃過飯，葉啟非要小閒歇一會兒，在她耳邊道：「妳昨晚太累了。」

小閒的臉便紅了，拍了他兩下，身子也著實撐不住，便回房歇了午覺。葉啟去了書房，不知做些什麼。

待小閒醒來，院裡一眾丫鬟僕婦排著隊來行禮，一個個跪下磕頭，小閒個個有賞。

有丫鬟暗地裡道：「世子夫人可真了不起。」

葉啟是香餑餑，不知多少人覬覦，哪怕做個通房丫鬟也好，沒想到只有小閒得到，不僅得到了，而且是正妻的名分，這讓心思大些的丫鬟如何甘心？

見完禮，小閒吩咐剪秋。「去瞧瞧三郎可忙完了？」

很快，剪秋回來道：「郎君去前院了，有客來訪。」

想來一時半會兒回不來，小閒道：「更衣，我去瞧瞧趙嬤嬤。」

好些天沒見她了，她也不得自由，要出府總得姪兒來回陳氏，接她回去。

剪秋和袖袖同時勸道：「少夫人去上房，不在夫人跟前承歡，反而去瞧趙嬤嬤，傳出去於少夫人的名聲不好。這也罷了，若是夫人遷怒於趙嬤嬤，那可怎麼好？」

小閒堅持道：「嬤嬤與我情如母女，我怎能不去探她？」喚她來，那是拿她當奴僕了；而且如果陳氏要為難她，就算小閒不與她來往，陳氏一樣會有所動作。

剪秋和袖袖拗不過她，只好提心弔膽地跟她一起去了。

趙嬤嬤一見小閒就臉色大變，道：「妳怎麼來了？」隨即想起她的身分，又行禮道：「老奴見過少夫人。」

小閒搶上雙手扶起，眼眶微濕。

「她去趙氏那兒？」

陳氏把手裡的茶碗摔了。昨晚氣得睡不著，從花廳回來倒是睡了一覺，這會兒才起，管事們都還候在廊下。

明月陪著小心道：「是，說是夫人酣睡未起，不敢打擾。」

陳氏冷笑。

小丫鬟進來收拾地上的碎瓷片和茶汁。汪嬤嬤看看外面西斜的日頭，進來稟道：「夫人是不是先把庶務處理了？管事們好幾天沒見著夫人，想念得緊，二太太處事又不怎麼合理，底下的人多有怨言。」

陳氏嗤笑道：「二太太會是個理事的人？我倒不知道呢。」

肖氏也是當家主母，在葉陽府裡也是主持中饋的人，哪裡不會打理庶務了？不過為讓陳氏消氣，總得貶低她幾分。

陳氏先讓小丫鬟去聽牆角，看小閒與趙嬤嬤說些什麼，然後才召了管事們進來商議事情。

趙嬤嬤還是住在原來的廂房，內外兩進，外間是起居間，日常倒常在廚房隔壁吃茶派活；內間是臥室，佈置極簡單，只有匡床、几案，兩個裝四季衣物的樟木箱子。

剪秋和袖袖候在門口，小閒與趙嬤嬤在內裡說話。

趙嬤嬤的淚水一直沒停過，唇邊卻帶笑，道：「……自妳與三郎君好上，我便一宿一宿睡不著。這種事，總是女孩子吃虧。」

小閒心裡暖暖的，緊緊握住趙嬤嬤的手，道：「我與三郎有約定的。」

趙嬤嬤便不停點頭，道：「是是是。」

其實她並不知道，小閒誰也沒說過。

「夫人可曾為難妳？」小閒關心這個，若因為自己的緣故，害得趙嬤嬤受磋磨，她怎麼過意得去？

趙嬤嬤沒有一絲猶豫，道：「沒有。夫人是我自小服侍長大的，後來她出嫁，又點名要我做陪嫁，她吃慣了我做的菜。」

習慣這種事，真的可以改的。小閒靜靜看趙嬤嬤，眼裡全是滿滿的擔憂，道：「若是夫人對妳不利，妳一定要來找我。」

她沒有辦法的話，還有葉啟，總之不能讓趙嬤嬤受磋磨。

趙嬤嬤含笑點頭，小閒叮囑再三，依依不捨地離開。

葉啟直到掌燈時分才回來，進門時唇邊含笑，道：「妳要餓了便先吃，不用等我。」

小丫鬟探聽到他往內院來，小閒便讓人擺飯，剪秋和袖袖打發了人抬食案。

他的笑容依然燦爛，小閒卻覺得他有些疲憊，但外室人來人往地上菜，她只好把話吞了下去。待晚飯擺好，屏退了侍候的人，她自己動手拿了碗筷走向葉啟的食案。

葉啟往左邊挪了挪，給她騰出空來。

「是不是發生什麼事了？」她一坐下，便看著葉啟道。

葉啟臉上依然帶著笑，道：「我表現那麼明顯？」還以為自己一向喜怒不形於色。

「你是什麼人，我怎麼會不知道？不過是不想在我面前戴一副面具罷了。」小閒嘆道。

葉啟握住她的手，拿到唇邊親了親，道：「也沒什麼事，不過是在三皇子後花園挖出了些東西。」

小閒吃了一驚，失聲道：「木偶？」

招。

他輕輕點點頭。從古到今，這種把戲層出不窮，卻能屢屢得逞，沒想到對手會祭出這一招。

「那怎麼辦？」

皇帝的疑心病極重，就怕有人咒他死翹翹，可以說，只要出這一招，都是通殺。

葉啟道：「還好。可巧三皇子妃見花園的花開得好，讓丫鬟去摘，想著插瓶用，那丫鬟摘到一半，被蝴蝶吸引，去撲了蝶，無意間發現有人在槐樹下挖洞，她還以為藏了什麼寶貝？待那人走後，悄悄挖開一看，卻是那東西，上頭寫著陛下的生辰八字。」

小閒一顆心總算落了地，道：「想必，這一、兩天便有人向陛下進言，三皇子府裡有這東西吧？或者會說，三皇子對陛下心存怨懟，所以弄了這東西？」

葉啟笑咪咪地摸摸她的頭，很高興的樣子，笑得眼睛瞇成一條縫，道：「妳什麼時候變得這麼聰明了？」

小閒抿了嘴笑，道：「多謝誇獎。」

想必三皇子府此時關了府門搜索奸細吧？沒想到，為了那把椅子爭得如此激烈。

「不用擔心，」葉啟見她垂眸沈思，把她擁進懷裡，輕聲道：「無論如何，我都會護妳周全。」

小閒癡癡地望著他，只是點頭。

若三皇子為皇帝所忌，他是三皇子的心腹，怎麼可能不受牽連？

兩人緊緊相擁，突然外面候著的丫鬟齊聲道：「見過夫人。」

陳氏來了？小閒忙從葉啟懷裡掙出來，葉啟扶著她站起來。

屏風前人影移動，陳氏已邁步進來，在主位上坐下。

「見過娘親。」兩人一齊行禮，葉啟又道：「本待用過晚膳去向娘親請安，沒想到娘親反而過來。不知可是有事？」

他十歲分院另過，陳氏極少來，都是喚他身邊的丫鬟過去問他的飲食起居。

陳氏銳利的眼睛在小閒身上盯了一會兒，淡淡道：「你是長子，開枝散葉、延續香火的責任重大，為娘一日比一日老去，別的不想，只盼能早點抱孫。」

小閒心底升起一股不祥之感。她想幹麼？

葉啟應了一聲是，道：「兒子明白。只是昨天才成親，就算小閒能一宿而有孕，這時卻也診不出來，還請娘親寬心，總不致讓娘親失望就是。」

陳氏皮笑肉不笑道：「是為娘心急了，為娘想著盧國公府能子孫昌盛，所以從教坊司為你擇了幾個極美貌的女子，你納為妾侍，也好早日開枝散葉。」

原來目的在此。

陳氏雙掌輕擊，四個身材高䠷，體態妖嬈的美人兒含羞帶怯，聲如黃鶯般向葉啟行禮。「見過郎君。」

其中一個一雙上挑的桃花眼，在葉啟臉上轉了兩轉，又瞟了小閒一眼。

小閒大怒！若不是想看葉啟如何處置，就要當場發作了。

「果然是美人兒。」葉啟臉上一片雲淡風輕，聲音沒有一絲起伏，道：「前些日子梁國公還說要納幾房小妾，就是找不到看得上眼的美人兒，難得娘親費了心思尋來，兒子借花獻佛，送給梁國公也就是了。」

不待陳氏反應過來，便喊：「剪秋，喚順發進來，持我的名帖，送這四個美人兒去梁國公府。」

# 第七十二章

燭光下，陳氏一張臉由紅變白，再由白變紅，煞是好看。

小閒強忍著才沒有笑出聲，一雙水汪汪的大眼睛嫵媚地飛了葉啟一眼，葉啟輕輕握住她的手，緊了緊。

陳氏黑了臉，死死盯著小閒，小閒朝她笑了笑。

「哼！」陳氏重重冷哼一聲，很沒風度地拂袖而去。

「恭送娘親。」葉啟與小閒齊聲歡快地道。

那四個美人跪了下去，七嘴八舌地求著。「奴婢願意服侍郎君，求郎君不要把奴婢送人。」

葉啟哪裡去理她們。剪秋差人去喚順發後便把她們帶了出去，連夜備車送去梁國公府了。

屋子裡恢復清靜，菜也涼了。

小閒喊袖袖。「把菜熱一熱。」

紅燭橘黃色的光照在她臉上，像緩緩流動的彩霞，精緻的五官更動人了。葉啟瞧得目不轉睛。

待菜撤下後，葉啟往大迎枕上一靠，道：「唉呀，好累啊。」

小鬧笑。「你不是不累嗎？」

葉啟拉了她的手按在肩頭，道：「肩頭疼，幫我揉揉。」好好的，怎麼會疼？小鬧狐疑，手剛在他肩頭揉了幾下，突然一股大力把她扯了過去。她一聲驚叫，發現自己倒在大迎枕上，葉啟一雙眸子裡全是星光，亮晶晶的照亮了她的臉。

屋裡沒有星星，小鬧心頭卻悸動了一下，一下子想起很久以前，兩人一起在書房看書時的情景。那時，她偶然間抬頭，他的眼睛也是這樣亮亮的，恍如滿天星光。

耳邊，葉啟的呼吸聲急促而紊亂，熱熱的氣息直噴到她臉上去。

「你不是還有幾個美人兒嗎？煩我做什麼？」小鬧後知後覺地想起應該和他探討這個問題，省得陳氏一天到晚往啟閒軒塞女人。

話剛說完，唇便被兩片唇瓣堵住了，一雙大手在她衣裡作怪，她顧此失彼，不能呼吸的感覺再次襲來。

姜嬤嬤把菜放在大蒸屜蒸熱了，親自帶小丫鬟端來。

「少夫人等得餓了吧？」姜嬤嬤笑道：「下午人多，也沒機會說說話。這三年來沒見少夫人了，想念得緊。」

丫鬟們如今以剪秋和袖袖為首，青柳一向不管事，二等丫鬟們不會輕易吭聲，特別是在陳氏過來後，料想主子心情不好的時候。

呢。」

剪秋和袖袖對望一眼，剪秋嘆道：「嬤嬤什麼時候要見見不著？這會兒郎君在屋裡

姜嬤嬤只是笑，道：「我不過是想著不知少夫人口味變了沒有？做的飯菜可合少夫人口味？來討個主意。」

袖袖翻了翻白眼，不客氣地道：「嬤嬤會的很多菜都是少夫人教的吧？」

袖袖離開盧國公府時不過是一個沒有等級的小丫鬟，只因侍候了小閒，回來時便變成少夫人身邊最得用的人，府裡誰不眼紅？姜嬤嬤臉上雖然堆著笑，眼中卻閃過寒光，道：「姑娘就算通稟一聲又如何？少夫人說到底，曾是我的頭兒呢。」

那語氣，聽在丫鬟們耳裡酸溜溜的。袖袖退後一步，對剪秋道：「妳去稟報吧。」

剪秋想了想，道：「好，我稟報一下，還是先擺上菜餚吧，別一會兒又涼了。」

剪秋打起湘妃竹簾進去，走沒兩步，內室傳出的異聲讓她臉熱心跳，又不敢退得太快驚動了內室的人，按著心口，慢慢挪出來。

「妳怎麼了？」袖袖瞪眼道。

丫鬟們眼中露出同樣的疑問，姜嬤嬤卻有些了然，那笑，便有些掛不住，急急道：「今兒天色晚了，我明兒再來。」又吩咐小丫鬟們。「好生擺膳，要是打碎了碗碟，看我不撕了妳們的皮。」

小閒緊緊抱住葉啟的脖子，磨著牙道：「你娘親欺負我，你也欺負我……」

葉啟喘著氣，在她耳邊呢喃。「好小閒，我的寶貝，妳放心，保證讓我娘親不能得逞。」動作卻更大了。

小閒吃不消，又一口咬在他肩頭，好像這樣，痛楚才能稍減一些。

良久良久，雲收雨住，葉啟密密地親吻小閒的墨髮，把她緊緊摟在懷裡。

小閒只覺渾身乏力，又汗津津的，臉頰貼在他胸前，閉了眼養神。

「先沐浴吧？妳可餓了？」葉啟饜足道，聲音柔得滴出水來。

小閒只覺手指頭也不想動彈，只用鼻音嗯了一聲，算是回應。

葉啟穿了衣裳，又服侍她穿衣，待兩人都穿上後，才揚聲道：「來人，備香湯。」

不是要用膳嗎？袖袖愕然。

剪秋到底年長幾歲，略懂些。她臉上紅潮還未消褪，應了聲是，自去安排。不一會兒，食案撤下，一個大浴桶以及熱水都齊備了。

溫水能讓人去乏，但葉啟一雙大手不停地按摩她的肩背，時不時偷襲她的胸前，小閒乾脆道：「好生侍候，不許亂來。」

葉啟笑著應是，果然幫她搓背沐浴。

侍得一齊起身，著了小衣讓人進來侍候，夜色已深了。

剪秋腦中揮之不去的只是剛才室中的靡靡之音，低垂著頭不敢看小閒，連脖子都紅了。

小閒先前恍惚覺得有人進來，見剪秋這樣，哪裡還有不明白的。轉過頭狠狠瞪了葉啟一眼，猶不解氣，又踹了他一腳。

葉啟一臉無辜的樣子。

歡愛後的曖昧在屋裡瀰漫，連袖袖都覺得心跳加速，十分不妥，道：「菜又涼了，是重做還是再熱熱？」

「重做吧。」葉啟道。

袖袖應了一聲，紅著臉跑了。

剪秋忙道：「奴婢去廚房看看，讓姜嬤嬤做幾個少夫人愛吃的菜。」

小閒又瞪了葉啟一眼，道：「去吧。」

剪秋如蒙大赦。

小閒便訓葉啟道：「你可真丟人，難道不能等夜裡安歇嗎？瞧把丫鬟們羞的，也不知她們背後怎麼笑話我呢。」

葉啟誇張地轉頭望向窗外，入眼是點亮的大紅喜字燈籠，兩手一攤，道：「現在可不是夜裡？妳若不想用膳，我們安歇了也好。」

「想得美。」小閒又踹了他一腳。想讓她餓肚子，門兒都沒有。想起那四個被當成貨物的美人兒，又噗哧一聲笑道：「為什麼送給梁國公？」

葉啟一本正經道：「我有事託他。」

水晶肘子、清蒸鱖魚、開水白菜、鯽魚湯……再來一個八寶飯，丫鬟們還在布菜，小閒已看得眉開眼笑。

葉啟滿意地點頭，道：「賞。」

這麼一會兒工夫，新做的菜便端了上來，而且全是小閒愛吃的，可不是該賞。

小閒也實在餓得很了，挾了嫩嫩的白菜心大口大口往嘴裡塞，葉啟停筷，微笑地看她，神色間說不出的寵溺。

食案上的菜被消滅了大半，小閒才放下筷子，撫著肚子，嘆道：「好飽。」

葉啟也放下筷子，柔聲道：「外面月色正好，我們去走走，順便消消食。」

他用帕子拭了手，牽起小閒的手，剪秋和袖袖要跟上，他道：「妳們留下。」

袖袖望向小閒的眼睛亮晶晶的，那歡喜，從心裡直往外冒。

啟閒軒花木扶疏，靜謐中清輝遍地，後山的梅花、桃花已謝，桃樹上掛了小孩拳頭大的桃子，在風中輕輕搖晃。

在這兒當差的時候，每年五月桃子成熟時，小閒總會和剪秋拿了竹竿打桃子吃。

「想什麼呢？想得這麼開心。」葉啟含笑道，順著她的目光望向一個個桃子。

小閒唇邊的笑，舒展而溫和，想起往昔那些愉快的事。當時為了不讓陳氏得知兩人的事，下手傷害小閒，葉啟並沒有和她來過後山，讓她回憶起來如此愉快的，自然不是自己。

小閒把頭輕輕靠在他肩上，道：「以前常和剪秋來摘桃子。」

難怪了，葉啟道：「妳們姊妹情深，以後幫她挑一門好親事，讓她風風光光地嫁出去，也就是了。」

小閒輕輕嗯了一聲。

葉啟心念一動，牽了她的手道：「妳跟我來。」

從後山的小角門出去，走向西邊，穿過重重院落，幾乎繞了大半個盧國公府，就在小閒要開口問他去哪裡時，葉啟在一座院子門口停下來。

院子的黑色大門緊閉，站在門外，可以聽見院裡風吹竹葉的沙沙聲。

院門背對月光，小閒抬頭，看不清匾上的字，可是有匾，想必不是普通所在。

葉啟抓起門環敲了三下，院門很快地開了。

一個滿頭白髮的老蒼頭看清葉啟的臉，滿臉的皺紋舒展開來，笑道：「三郎君來了。」

繞過照壁，清亮的月光下，一眼望不到盡頭的竹子幽暗深邃，竟然瞧不清屋子在哪兒。

小閒抬頭望向葉啟，葉啟卻只是笑了笑，牽了她的手往裡面走。

沙沙聲響得很，小閒沒來由地有些害怕，往葉啟身邊靠了靠。

「別怕。」葉啟低聲安慰著，對默默走在後面的老蒼頭道：「昌伯，你去取燈籠來。」

老蒼頭應了一聲是，悄無聲息地離開。很快，一點亮光自遠而近，小閒這才看清落腳處是一條青磚鋪成的甬道，兩旁全被高大的竹子、密密實實的竹葉所遮。

小閒心念一動，想到一個所在，不由瞪大了眼。

走了約莫兩盞茶時分，前面露出一片白牆來。

「到了，我們坐一坐，便回去。」葉啟道。

不用他吩咐，老蒼頭已把三間正房的燈都點亮了，燈光從糊著白紗綃的窗中透出來。

几案、矮榻、多寶槅等家具，乾乾淨淨一塵不染，葉啟和小閒坐了，老蒼頭垂手站在下首，稟道：「恭喜三郎君、少夫人喜結連理，老奴聽聞喜訊，歡喜得緊。」

葉啟頷首，道：「這麼晚了，你還沒歇息？」

門一敲便開了，可見他在離門不遠的地方待著。

老蒼頭道：「是。這裡地方空曠，人又少，老奴放心不下，每晚臨歇前總會走一走，四處巡查一番。剛好巡到院子裡，三郎君便來了。」想了想，又道：「前些天，大約三、四天前，四郎君來過一次，問了老奴好些話。」

「喔？」葉啟揚了揚眉，道：「他問什麼？」

老蒼頭道：「問老奴，這兒地方這麼大，日常打掃可艱難？要不要再添兩個人幫著打掃？又說老奴年紀大了，恐怕有力不從心的時候，要撥兩個丫鬟來侍候老奴。真是罪過，老奴年紀大倒不假，可是身子骨硬朗著，哪裡用得著幫手了？老奴這身老骨頭，又哪裡禁得住被人侍候，沒地白白折殺了老奴。」

葉啟和藹道：「若是你不想在這兒，某也可以把你撥到別處。你想去哪兒？」

老蒼頭雙手連搖，道：「不不不，老奴一輩子在這裡侍候，這兒便是老奴的根，離了這兒，可真是要了老奴的命了。」

葉啟好言撫慰幾句，對小閒道：「夜深了，我們回去吧。」

離開院子，走了好長一段路，小閒才輕聲道：「四郎是不是……」

以前她聽說過有一處所在，只有成為世子才能居住，若不是老蒼頭提起葉邵三、四天前來過，小閒還真不敢確定就是這裡，更沒想到葉啟會在這時帶她過來。

葉啟道：「想也是白想。」

葉邵是庶出，既不占嫡，又不占長，世子之位，怎麼也輪不到他。

前面一片花樹，香氣隨風飄送，她還在想這裡是什麼所在，葉啟便輕聲道：「父親說，待我們回門之後，便上奏摺請立世子。說起來，早該立了。」

小閒的心突地一跳，站住了看他。

月光下，葉啟俊朗的五官更是輪廓分明，一雙眼睛璨如星辰，看著她微微地笑。他盼這一天，盼了很久吧？她想著，反手握住他的手。

兩人並肩回到啟閒軒大門口，遠遠地見一個小小身影在臺階上走來走去。瞧見他們，一聲歡呼，跑了過來，道：「郎君、少夫人，你們可回來了。」卻是袖袖。

小閒不動聲色退後半步，與葉啟形成一前一後之勢。

剪秋聽到聲響也迎出來，行禮道：「灶上溫了蓮子百合羹，郎君、少夫人吃一點吧？」走了大半個盧國公府，小閒一坐下，只覺小腿痠得很，彎腰揉了揉。

葉啟瞅了她一眼，含笑道：「備了熱水讓少夫人泡泡腳吧。」

這一晚，他央求再三，小閒丟盔卸甲，抵擋不住，最後還是如了他的願。

一覺醒來，不免又起得遲了。

此時，上房廊下候著很多等著回事的嬤嬤，一個個屏氣凝神，四下裡，人雖多，卻靜寂無聲。

陳氏慢慢吃著茶，眼皮都沒抬一下，淡淡道：「妳是少夫人，要給下人們做榜樣。如今這樣，可真讓我難做。」

小閒跪在氈毯上，低眉順眼應了聲是，心裡卻破口大罵。不過晚起了半個時辰，至於嗎？當著這麼多下人的面給我下馬威，不就是要讓下人知道可以拿我這個少夫人不當回事嗎？

葉啟站在旁邊，道：「娘親說得是，只是時辰差不多了，岳父大人一定在家裡等候。去得遲了，人家不知道娘親一片好心，倒似我們不懂禮儀。」

今天要不是回門的日子，陳氏還不挑這時發作呢。

明月進來稟道：「柳家舅爺來接三郎君、少夫人回門了。」

照例俗，回門時，娘家得有兄弟來接。陳氏低頭吃茶，只當沒聽見。

葉啟對明月道：「請柳家舅爺入內奉茶，就說我們現在過去。」

明月應了一聲是，卻不動彈，只是看著陳氏。

陳氏把茶碗重重一頓，狠狠剜了葉啟一眼。

葉啟陪笑道：「在岳父家用過午膳，還得去一趟鄭國公府呢。鄭國公可說了，他是小閒的義父，三朝回門也得去他那裡一趟。」

這是拿鄭國公壓她？陳氏冷笑道：「新媳婦好大的來頭。」

「娘親怎麼說這話，小閒成了鄭國公府的十四娘子，我們與鄭國公府豈不是走得更近？雖說陛下不喜歡勛貴之間拉幫結派，可沒禁止勛貴之間成為親戚。」葉啟淡淡道。

道理陳氏自然是懂的，可她就是嚥不下這口氣。要是娶的是丹陽，兒子成了駙馬都尉，不知多威風呢。

小閒道：「不敢。嫁出去的女兒潑出去的水，我父親和義父都曾說，娘親出身高貴，知書達禮，讓我和娘親多學學。」

葉啟忍不住笑，只好捂嘴低咳了一聲。

陳氏冷冷道：「起來吧。我若讓妳跪著，便不是知書達禮之人了。」屋裡侍候的丫鬟、僕婦們好不容易才把笑意忍了下去。

「媳婦不是這個意思。」小閒誠惶誠恐的樣子，嘴裡說著不敢，卻扶了葉啟的手，站了起來。站起來便站起來吧，她還微蹙著眉，十分痛楚的樣子，又彎下腰去撫膝蓋。所有人都看出來了，她傷得很重。

「明珠，拿藥酒來。」葉啟一邊說著，一邊扶了小閒，溫柔體貼地問：「疼不疼？」

陳氏氣得柳眉倒豎，厲聲道：「我還沒死呢！」當著她的面，就這樣惺惺作態，真是狐媚子。

任嬤嬤忙道：「大吉利是，夫人快呸一聲。」

陳氏怒瞪了她一眼，嚇得她把頭縮回去。

小閒站也站不住的樣子，依在葉啟臂彎裡，楚楚可憐地道：「不礙事。」

葉啟道：「娘親，我們告退。」又對小閒道：「回啟閒軒我給妳搽藥酒去。」

明珠已取了藥酒來，交給候在外面的袖袖，袖袖急得不行，猶豫著要不要進來攙扶，卻見葉啟一彎腰，打橫抱起小閒就走。

陳氏氣得差點閉過氣去。

身後傳來瓷碗摔在地上的聲音，小閒輕笑一聲，待出了正房，對葉啟道：「放我下來吧。」

葉啟在她耳邊道：「妳欠我一個人情，可要用什麼來還？」說著，輕輕把她放在地上，扶她站好。

小閒一邊往外走，腿腳索利，哪裡像膝蓋受傷的樣子，一邊回頭笑道：「我還沒找你算帳呢。」

「妳找我算什麼帳？」葉啟追了上去。

跟在身後的袖袖見小閒沒事，才鬆了口氣。剪秋回頭望了望正房，憂心忡忡地嘆了口氣。

# 第七十三章

柳洵身著新衣，笑得眼不見縫，坐在花廳裡吃著茶，問垂手侍候的丫鬟道：「這是什麼茶，怎麼這麼好吃？」

丫鬟道：「奴婢不知。」又不敢怠慢，想了想，道：「舅爺稍待，待奴婢問一問。」

柳洵忙道：「不用不用。」

小閒如一陣香風般飄進來，叫了一聲「哥哥」，道：「你來得好早。」這才辰時呢。

柳洵笑道：「父親四更三刻喚我起來，催著我趕緊來接妳。我不過說一句時辰還早，便挨了他一頓訓。」

想起父親發怒的樣子，他做了個苦瓜臉。

葉啟反背雙手進來，和柳洵互相見禮，道：「大舅哥還請稍待，我們去換了衣裳。」

柳洵見小閒一身粉紅色纏枝窄袖衫，大紅色襦裙，便道：「這樣挺好的。」意思是不用換，趕緊走吧，父親早等急了。

「還須穿嫁衣回去。」葉啟含笑解釋。

柳洵這才明白，道：「那你們快去，快點啊，別讓父親久候。」

葉啟不知他吃早飯了沒有，吩咐上點心，才陪著小閒去了臥室。

她特地插了那支丹鳳朝陽金步搖，一隻金燦燦的大鳳，鳳嘴裡含一顆鴿子蛋大的珍珠，不僅珠光寶氣，整個人也容光煥發。

再次見面，柳洵張口結舌，道：「妹妹跟剛才像是換了一個人。」

小閒捂著嘴笑，道：「走吧。」

柳慎先是差小書僮去門口看小閒來了沒有，後來實在不耐煩聽小書僮一口一個沒有，讓他別在眼前晃，自己一趟趟跑去門口東張西望。

太陽漸漸升高，錢大娘、花九娘等人早坐在巷口等了。

柳家的大門開在巷內，馬車不能到，只好停在外面，葉啟虛扶小閒，和柳洵一起往巷口走來。

「唉呀，這是小閒？我還以為是哪家的夫人呢！」錢大娘誇張的驚嘆聲傳了足足有三里。

小閒笑著和鄰居們敘談。「大娘可還好？九娘忙不忙？」

花九娘看著她頭上的丹鳳朝陽金步搖，張大了口合不攏。

柳慎聽到錢大娘的叫聲，哪裡還有半分遲疑，大踏步出來，推開錢大娘等人，道：「回家去。」一不快點回家，在這兒說什麼閒話，難道不知道他等得心焦嗎？

小閒向錢大娘等人告罪，款款邁步進門，背後不停傳來讚嘆聲。

柳慎見女兒紅光滿面，眉眼含春，唇邊含笑，懸了幾天的心才放下來。女婿當面，他一個大男人想問什麼，又覺說不出口。

倒是柳洵，把小閒拉到一旁，悄悄問：「他對妳可好？公婆待妳如何？」

小閒含羞點頭，道：「他待我極好，公公待我也好。」至於婆婆，那還用說嗎？

柳洵的表情晦澀難明，想了想，道：「一切小心。」

內宅還是婆婆說了算，丈夫也好，公公也罷，真心幫不上多大的忙。

小閒點點頭，兩人的眼睛齊齊望向與柳慎相談甚歡的葉啟。

他感覺到小閒的目光，望了過來，對她微微一笑。

柳慎與葉啟說到柳洵的功課。「制藝上還是不大熟練，不知宋大儒可有什麼說法？」

葉啟道：「這個倒沒聽說，要不我再想想，看能不能再找一個制藝名家。」

宋大儒是帝師不假，可不是制藝大家。

柳慎連連搖手，道：「那怎麼成？既拜宋大儒為師，自然得跟宋大儒好好學下去。」

葉啟知他性子古板，又最尊師重道，也不再勸，待柳洵過來，問道：「你覺得宋大儒怎麼樣？」

柳洵兜頭一揖，道：「謝妹夫舉薦，為兄才得以拜在宋大儒門下。宋大儒講學深入淺出，釋經義引經據典，十分傳神，實是不負一代名師。」

他既對宋侖十分推崇，葉啟便不再說了。

小書僮在門外稟道：「阿郎，華侍郎求見。」

柳慎已到御史臺當給事中，他性子端方，原本就不適合在工部做些修理河堤、修建宮殿的事務，與下面的人打交道，在溝通上自然困難；一到御史臺反而如魚得水，深感學有所用。

只是華侍郎突然來訪，又為了什麼呢？

葉啟道：「岳父儘管去見，小婿和舅兄談談制藝也就是了。」

柳慎大感意外，道：「你也懂制藝？」

葉啟笑道：「會一點皮毛。」

既說會一點皮毛，想必懂得還不少，柳慎叮囑兒子好好聽聽葉啟的意見，便趕去門口迎接華侍郎。

葉啟自與柳洵去了柳洵的居處。

小閒回後院，不過三天不在這裡住，感覺已陌生很多。來到西廂房，看著書架上一本本的書，不由唇邊含笑。三年來，最大的樂趣，便是能自由自在地讀書了。

「這些書可要送回盧國公府？」袖袖站在小閒身後，體貼地道。

小閒點點頭，道：「父親不看這個，哥哥又沒時間看，放在這裡讓蟲蛀，不如打包送回啟閒軒，我閒時也可以看看。」

袖袖答應一聲，自去找箱籠裝起來。

與後院相通的角門依然緊鎖，小閒輕輕打開，走了過去。後面的院落空無一人，想來葉啟費盡心機娶得美人歸之後，那些保護小閒的護衛便撤回去了吧。

院子倒收拾得乾乾淨淨，瞧不出住了好些大男人的痕跡，不知葉啟有沒有打算出售？

「少夫人，」袖袖額上有細細的汗，趕了過來，道：「陛下不知為了何事，宣郎君進宮，妳看……」

小閒提了裙袂便跑，急急趕過去，剛好葉啟邁步進後院，道：「呂公公還等著，陛下催得急。妳不用等我，用過午膳便去鄭國公府吧，我留了人送妳過去。」

小閒大急，道：「可是……」可是木偶的事發了？只是這話，卻不能當著袖袖的面說。

葉啟沈著地點點頭，道：「不妨事。」

他就這樣含情脈脈地看著她，讓她心裡無比踏實。小閒狂跳的心也安定下來，道：「小心。」

吃過午飯，鄭國公府派人來接，並沒有問起葉啟，估計已經接到葉啟進宮的消息，小閒不由對鄭國公府刮目相看。周信父子不聲不響的，經營得相當好，比葉德不靠譜、葉啟又風頭太勁穩妥多了。

樂氏和周十一娘迎了出來，小閒向樂氏行禮，又和周十一娘互相見禮，才攜手入內，坐下吃茶。

「聽說有人向陛下密報，三皇子心存怨懟，日夜詛咒陛下，又說三皇子花園裡有了不該有的物事。陛下龍顏大怒，派了得力的內侍趙公公去三皇子府查看。」一提起這事，樂氏眉眼間的憂愁便揮之不去。

兒子是三皇子一派，新姑爺更是公認的三皇子最得力的人之一，要她如何不愁？

周十一娘道：「娘親擔心半天啦，從接到消息便長吁短嘆的。依我說，十四哥也就罷了，莽莽撞撞的，這不是還有妹夫嗎？妹夫總有法子的。」

這才是樂氏最擔心的。誰不知道周川是一介武夫，對他防備不嚴，可是葉啟就不一樣，他從早上進宮到現在還沒出來，怕是凶多吉少。想到小閒才新婚三天，又不敢在她跟前表現得太過擔心，只好訓斥周十一娘道：「妳一個小妮子，哪裡懂什麼朝廷大事，就敢如此大言不慚？」

小閒卻知三皇子有了提防，又有葉啟安排的將計就計，栽贓陷害的人必然會吃大虧，安慰樂氏道：「義母不必擔心，三皇子為人溫和大度，吉人自有天相，不會有事的。」

樂氏長長嘆了口氣，喃喃道：「但願如此。」若是善良便能長命百歲，那大皇子、二皇子又怎麼會早夭呢？一個跌落蓮花池溺斃，一個風寒而死。三皇子若不是生母身分低賤，為人低調謙和，那些人對他戒心不重，哪能活到現在？

整個下午，小閒除了派人去宮門口等消息，便是不停安慰樂氏。她本來還很淡定，越是安慰，越是擔心，真的不會有什麼事吧？

好不容易挨到酉時，派去等消息的侍衛帶了順發過來，一進門便給樂氏和小閒行禮。「見過周夫人，見過少夫人，郎君傳話出來，並無大礙，請周夫人和少夫人不用擔心，請少夫人先回府去，郎君辦完事直接回府。」

葉啟只讓他來跟小閒說一聲，他嘴兒順溜，說得倒似葉啟很為鄭國公府著想一般，樂氏心裡暖暖的，臉上笑得燦爛，道：「快賞。」

順發時常跟在葉啟身邊，來過鄭國公府很多次，唯有這次讓她覺得這人機靈，用著順手。

小閒站起來，道：「若是三郎回來，再差人過來說一聲。女兒先告辭啦。」

樂氏笑咪咪地點頭，道：「好。妳婆婆那個性子，我就不留妳用膳了。若是她欺負妳，妳跟我說，我去和她理論。」

這才像一家人的樣子，又回了一車禮物，跟在小閒的馬車後面回去。

小閒回盧國公府，自然要去陳氏跟前稟一聲。

陳氏也接到消息了，聽說葉啟被皇帝叫去，心裡慌得不行，在屋裡團團轉，只是念叨。「這個三郎，真不讓人省心，結交誰不好，偏要結交三皇子，這下子好了，闔府幾百人，都被他害死了。」

明月和汪嬤嬤在旁邊不停安慰著。

明珠進來稟道：「少夫人回來了。」

陳氏皺了皺眉，厭惡地道：「讓她回去。」又道：「也不知是不是八字犯沖，這才進門三天，便出了這樣的事，她若是把三郎剋了可怎麼好？」

明月和明珠面面相覷，都低下頭裝沒聽見。

任嬤嬤卻接話道：「可不是？我看少夫人瘦瘦弱弱的，不像有福之人。」

明月嚇了一跳，明珠卻瞪了任嬤嬤一眼，轉身出來，到廊下，滿臉堆笑道：「夫人歇下了，請少夫人先回去。」又壓低聲音在小閒耳邊道：「小心任嬤嬤。」

小閒微微點頭，輕聲道：「多謝。」站直了身子，朗聲道：「那我先回去了，妳們好生侍候夫人。」

明珠應聲，道：「送少夫人。」

小閒回到啟閒軒，姜嬤嬤已等在東廂房廊下，行完禮，諂媚地笑，道：「少夫人晚上想吃什麼？」

小閒邁步入內，姜嬤嬤便跟進來，道：「今兒有新到的鯽魚，做個鯽魚湯可好？」

她一向喜食鯽魚，主持小廚房時，便細細教過姜嬤嬤鯽魚的幾種做法，姜嬤嬤想來想去，唯有如此方能討好女主人，便拿這個說事。

小閒嗯了一聲，道：「先在灶上燉著吧，待郎君回來一起用膳。」

這一等，就等到起更，外面已經宵禁，葉啟才回來。

「怎麼樣了？」小閒一邊遞帕子給他擦臉，一邊關切地問。

葉啟咧嘴一笑，接過她手裡的帕子，一臉歉意地道：「還好。陛下不欲聲張，只命暗中查訪，這幾天我都不得閒，不能陪妳了。」

剪秋取了更換的衣裳過來，小閒幫他寬衣，待他換上家常袍服，再坐下說話，道：「我們以後有的是時間在一起，有一輩子那麼長的時間，不過幾天，有什麼？你忙你的去，我在家裡看看書、養養花也就是了。」

葉啟把小閒擁進懷裡，親了親她的頭髮，道：「對不起。」

新婚三天便不能陪著嬌妻，他心裡著實過意不去，又道：「呂公公到三皇子府後，在密報人指定的槐樹下，挖了個底朝天，幾乎把那棵槐樹的根都挖出來，還是沒找到木偶。呂公公讓人把槐樹看守起來，自己進宮覆命，陛下下旨不用挖，一行人才撤回宮。」

小閒抿了嘴笑，道：「那人一定很失望。」

「可不是，」葉啟一雙手在小閒胸前亂摸，道：「陛下龍顏大怒，要徹查，又擔心打草驚蛇，讓妳夫君我暗中查訪。」

原來皇帝召葉啟進宮，是為了讓他細查此事，卻不是三皇子倒臺，受了牽連。小閒拍開他作怪的大手，道：「怎麼去那麼長時間？」

「得到密報，陛下便把我找去，問三皇子做下此等不忠不孝之事，我可知情？那時候三皇子和三皇子妃已被關起來，後來沒查到，才放出來。」

原來如此。小閒道：「得派人去鄭國公府說一聲，我父親那兒也得去說一聲。」突然被皇帝宣走，指不定父親有多擔心。

分別派了人，她才吩咐傳膳。

丫鬟們擺膳的時候，明月來了，道：「夫人請郎君過去一趟。」

陳氏很生氣。自己為他擔了半天的心，他倒好，一回來不說來請安，倒與那個賤婢卿卿我我，心裡哪裡有自己這個娘親？

葉啟行了禮，道：「娘親找我，可是有事？」

小閒可說了，回來便來回過話了，是母親不見她的，難道她依然不認小閒這個媳婦嗎？葉啟心裡不免有氣，面上卻沒顯出來。

陳氏冷笑道：「好得很哪，回門回到皇宮裡去了。」

若是聽她的話娶了丹陽，至於有今日的事嗎？

葉啟正色道：「娘親說差了，小閒從娘家回來，來回過娘親了，丫鬟們不是說娘親歇下了嗎？怎麼如今又如此說？」

陳氏哼了一聲，道：「我說的不是這個。聽說三皇子出事，如今怎麼樣了？你怎麼回來也不來回為娘一聲，害得娘白白為你擔心？」

怎麼能叫白白擔心呢？葉啟微微蹙了眉，道：「娘親也會為兒子擔心嗎？」

陳氏佯怒道：「這叫什麼話。」

只聽外面腳步聲響，丫鬟挑簾不及，葉德罵道：「沒眼色的東西。」自己挑簾進來，道：「可是三皇子出了事？陛下怎麼說？」

他到這時候才得訊，去啟閒軒找葉啟，小閒出來見他，說被陳氏喚來上房，心急火燎之下，他不顧形象一通小跑，跑得帽子也歪了，腰帶也扭到一邊。

「父親來了。」葉啟站起來，規規矩矩地行禮。

葉德急道：「不用多禮，快說說是怎麼回事？」外面都傳遍了，三皇子被拘起來，葉啟也被捉拿下獄了。

# 第七十四章

葉啟把經過一說，葉德鬆了口氣，抹了把汗，道：「可嚇死我了，我還想著明天把摺子遞上去呢，今天就出了這樣的事。」

陳氏正想乘機編排小閒，聽說葉德要上摺子，不由納罕地道：「你上什麼摺子？」

葉德哪裡顧得上陳氏臉上的嘲笑意味越來越濃，他只關心這個。「陛下心情怎麼樣？摺子還能上嗎？」

葉啟想了想，道：「可以。陛下只是惱怒這些人栽贓、陷害皇子，別的應該不受影響。」

皇帝需依仗他把隱在暗處的人找出來，此時請立他為世子，想必不會駁回。

陳氏被晾在一旁，不由氣道：「說，怎麼回事！」

葉德一來在她積威之下下意識地服從，二來立世子這事也得跟她說一聲，要不是出了這樣的事，他回府也會告訴她的。

「三郎長大成人，已經娶了親，我想，也該請立世子了。」葉德理所當然地道。

陳氏的心漏跳了一拍，驚道：「誰讓你請立世子的？」對葉德說話，眼睛卻轉向葉啟，不會是那個賤婢慫恿兒子纏著葉德要立世子吧？那賤婢可真敢想啊。

葉德一臉無辜，道：「我就這麼蠢，非得有人提醒才懂嗎？」

他早就想上摺了好不？不是一直沒空，忙著當那蜂蝶採花忙嘛！最近葉啟讓他參了半股海上的生意，這錢還是葉啟說服周信幫著墊的，等生意賺了錢再把本金還給周信，這可是無本萬利的收益。

周信說了，完全是看在葉啟是他家姑爺，他們倆是親家的分上才幫他把錢墊上，要是沒有這層關係，他絕對不肯墊這筆錢。

如果這生意的收益拿到手，以後就能擺脫陳氏的牽絆了。不就是不能去帳上支銀子嗎？他稀罕嗎？

陳氏氣得變了臉色，對葉啟道：「你先回去。」

一見她變了臉色，葉啟一顆心直往下墜，聞言起身行禮，道：「兒子告退。」

啟閒軒裡，大紅喜字燈籠在風中輕輕搖曳，小閒站在門口燈籠下等他回來。

「看妳，怎麼不先用膳呢？」葉啟心裡暖暖的，口裡卻輕聲道：「要餓壞了怎麼辦？」

小閒甜甜笑道：「正好減肨。」

「妳又不肨。」葉啟牽起小閒的手，向內走去。

食案上擺滿了菜，溫熱剛好，剪秋和袖袖帶著丫鬟們垂手候在廊下。

吃過飯，撤下食案，丫鬟們退出，葉啟道：「娘親不允父親請立我為世子。」

小閒吃了一驚，失聲道：「為什麼？」

這個時代的人，不是立嫡立長嗎？葉啟既占嫡又占長，不立他立誰？小閒旋即明白過來，道：「娘親是因為我？」

她是想逼葉啟在繼承人與自己之間選擇嗎？她就這樣容不得自己？

葉啟含笑道：「妳想多了，跟妳沒有關係。」過了一會兒，又道：「娘親一向喜歡十郎，自他出世，便把他捧在手心，或者有別的想法也是有的。」

葉標可是幼子——小閒張大了口。

還有葉邵，他莫名其妙跑去吟竹軒做什麼？是不是也有什麼想法？難道說盧國公府平靜的外表下，暗流洶湧？想到為了那把椅子，那些人陷害三皇子的手段，小閒只覺遍體生寒。

葉啟看著她微微一笑，道：「一切有我，妳不用擔心。」

小閒依在他懷裡，心裡默默地想，前路就算布滿荊棘，兩人也要齊心一起闖過去，斷然沒有讓他一人面對，自己坐享其成的道理。

「需要我做什麼？」她的聲音軟軟的，撓得葉啟心尖上癢癢的。

葉啟緊了緊摟她的手，道：「想必娘親會對妳沒有好臉色，妳不要太委屈自己。」

這是擔心她委曲求全，吃了大虧嗎？小閒心裡感動，反手摟住他的脖子。

啟閒軒裡的兩人心意相通，上房，葉德與陳氏卻像鬥雞眼似的。

葉德怒道：「某不明白，三郎是長子，為何不能請立他為世子？妳一個婦道人家，懂得什麼？」

裡裡外外都是她一手操持，現在反而瞧不起她一個婦道人家？早年她嫁進來時，盧國公府都快揭不開鍋了，下人們過年過節的，連套新衣衫都做不出來，要不是她，他能吃香的喝辣的，天天在花街柳巷混，成了蒔花館的常客，小妾一個接一個往家裡買？

陳氏急怒欲狂，手指差點戳瞎了葉德的眼，厲聲道：「你個白眼狼！老娘嘔心瀝血為著這個家，你反而指責起老娘來？」

屋裡響起一通乒乒乓乓，然後是葉德暴怒變了聲調的聲音。「妳是誰的老娘？我娘已經死了！」

陳氏身子顫了一下，話確實說得過了一點。

葉德見把她唬住，再接再厲道：「再這樣胡說八道，某休了妳！」說完，雄赳赳氣昂昂拂袖而去。

這樣霸氣的丈夫，陳氏從沒見過，驚得半晌回不了神。

小閒生怕又起得遲，給陳氏借題發揮的機會，夜裡不敢睡得太沈，不過五更便醒了。看葉啟睡得香，小閒輕輕掙脫他的懷抱，想要起來。

歡愛後，葉啟抱著她睡，兩人手腳纏繞，她這麼一動，葉啟已經醒了。

「還早呢。」屋角油燈透進朦朧的光，可見外面天還沒亮，葉啟摟緊了她，道：「再睡一會兒。」

小閒無聲地嘆口氣，道：「還得去請安呢，起得遲了，娘親又要生氣。」

葉啟蹙了蹙眉，道：「以後不用晨昏定省。」

「嗯？」小閒睜大眼睛。天下有這麼好的事？

葉啟嘆氣，道：「妳去了，只會如肉送上案板，由她搓圓搓扁，還不如不去，倒可以省心些。反正妳怎麼做，她都看不順眼。」

道理小閒自然是明白的，卻沒有勇氣如此直白地說出來，更沒有勇氣果斷地無視這位當家婆婆。

葉啟道：「若是有人藉這個找妳麻煩，妳就說是我說的。妳身子弱，當不起早起折騰，身體養好才重要。」

這樣真的好嗎？小閒怯怯道：「若是娘親生氣，發作起來可怎麼辦？」

葉啟便笑，道：「左右不過給妳立規矩，妳不接就是了。妳身邊那個青柳，不是會武功嗎？順發試過，身手還不錯。以後妳去上房，帶她去，讓她一步不離妳身邊也就是了。」

這是要跟陳氏撕破臉嗎？她才過門三天，傳出去，一個不孝的名聲是免不了的。

葉啟看透了她的心思，淡淡道：「名聲好壞有什麼打緊，最要緊的是自己活得愜意。若是為了一個虛名，天天受罪，豈不愚蠢？」

小閒豁然開朗，心情跟著好起來，笑道：「以後你可別嫌棄我是惡婦。」

葉啟似笑非笑道：「怎麼不嫌棄？哪天我看上丹陽了，就用這個休了妳，再求娶丹陽就是。」

皇室只求利益最大化，只要有必要，用一個公主籠絡臣子之心是常事，可不會講究要嫁的男子是不是初婚，要不然從古到今，哪來那麼多妙齡公主和親嫁一個七老八十的老頭？以葉啟受寵的程度，指不定他若求娶，皇帝還真答應了。

小閒便半真半假地扭動身子作不依狀。她嬌柔的身子在懷裡拱來拱去的，葉啟只覺身體裡的血都沸騰了，一個翻身，把她壓在身下。小閒欲待求饒，唇已被吻住，葉啟的舌頭不停吮吸著，手也不停直往下，兩人好一番恩愛。

天色一點點亮起來，太陽噴薄而出，又慢慢升起，陽光灑滿庭院。

陳氏氣得一宿沒睡，直到五更天才合了會兒眼，這時聽到外頭低低的說話聲，一下子醒了過來，還以為是小閒過來請安。她有意晾著小閒，復又翻身繼續睡。

「夫人，」任嬤嬤在帳外低聲道。「時候不早了，若是國公爺進宮……」

陳氏霍地坐起來，道：「國公爺呢？在做什麼？」他的奏摺不會寫好了吧？還想今天遞上去呢。

葉德還真寫好了，就等著葉啟和小閒回門後遞上去，可是昨晚和陳氏大吵一架，屋子裡的家具都打爛了，他倒猶豫起來，生怕陳氏不要命地和他鬧，他吃不消。

任嬤嬤道：「昨晚是在吳姨娘院子裡歇的，今早在外院書房，一直沒出來。」

陳氏冷笑。被她猜對了，他怎麼可能寫得出摺子呢？

「柳氏來了多久？」她又問道，眼裡閃過寒光。還想當世子夫人，真是不要臉至極。

任嬤嬤回道：「少夫人沒來。」

陳氏再也躺不住了，掀開帳子，陽光從窗欞灑進來，照得屋角一片白晃晃。

「這個時辰還沒來？她真當自己是根蔥啊！妳去，就說我說的，喚她來。」陳氏氣極反笑，剛進門就敢不來請安，是想找死的節奏嗎？

小閒被葉啟再折騰一回，累得不行，迷迷糊糊地又睡著了。葉啟起了身，洗了個澡，吩咐剪秋、袖袖好生侍候，然後神清氣爽去練箭。

剪秋和袖袖在門外小聲說話，袖袖一向地位低下，猛然和剪秋平起平坐，總覺得不自在。

「郎君於吃食上頭，一向精細。」剪秋告訴袖袖葉啟的習慣，道：「色香味要俱全，若是食物可口，賣相卻不好，那是無論如何不會入口的。」

說話間，任嬤嬤來了，皮笑肉不笑地道：「兩位姑娘說些什麼悄悄話呢？」

因小閒還在睡，丫鬟們被打發走了，只有剪秋和袖袖親自守在這兒，一時間沒人出聲預警，被她走到門口才發現。

兩人一齊行禮，剪秋不卑不亢道：「不敢。嬤嬤這邊請坐。」

她是陳氏身邊得用的人，剪秋對她分外客氣。

任嬤嬤站著不動，道：「少夫人呢？夫人有請。」

剪秋臉現尷尬之色，道：「少夫人身體有些不適，郎君囑咐她多歇會兒，這當口也該起來了。嬤嬤請到起居室用茶，奴婢進去看看。」

「不用了。我這就去回夫人。」任嬤嬤甩袖就走，而且走得飛快，巴不得讓陳氏拿這事作筏子，好好處置小閒一番。

袖袖快急哭了，拉著剪秋的手眼淚汪汪道：「這可怎麼好？」

外面這麼一鬧，小閒被吵醒了，扶著發疼的腰坐起來。

「一大早的，哭什麼？」小閒看袖袖癟著嘴不停抹淚，奇怪地道。

剪秋苦笑，上前回道：「任嬤嬤來了，得知少夫人沈睡未起，又急匆匆走了。」

小閒點點頭，道：「更衣梳頭吧。」

接下來有一場硬仗要打，總得打扮好了，吃得飽飽的，才有力氣。她只能先吃了，待葉啟回來再擺一次膳。

袖袖幫小閒梳了個墜馬髻，又挑了件玫紅色窄袖交領衫，小閒搖頭道：「穿那件淺黃色的吧。」

這樣的天氣，穿淺黃色衫配白色襦裙再好不過了。

袖袖猶豫道：「可是……」

新婚不是應該天天穿紅著綠嗎？穿淺色、白色，會被婆婆嫌棄的啊。

小閒道：「快去。」又對剪秋道：「擺膳吧，我想吃豆漿油條。」

這東西也是她教給廚房的，啟閒軒裡大多數人都喜歡吃。

衣服穿好，食案也抬了上來，豆漿油條外加四碟點心擺齊整了，陳氏也來了。

小閒衣著淡雅高貴，卻兩隻手各抓一根油條，啃得滿嘴油。陳氏一見她這模樣，差點沒背過氣去。

小閒把兩根油條放碟子上，油著一雙手，規規矩矩地行禮。「見過娘親。娘親可用過早飯？若是沒有，一起用吧。」又對目瞪口呆的袖袖道：「再拿一副碗筷來，添四碟點心。」

就在她再次回過頭，乖巧地問陳氏「娘親喝豆漿還是果漿」時，陳氏大爆發了。「誰教妳日上三竿才起，不去向婆母請安，不等丈夫一起用膳，便這樣自顧自大吃大喝？」聲如霹靂，震得屋頂的灰塵簌簌往下掉，袖袖嚇得發抖，腿一軟，差點跪下。

剪秋深吸一口氣，挺了挺腰，上前一步想護住小閒。

小閒已面露微笑，道：「回娘親，三郎說，媳婦身子弱，得多吃一點。」

陳氏帶來的人愕然。這人是個傻子嗎？剪秋等人卻嚇了一大跳，這樣對婆婆說話，婆婆怎麼能忍？

果然，陳氏往榻上一坐，道：「妳身子弱？得多吃一點？行啊，來呀，侍候少夫人用膳。」

任嬤嬤應聲而出，一隻手抓起桌上的老婆餅，一隻手便去捏小閒的下頷，手堪堪將觸到小閒的肌膚，旁邊一隻瘦長的手伸過來，握住了她的手腕，頓時，被握住的地方有如火炙，又熱又疼。

「青柳！」剪秋驚喜地叫了出來。

任嬤嬤殺豬般的慘叫聲也在此時響起來。

陳氏臉色難看極了，喝道：「哪裡來的野丫頭，給我亂棍打死！」

她倒不知賤婢身邊還有這等會武技的人物，看來是有備而來了。

三年前，青柳甫到盧國公府便隨小閒回家，眾人對她沒有印象。三年後，早就沒人記得這人是樂氏送的了，現在她以陪嫁的身分回來，根本就沒人把她與三年前鄭國公府送的丫鬟聯繫起來。

轟地，管嬤嬤帶了三個胖大婦人手持棍子越眾而出。陳氏也是做了動手的準備，不過原定對象卻是小閒。

青柳凜然不懼，手更加了把力氣，任嬤嬤喊得地動天搖。

小閒對青柳道：「吵死了，讓她閉嘴。」

青柳伸出一指，快如閃電地在任嬤嬤身上戳了一下，她便張大嘴沒了聲息，那汗珠卻如黃豆般滾滾而下。

管氏等四人已走到青柳身邊。

小閒對陳氏道：「這裡的擺設都是珍貴之物，三郎愛如掌上明珠，若是打碎就不好了，不如讓她們到外面打去，媳婦陪娘親看一場武戲，娘親以為如何？」

還敢和她的人動手？陳氏氣得說不出話來。

汪嬤嬤看著不是事，忙招手喚過一個小丫鬟，道：「快去練武場請三郎君回來。」

本是打聽到葉啟不在啟閒軒才來的，沒想到柳氏膽子這麼大，連婆婆都不放在眼裡。汪嬤嬤暗呼晦氣。

# 第七十五章

青柳放開任嬤嬤，任嬤嬤立足不住，跌倒在地，一隻手猶宛如戴了墨黑的手鐲，烏青一片，五隻指印明顯深入肉裡。

管氏四人臉都白了，互相對視一眼，握緊了手頭的棍子。

青柳看都沒看任嬤嬤一眼，昂然面對四個胖大婦人。她苗條的小身板還沒一個婦人的大腿粗，臉上卻沒有一絲懼色。

「少夫人說了，不在這裡打。我們到外面去吧。」她淡淡道。

陳氏好不容易才找到自己的聲音，道：「三郎從哪裡找妳來的？」

這個混帳行子，有好東西不想著孝敬老娘，反而心心念念顧著這個賤婢，白耗了她十月懷胎，看她不好好教訓他！

青柳斜睨陳氏一眼，語氣既冷淡又傲慢，道：「奴婢是少夫人的陪嫁丫鬟。」

那意思是，她只接受小閒的命令，連葉啟的命令也可以不聽。

陳氏回頭與汪嬤嬤交換一個眼神，心裡都在想，小閒從哪裡找了這麼一個人來？若是小廝還容易找些，可是小廝不能進內宅，不能貼身保護，當此情況下，便沒作用了。

青柳下巴抬得高高的，問管氏。「還打嗎？要打的話，去外面吧。」

四人一進來，屋子都顯得窄小了很多，出去的路更是被她們堵死了。

管氏轉頭望向陳氏。她們不過是力氣大，被選來對受了主子懲罰的下人行刑罷了，真遇到會武術的人，只會成為挨打的肉盾。

陳氏翻了半天白眼，勉強揮了揮手。

四人如蒙大赦，以比來時更快的速度退下。她們一走，屋中寬敞不少，自有人趕緊把任嬤嬤扶起來，送回院子，又有人忙著去請大夫。

小閒笑容更甜了，兩個小酒窩像盛滿了美酒，聲音糯糯的，道：「娘親可要用些點心？媳婦肚子餓得很了，再不吃，就要暈倒啦。」

那兩根可憐的油條早就被任嬤嬤的身子壓得稀爛了，對峙這麼久，豆漿早冷了。青柳便喊：「重新擺膳。」

陳氏只覺一顆心按捺不住要炸裂開來，太陽穴突突地跳。

就在這時，門外一片驚喜的聲音道：「三郎君來了，見過三郎君。」

陳氏的心莫名一鬆，兒子可算來了，有兒子治這個惡婦呢。

明月挑起湘妃竹簾，葉啟含笑而入。

「娘親來了？可用早膳了沒有？」他對眼前劍拔弩張的情景視而不見，行禮後不待陳氏說免，便直起身，上前親熱地挽了陳氏的胳膊，道：「以前大家只吃豆腐，沒想到不點滷的豆腐凍加飴糖煮了更好吃，就著新出鍋的油條，真是美味。喔，娘親還不知油條是什麼吧？剪秋，取一碟子油條來讓夫人嚐嚐。」

剪秋應了一聲是，逃也似的出去了。

陳氏有點迷糊，盯著葉啟看了半天，道：「你怎麼不問為娘為什麼會在這裡？」

葉啟笑道：「娘親過來瞧瞧兒子，不是很正常嗎？為什麼要問？」

陳氏無語。怎麼兒子娶了老婆變傻了？一定是那個賤婢的緣故，兒子才越來越沒腦子。

「你問她，為何進門三天，便不去向婆母請安，這晨昏定省還要不要了！」陳氏手指唇邊含笑，嬌怯怯含情凝視葉啟的小閒，聲音又尖又高。

「喔。」葉啟淡淡道：「她早上原是要去的，兒子情動，逼著她敦倫了一回，把她折騰得吃不消，起不了身。」

屋裡屋外的丫鬟、僕婦都羞紅了臉。

太不要臉了……陳氏顫抖得說不出話來。因為敦倫，所以沒力氣起床給婆婆請安？傳出去，盧國公府豈不是被人笑話死？以後她還怎麼出門見人？

葉啟理直氣壯道：「兒子也是想著早點為盧國公府開枝散葉，才心急了些。」

「你還知道你心急！」陳氏氣得語不成句，頭又一陣陣眩暈，道：「有你這樣不要臉的？誰家拿這個說事！」

葉啟道：「夫婦敦倫，乃大義，為何不能拿來說事？」

汪嬤嬤眼角餘光掃了對面小閒一眼，見她不僅沒有像平常女子那樣羞得連脖子都紅了，央求葉啟別再說，反而笑咪咪地看著葉啟和陳氏母子，大有看熱鬧的意味。

「夫人不是說要去書房和國公爺說說庶務嗎？再不過去，國公爺可就要出府了。」汪嬤嬤暗暗在心裡嘆了口氣，柔聲勸道。

陳氏心裡一凜。對，還有葉大郎那個混蛋，必須勸消他立三郎為世子的念頭。這一大早的，被這個賤婢攪和成什麼樣了？

與媳婦鬥氣，到底不及立世子重要，陳氏從善如流地扶著汪嬤嬤的手站起來，道：「這些事傷身，也須適可而止。」

葉啟應了，虛扶她送到門口。小閒忍著笑跟在後面，溫順地行禮。「娘親慢走。」

陳氏回頭狠狠剜了她一眼。

待一行人走遠，葉啟和小閒攜手進門，你看看我，我看看你，站在門內臺階上，相顧放聲大笑。小閒直笑得喘不過氣來，只覺爽快之至。

袖袖待他們好不容易笑歇，愁眉苦臉道：「少夫人還笑呢，這下子，我們啟閒軒一定會成為闔府笑話了。」

小閒一邊和葉啟往起居室走，邊道：「對，袖袖說得是，以後人家一定拿這個打趣我。」又埋怨葉啟。「你說什麼不好，偏拿這個說事。」

葉啟一臉無辜，道：「我說的是事實好嗎？」

袖袖再次羞紅了臉。難怪郎君成親後再也不要她們這些人值夜，要是值夜，豈不羞死人了？她慶幸不已，一時間覺得好像被人笑話也不是很嚴重的事。

剪秋原不用親自去廚房，還不是為了避開這場是非，待她帶了手捧油條盤子的小丫鬟回來，才知道自己錯過了多麼精采的一幕。

葉啟的不羈言論，瞬間傳遍啟閒軒，相信很快會散布到盧國公府每個角落，甚而傳遍京城的大街小巷。

「少夫人，」剪秋斟酌字句，小心翼翼道：「夫婦大義，人之常情，只是自古到今，還沒一人這麼大言不慚宣之於口，妳看……」要怎麼補救好？

小閒轉頭去看葉啟，笑罵道：「你個臭不要臉的，說怎麼辦吧。」

葉啟道：「妳求求我，我便告訴妳。」

小閒呸了一聲，道：「擺膳吧，我真的快餓死了。」

剪秋無奈，只好傳膳。

喝了一碗豆漿，吃了兩根油條，小閒舒服得直哼哼。

葉啟寵溺地道：「妳在院子裡轉轉，消消食，我去父親那兒瞧瞧。」

小閒點頭，道：「娘親不會也在那兒吧？」可別再起衝突才好。

葉啟明白她的意思，道：「不會。」

他不過想試試父親立他為世子的決心，才好決定接下來的動作，哪裡會輕易發生衝突。

他一走，小閒頓時覺得屋子裡空蕩蕩的，實在無趣，便喊剪秋，道：「我們到後園摘桃子去。」

剪秋哪有這個心情，可是主子吩咐，又不敢不聽，只好讓人準備一應工具。待工具準備好，小閒又道：「收起來吧，以後再去。」

剪秋見屋裡只有袖袖，便勸道：「夫人是挑剔了些，但晨昏定省必不可少，要不然一定落人話柄，於少夫人的名聲十分不利。」

人活一張皮，若是少夫人不孝的名聲傳出去，怕是會連累柳大人呢。

小閒倚在大迎枕上，想了想，道：「我不想找罪受，三郎也這麼說。」

剪秋吃了一驚，難道郎君也支持少夫人如此作為？卻不好再說下去了。

外書房裡，葉德沒了昨天的氣焰，苦著一張臉，道：「夫人，妳想請立十郎，豈不讓為夫我成為京城的笑話？若是三郎是個不中用的也就罷了，他這麼能幹，誰不羨慕我有個出色的兒子？這會兒突然請立幼子，不立長子，妳讓人家怎麼看我？再說，陛下能答應嗎？十郎能支應起門庭嗎？」

陳氏面南而坐，窗外的陽光灑在她肩上，她淡淡道：「外人怎麼說，那是外人的事，嘴在人家身上，我還能讓人家說什麼、不說什麼嗎？至於陛下那兒，你不用擔心，斷沒有你請立的摺子上去，他駁回來的道理。立誰是我們家的事，他雖為皇帝，也不能管得那麼寬。」

葉德頭搖得像撥浪鼓，道：「要立十郎，妳上摺子去，我不上。」

葉啟得知母親在這裡，不讓人通報，悄悄在外候著。

葉德難得來一趟書房，書房外草長及膝，並沒種花，只有院角幾棵一人多高的石榴樹，紅豔豔的花兒開得如火如荼。

葉啟倒背雙手站在石榴樹下，仰了頭觀賞這花，想著不如在啟閒軒種幾棵，小閒喜歡吃石榴，又能吃，又有好意頭，實在不錯。

葉德得力的小廝青松走過來，行禮道：「見過三郎君。三郎君請到起居室用茶。」

葉啟轉頭看他，道：「怎麼，父親的書房也有不為人知的一面？」

「沒有沒有。」青松忙道。「小的見日頭越升越高，天氣越來越熱，才請三郎君去起居室，那兒涼快些。」

葉啟道：「不用了。」

青松便讓人趕著拔草，平整出一塊空地來，擺上几案矮榻，四時水果、四色點心，又取了小泥爐來煮水，道：「有今春新送來的茶，三郎君可要嚐嚐？」

葉啟靜靜看他做這一切，並不阻止，待他問起時，才道：「好。」

他掃了琉璃矮口盤一眼，上面紅彤彤的櫻桃鮮豔欲滴，奪人眼球。

葉啟只不過掃了一眼，青松便雙手捧上盤子，含笑道：「早上才送來的櫻桃，三郎君請嚐嚐，甜得很呢。」

葉啟挑了一顆送進嘴裡，果然新鮮。

青松就這麼一直捧著櫻桃隨侍在葉啟身邊，待到水沸，請示葉啟之後才放下櫻桃，煎起茶。

以前葉啟與青松接觸不多，連葉德都多日不見人，何況他身邊的小廝？此時葉啟才知他十分會來事，難怪能得父親常帶在身邊。

「國公爺往常都做些什麼？」葉啟在几案邊坐下，大有長談一番的打算。

青松側了側身，一邊研茶，一邊道：「常去蒔花館。不瞞三郎君，小的也常勸，只是國公爺不聽，他總言道……」左右看了看，見沒有別人，及膝長的草也不能藏人，遂壓低聲音道：「夫人要強，落了他的面子，他只好寄情詩詞歌賦了。」

這時代，男人流連青樓妓院屬於風雅之舉，葉啟對父親的舉止並沒有多說什麼，身為兒子，也不好在背後議論父親，何況在下人面前。他只是奇怪青松膽子太大，反問道：「父親為何對你說這些？」

「國公爺心裡煩悶得很。」青松嘆息道：「外人只道他是富貴閒人，不問世事，哪裡知道他心裡的苦呢？有哪個男人不想一展抱負，可是國公爺卻……」

葉啟點點頭，他便乖覺地停了話頭，沒有再說下去。

這是知道父親要立他為世子，所以向他遞話吧？

自他十歲起，便常有人議論盧國公為何不立世子，他從沒往心裡去，卻沒想到時至今日，母親突然跳出來阻止。

十郎十四歲了，難道母親想為他說一門皇室的親事，扶他襲爵不成？

青松見葉啟蹙了蹙眉，忙道：「三郎君不用擔心，國公爺主意定著呢。」

葉啟眉頭舒展開，微微一笑，從腰間摘下玉珮，道：「拿去玩吧。」

青松不接，道：「小的怎麼敢要三郎君的賞？」

「拿著吧。」葉啟把玉珮放在几案上，端起茶碗吃茶。

青松道了謝，收入懷中。

「三哥怎麼在這兒？」隨著話聲，葉邵邁步而入，笑容可掬道：「我還以為三哥新婚，定然在陪新嫂子呢。」

青松忙起身行禮，垂手站在一旁。

葉啟淡淡道：「你今天不用上學嗎？」又指了指几案對面，道：「坐吧。」

葉邵在葉啟對面坐了，笑道：「三哥來找父親？可見他們說父親沒有出府是真的了。」

打聽得還挺清楚。葉啟淡淡的，臉上看不出喜怒，慢慢吃著茶，道：「今春的新茶，味兒不錯，你也嚐嚐。」好像他是來和父親一起品茶的。

葉邵先拈了一顆櫻桃放進嘴裡慢慢嚼著，道：「聽說昨兒父親與母親吵了一架？不知為何起的爭執，三哥可知？」

葉啟笑笑，為他分茶，道：「你也說了，為兄新婚，與你嫂子好得蜜裡調油，恨不得時時在一塊兒，哪裡有閒工夫理會別的。昨兒父親與母親吵架了嗎？卻不知為了何事？」

青松低著頭，嘴角直抽抽。

葉邵暗罵狡猾，乾笑兩聲道：「我也是無意中聽小丫鬟們說的，不知真假。」

「小丫鬟們敢亂嚼舌根，就該發賣出去。」葉啟語氣依然淡淡的。

若不是他在母親身邊安插了人，便是他的生母王氏去上房向母親請安時探聽來的消息。王氏慣會做人，上上下下都說她賢慧，連母親都常找她說話。父親那麼多妾侍，唯有她活到現在，還生下庶子，可見她有多厲害了。

葉啟一向對這位庶母疏離而客氣，卻沒想到因為她的存在，葉邵倒有了野心，若是如此，斷然容不得。

葉邵沒想到一向不理內宅事的葉啟這麼狠，怔了怔，道：「小丫鬟們想必是無心的吧？

三哥不必介意。」

葉啟道：「亂嚼舌根是家宅亂將起來的根源，哪能輕易算了？」喊跟著一起來的順發。

「給我細細地查，查出一個發賣一個，絕不手軟。」

順發恭聲應是，自去傳話。葉邵張口結舌，手伸在空中，要阻攔，卻插不進話。

葉啟看都沒看他，站起來走了。

青松追上兩步，道：「三郎君……」

葉啟淡淡道：「跟父親說一聲。」

青松忙應是，道：「恭送三郎君。」

# 第七十六章

葉啟出了外書房，順著青石甬道回啟閒軒，半路上小廝找了來，道：「郎君，趙陽來了。」

趙陽是葉啟身邊得用的人。他道：「走，瞧瞧去。」

小閒得知葉啟在前院見客，讓袖袖送了點心過去。

葉德請葉啟過去，青松親自過來，恭敬地道：「國公爺一聽三郎君在書房外等了半天，急得不行，命小的來請三郎君。」

小閒道：「你也看到了，三郎君有客呢。你回覆國公爺，待客人走了，三郎君即刻過去。」

青松只好去覆命了。

來的不知是什麼人，小閒也好奇得很。

葉啟屏退下人，與趙陽在屋裡說了良久，一起出來後，吩咐道：「跟少夫人說一聲，我有事進宮一趟。」居然來不及親自跟小閒說一聲。

陳氏那邊打聽到葉啟出了府，著人來喚小閒過去，來人道：「夫人有幾句話和少夫人說。」

這人是個生面孔，約莫三十多歲的樣子，個子瘦小、語氣生冷，皮笑肉不笑的。小閒不知她的來頭，不過陳氏喚她，總不能不去。

袖袖大急，拉著小閒的袖子不讓她走。「夫人一定沒安好心。」

剪秋斥道：「別亂說。」這話要是傳到陳氏耳裡，袖袖還活不活了？

小閒道：「沒事。」

她帶了青柳，和那僕婦一起去了上房。

嬤嬤們進進出出，一片忙碌景象。耳房裡，王氏坐著嗑瓜子，聽說小閒來了，一邊飛著瓜子皮，一邊走了出來，笑咪咪向小閒行禮，道：「難得見到少夫人。」

她剛屈膝，小閒已伸手虛扶，道：「姨娘快請起。」

王氏不過是做做樣子罷了，哪裡是真要行禮，小閒剛伸出手，她已站了起來。

「夫人還沒打理完庶務，看來妳得等會兒了。」王氏湊近前道，一片瓜子皮黏在塗了大紅口脂的唇上，簡直是目不忍睹。

小閒不動聲色退後一步，道：「姨娘今兒不忙嗎？」

她自然是從來不忙的。每天早上陳氏接見汪嬤嬤的時間，她在小佛堂拜佛，為陳氏祈福；下午若是陳氏沒有外出沒有貴客，她便過來，在陳氏跟前插科打諢搞笑，只要她來了上房，整個院子便飄滿笑聲。

難道今天上午她不用拜佛？所以小閒有此一問。

王氏嬌媚地笑，道：「今兒的功課做完了，奴便過來給夫人請安。。」

她笑得歡暢，臉上厚厚的粉簌簌地往下掉。小閒只覺得噁心，對去啟閒軒喚她來的那個僕婦道：「通稟一聲，就說我到了。」

那僕婦不鹹不淡地行了一禮，掀簾入內去了。

一個柿餅臉的嬤嬤正在回話，道：「……孫掌櫃來說，漕運繁忙，從江南運來的綢緞找不到船，這會兒正是裁布做夏衫的時候，耽擱一天，便少很多生意。孫掌櫃說，自從花慕容賣出那條百鳥裙後，生意一直壓我們一頭，若是新綢緞再趕不上發賣，怕是……」

她不提花慕容還好，一提花慕容，陳氏的心情莫名煩躁起來。不就是一條百鳥裙嗎？居然賣出一萬兩的高價，她那二嫂，一有宴會便穿那條該死的裙子到處顯擺，那嘴臉，讓她看了真想搧她兩巴掌。

「夠了！跟孫掌櫃說，若是他支撐不了，我自會另請高明。」陳氏厲聲喝止那嬤嬤的話，道：「下一個。」

一大早的，從睜開眼睛到現在，就沒一件讓人省心的事，不，從那賤婢進門開始，就沒一件讓人省心的。想到小閒，不知怎的，她腦海裡突然浮出幾年前的傳言，說二嫂王氏買百鳥裙時短了錢，還是那賤婢為她作保。

她一個丫鬟，哪來的銀子？

她轉身向汪嬤嬤招了招手，汪嬤嬤附耳過來，她悄聲道：「去查查那賤婢的嫁妝哪裡來的？還有那柳慎，可有貪污不法事？」

汪嬤嬤愕然，臉色都變了，定了定神才應了聲是。

就在這時，僕婦進來稟道：「夫人，少夫人到了。」

陳氏整個人都不好了，把面前的几案都推了，道：「怎麼這時才來？她早幹什麼去！」

那僕婦不敢辯駁，立馬就跪下了。

「桂花，妳去，給我掌兩個嘴巴子。」陳氏凜然不可侵犯的樣子，道：「也讓大家瞧瞧不孝的下場。」

汪嬤嬤一張臉皺成包子，勸道：「夫人消消氣，少夫人還小，若有不是，還須好生教導。」

她身邊那個丫鬟不好惹啊，任嬤嬤這會兒還在請大夫診脈呢，汪嬤嬤實是不想步任嬤嬤的後塵。

「難道要我親自動手不成？」陳氏冷冷道。

汪嬤嬤無奈，只好應聲，在眾嬤嬤們幸災樂禍的目光中來到廊下。

「少夫人。」她只覺得嘴裡像含了膽汁，勉強道：「夫人有命，讓老奴賞少夫人兩個嘴巴子。」還是先說清楚的好，免得遭了池魚之殃。

汪嬤嬤對小閒說話，一雙眼睛卻直盯著小閒身後的青柳，以防她暴起傷人。

還好還好，這丫鬟只是瞪了她一眼，並沒有狠狠反賞她兩個嘴巴子。

小閒微笑道：「嬤嬤請去轉告夫人，本來長輩賜，不敢辭，只是她老人家這賞很特別，我受不起，還請她收回吧。」

一旁，王氏眼珠子都快掉下來了。敢跟陳氏這麼說話，真是不怕死……轉念一想，怪道聽說今兒早上少夫人與夫人幹了一仗，把夫人打得落花流水呢，敢情是真的。

她抬眼四顧，瞥見花樹下站的內應，便向她挑了挑眼。

內應忙垂下眼瞼，走開了。夫人正在氣頭上，若是讓夫人知道她收了王姨娘的釵子，把今早上的事洩漏出去，怕是三十大板免不了。

王氏轉過頭，發現汪嬤嬤還真的進屋回話去了，不由乾笑道：「天氣越來越熱，少夫人可熱嗎？」喊自己的丫鬟。「快取扇子來，我給少夫人搧風。」

「免了。」小閒似笑非笑道。

王氏一下子僵在那兒，丫鬟遞來的團扇接也不是，不接也不是。

陳氏聽了汪嬤嬤回話，大怒，在一屋子的嬤嬤面前又不能墜了威風，深吸了口氣，道：「讓她在外候著吧。」

這一候，就是大半個時辰，眼看太陽升到半空，地面上熱氣蒸騰，小閒站得腿疼，扶著柱子抹汗。

明月得便出屋，悄聲吩咐心腹小丫鬟給小閒搬了馬扎來，又取來一柄團扇。那小丫鬟不敢多留，放下東西就跑。

王氏早找藉口溜走了。門口輪值的丫鬟們、進進出出稟事的嬤嬤們，望向小閒的目光，有同情的，也有解恨的，不一而足。

午時將過，丫鬟們抬了食案、提了食盒入內，想是陳氏擺膳了。

青柳站得像標槍一般，對眼前一切恍如不見，小閒的肚子卻咕嚕叫起來。

陳氏明擺著是有意晾著她，讓她在下人面前丟臉。小閒捅了捅青柳，道：「去瞧瞧有什麼好吃的，拿點來。還有，最好來一大碗果漿，我快渴死了。」
青柳茫然道：「上哪兒找？」
小閒不由後悔沒帶袖袖來，翻了翻白眼，道：「算了，妳還是站著吧。」
青柳一臉嚴肅道：「郎君說了，若到上房，奴婢一步不能離開少夫人。」
好吧。小閒沒好氣地四處張望，一個十三、四歲的丫鬟懷抱一個包袱躲躲閃閃朝這兒來，小閒忙瞪大了眼看著，她果然窺人不注意，提了裙袂飛跑過來，把包袱往小閒懷裡一塞，一聲不吭，又跑了。
小閒打開包袱一看，裡頭一只用油紙包著的燒雞、一個錫壺。就著壺嘴喝了一口，清清涼涼甜絲絲的液體順喉而下，卻是用井水冰過的果漿。
小閒喝了幾口果漿，把錫壺遞給青柳。
青柳搖頭不接，道：「奴婢不敢與少夫人共飲一壺。」
小閒點點頭，道：「我先喝，妳等會兒再喝。」喝剩了賞她，那就可以了。
說著，撕了雞腿大嚼。她有意與陳氏打擂臺，故意咀嚼聲大作。越來越多的丫鬟、僕婦望過來，見她不顧風度，吃得滿臉滿手的油，連新上身的粉紅色纏枝窄袖衫兩隻袖口也是油汪汪的，紛紛側目。
小閒正吃得歡暢，一個清脆的聲音道：「明珠，娘親可午歇了？」
陳氏有睡午覺的習慣，只是今兒有事耽擱，要不然這會兒多半已歇下了。
明珠行禮回道：「見過四娘子。回四娘子的話，夫人還在用膳。」

葉馨抬腿要進門時，猛然聽到什麼奇怪的聲音，側頭一看，眼睛都直了。她也不進去，徑直朝小閒走來，扠腰道：「妳個沒規矩的賤婢，怎敢在這兒吃東西？」

青柳已閃身擋在小閒面前，她若對小閒動手便還擊。

小閒示意青柳讓讓，然後揮揮手裡的雞大腿骨，道：「瞎了妳的狗眼，敢對嫂嫂這樣不敬，妳是不想說門好親了？」

丫鬟們都抿了嘴笑，有人急急背過身去。

葉馨又氣又羞，一張臉脹得通紅，指著小閒道：「妳——」

青柳不客氣地把她指著小閒的食指拍下，道：「想挨打嗎？」

這是丫鬟對娘子說的話嗎？葉馨哇地一哭，跑進陳氏起居室去了。

青柳一臉無辜地看著小閒，不明白怎麼沒動手就把她嚇哭了。

小閒朝她翹了翹大拇指，道：「厲害，真厲害。」這丫頭出身鄭國公府，打盧國公府的娘子，還真沒有壓力。

青柳摸摸頭，一臉迷糊。

陳氏接過明月盛的半碗湯，還沒喝，葉馨便哭著跑進來，眼淚鼻涕齊流，道：「嫂嫂讓那個丫鬟打我！」

屋裡所有人神色怪異。難道新媳婦這麼無法無天，連小姑子都照打不誤？就算公主也沒這麼霸道啊。

陳氏上下看了她一會兒，道：「打妳哪裡了？」

葉馨撲到陳氏懷裡，若不是陳氏早有防備，把湯碗放食案上，一碗冬瓜燉鴨湯就要盡數倒在身上了。饒是如此，葉馨的眼淚鼻涕也擦在她的前襟上。

「那個丫鬟嚇唬要打我，跟真的打我有什麼區別？娘親一定要把那個丫鬟發賣了，看沒了她，嫂子還能不能作威作福！」葉馨大哭道。

早上的事，該知道的都知道了，她就是聽到這件事，氣得不得了才過來的，沒想到一來便見著了，不就是有個會武術的丫鬟嗎？發賣出去不就行了。

陳氏不言語。

明月勸道：「四娘子，那是少夫人的陪嫁丫鬟。」

女子的陪嫁，無論財物或是下人都由女子自己支配，夫家是不能動的。

「陪嫁又怎麼啦？不過是一個丫鬟。」葉馨也不哭了，奮勇道：「我現在就去跟她說，要發賣這個丫鬟，嬤嬤去叫人牙子來，即時賣了。」

陳氏嘆了口氣。難怪當初三皇子議親時，三郎說，四娘不適合當三皇子妃，若是定了這門親事，只會害了她。果然如此啊……

一時間，她只覺心灰意冷。

丫鬟們抬了食案和食盒出去，又過了一會兒，明月出來，行禮道：「少夫人，夫人有請。」

小閒已經吃飽喝足，拿著繡了並蒂蓮花的帕子拭手，聞言站了起來，隨明月往裡走。

青柳手捧錫壺，剛喝了兩口，見小閒走，她也跟著走。門口一個唇邊一顆美人痣的丫鬟攔住她，道：「姊姊且隨我來，先在茶房裡吃碗茶，歇一歇，待少夫人回去時一併走吧。」

青柳理都不理她，手輕輕一撥，那俏丫鬟立足不穩，向外跌去，要不是手快扶住了牆，非當場摔個狗吃屎不可。

不少人便笑出聲來，青柳只當沒看見，隨小閒進去了。

明月頭都沒回，彷彿不知道背後發生了什麼。

陳氏倚在大迎枕上，明珠跽坐為她修剪指甲，小閒屈膝行禮，她像是睜眼瞎，完全無視。

她不叫起，小閒便只能半蹲在那兒。

三炷香過去了，屋裡靜悄悄的，明珠已修剪好指甲，收了剪子垂手站在一旁。

小半個時辰過去了，窗外蟬鳴聲聲，吵得人心煩意亂。

小閒只覺小腿肚突突地跳，回頭瞅了青柳一眼。她跟在身後，一樣蹲著，臉上一片雲淡風輕，像是坐在榻上似的，並沒有不適。

小閒在心裡嘆了口氣。看來還是得有一副好身板呀。

陳氏修了指甲，開始吃茶。沸水一倒進茶碗裡，混合各種味道的茶香在室內瀰漫，熏得小閒頭暈腦脹。陳氏太重口了些，薑、蔥、醋、肉沫齊全，可真要了命了。

就在小閒搖搖欲墜，眼看如了陳氏的願時，一條人影快速進來，廊下門口侍候的丫鬟來不及行禮，那人已掀簾進去。

葉啟先把小閒扯起來，見她臉色蒼白，便心疼地道：「回去歇著吧。」

青柳上前扶住小閒，她幾乎站不起來，被青柳扶著，緩緩走出去。

陳氏瞪圓了眼看葉啟，見他一襲寶藍色缺骻圓領袍，並沒著官服，臉上看不出喜怒，坦然和她對視，道：「娘親何苦為難她？同是女子，相煎何太急。」

陳氏把手裡的茶碗扔了，茶汁濺了一地，還沒出聲斥責，一直因為周圍太安靜，沒有出聲，快憋壞的葉馨再也忍不住了，大聲指著葉啟道：「哥哥娶了媳婦忘了娘。」

「還有妳。」葉啟點了點她，道：「她是妳嫂嫂，妳不說好好與她相處，攪和什麼？妳年齡也不小了，這兩年就要出嫁，難道出嫁後不回娘家？回娘家又怎麼與她相見？妳有沒有腦子？」

葉馨又氣又急，想起小閒剛才說的話，一顆心狂跳，嘴上卻不肯服輸，道：「誰要見她！」

葉啟沈聲道：「只要我說一聲，妳以為娘親能幫妳說一門好親嗎？」

「混帳！」陳氏怒喝道：「她可是你親妹妹，你怎能這樣害她？」

不給她說門好親，豈不是害她一輩子？這兩年，陳氏對葉馨的親事著急上火，高門大戶、門當戶對的，怕她這性子嫁過去一定吃虧，配那門風稍低的，又覺得沒面子，真正的高不成低不就。眼看著一年年過去，葉馨就快留在家裡成老姑娘了，現在葉啟拿葉馨的親事說事，可算是捅了馬蜂窩。

「你跟我說說，是不是手裡有好的人選，就是不肯幫你妹妹定下來？你這逆子！」陳氏不顧國公夫人的風度，失態地衝過來揪住葉啟的衣領，又哭又叫又踢，道：「你這個逆子，我打死你算了！」

葉啟由她打由她踢，巍然不動，待她鬧夠了，才道：「娘親，小閒在家，也是父母捧在手心裡的，她的父兄疼她，跟妳疼四娘一樣。」

說來說去，還是為了這個賤婢！陳氏尖聲叫道：「那怎麼能一樣！我的女兒身嬌肉貴，她只是一個賤婢！」

葉啟嘆了口氣，輕輕推開她，走了。

陳氏哭倒在地，先是臭罵葉啟，接著臭罵葉德，把他們父子說得很不堪。

丫鬟們不敢再聽，低著頭輕手輕腳退出屋子，只有明月和明珠一人去攙扶她，一人去勸葉馨。母親哭，葉馨也跟著哭，一時間哭聲震天，愁雲慘霧，不知道的還以為出了什麼事呢。

# 第七十七章

小閒幾乎不能行走，整個人都掛在青柳身上，青柳一手托她的腰，一手扶她的手臂，慢慢走出上房。

不久，葉啟從後頭趕上來，打橫抱起小閒，大踏步走向啟閒軒。

青柳吁了口氣，快步跟上。

「快，用熱水燙了帕子。」葉啟一進門便急急吩咐。

袖袖早等得心焦，剪秋派人去打聽，回說少夫人在廊下候著，卻沒想到事態這麼嚴重。後宅整治人的法子多得是，剪秋也算是見了不少，像陳氏這樣的，不過是常用手法罷了，可是小閒到底禁受不住。試想，半蹲半站地蹲了一個多時辰，深閨弱質，哪個受得了？

小閒的腿已經伸不直了，也不知當時怎麼忍著劇痛被青柳攙出來？

葉啟用熱帕子敷在她的小腿上，為她按摩，又問：「可好點？」

小閒眼裡含了淚，微微點頭，實在痛得忍不住，便咬緊牙關，只輕輕呻吟一聲，豆大的汗珠從額頭、臉頰滾滾而下，沾濕了鬢邊的髮絲。

她的隱忍懂事瞧在葉啟眼裡，更是心如刀絞。他紅了眼眶，動作更溫柔了。

袖袖失聲痛哭，拳頭如雨般捶打在青柳身上，邊哭邊道：「不是讓妳好好照顧少夫人嗎？妳怎麼做的？」

青柳低頭站著不動，由她打去。

「袖袖，」小閒聲息微弱，道：「夫人以勢壓人，青柳也身不由己，沒有辦法的。」

剪秋勸袖袖。「妳別怪青柳，難道夫人責罰少夫人，青柳能反抗嗎？」青柳也是跟著挨了罰的。

袖袖摟住剪秋的脖子，放聲大哭。

剪秋還要遞帕子，聽她哭得淒慘，推開她，皺眉道：「妳先下去吧，小心吵了少夫人。」

袖袖哪裡捨得離開小閒，剪秋叫了兩個丫鬟扶她下去歇了。

小閒努力露出個笑容，對葉啟道：「我沒事。」

葉啟側過臉，忍了再忍，才沒讓眼裡的淚掉下來。

「郎君，還是請薄太醫過來瞧瞧吧？」剪秋道。

小閒粉紅色的的褲子捲起來，露出雪白修長的小腿，粉光致致。葉啟搖了搖頭，道：

「帕子不夠熱，換水。」

小閒握住葉啟的手，柔聲道：「娘親沒有為難你吧？」

讓她走，陳氏一定氣壞了吧？

葉啟苦笑，道：「為難倒不至於，我把她氣哭了。」

小閒無語。

葉啟把她的腿抱進懷裡，後怕地道：「我不過幾個時辰不在家，她就把妳折磨成這樣，若是我進宮輪值，她又會怎麼折磨妳？」

以他的年齡，早就該退出千牛衛隊了，不知道有多少人覬覦他將空出來的位置，可是皇帝就是不發話。已經有人跟他開玩笑，問他是不是打算父傳子、子傳孫，把千牛備身世襲下去？尷尬可想而知。

這一進宮輪值便是六個時辰，怕是小閒會被吃得連骨頭渣子都不剩。

小閒感覺他情緒低落，寬慰他道：「我身體太弱了，趕明兒跟青柳鍛鍊鍛鍊就好。她不讓我起來，原也不算什麼。」又轉移話題道：「發生什麼事，你要急匆匆進宮？」

葉啟的聲音有些悶，道：「趙陽來報，那件事查出些蛛絲馬跡，是五皇子的手筆。因涉及兩個大臣，需要陛下的手諭，才好拿人。」

果然是為了這事。小閒哄他道：「待查出來，我們便去田莊。」

葉啟成親，皇帝放他半個月假，他跟小閒商量著三天回門後便去田莊自由自在玩幾天，沒想到趕在這時候，三皇子府裡出了這件事。

「嗯。」葉啟道。「約莫這兩天就能查出來了，妳可要快點好起來。」

小閒用力點頭，道：「我一定好好的。」

葉啟又對紅著臉當自己不存在的剪秋道：「妳去喚青柳過來。」

剪秋先喚外面的丫鬟進來侍候，再去喚青柳。

袖袖被拉回自己屋裡，哪裡待得住，待人一走，又溜回來在廊下候著。見剪秋叫人進來侍候，便跟了進來，一進門，撲到床邊，道：「少夫人，妳可好些了？」

她對葉啟與小閒的親暱完全視而不見，一雙紅紅的眼睛只看著小閒的臉，哪怕小閒有一絲假裝，也瞞不過她。

小閒點點頭，道：「好些了。」

熱巾敷腿，又有葉啟按摩，血氣上行，已比剛才好多了。

「奴婢去倒水，少夫人半天沒喝水了吧？餓不餓？」袖袖急得團團轉，道：「是不是午飯還沒吃？」

都什麼時辰了，還沒吃午飯，不要說葉啟，屋裡侍候的人臉色也變了。

說起這個，小閒不免有些得意，把故意吃雞腿咀嚼得很大聲說了，輕笑出聲，完全是好了傷疤忘了痛的樣子。

袖袖道：「以後夫人來請，郎君若是不在，少夫人不如不去。」

找藉口拖延，直到郎君回來為止，總之以不受傷為第一。

葉啟贊成，道：「對。」對袖袖道：「以後上房來人，妳便推了。」

這個艱鉅的任務算是交給她了，袖袖見葉啟沒有不高興，便應了下來。

「傳膳吧，只吃雞腿怎麼成呢？再說，我也餓了。」葉啟道。

小閒這時才想起來，他急匆匆從宮裡趕回來，還餓著肚子呢。

廚房聽說小閒受罰，特地賣力做幾個小閒愛吃的菜，如鯽魚湯、開水白菜之類，親自帶了小丫鬟端來，一進門便喊得地動天搖。「唉呀，我的天，夫人心可真狠！」

「別胡說。」小閒斥道。「傳令下去，這話別再說了，就是在啟閒軒也不許說。」傳到外面去，沒地讓人有機可乘，最不濟也會讓人看笑話，過門三天便與婆婆撕破臉，好光彩嗎？

僕婦應了，道：「聽說楚國公府上也是婆媳不和，這個沒什麼稀奇，少夫人不用放在心上。」

還說沒什麼稀奇，要真沒稀奇，怎麼這會兒拿來說？楚國公夫人與兒媳不和，是個人都知道，早成了京都的八卦，婆媳各出絕招，各種奇思妙想層出不窮，也不知有幾成是真的。小閒可不願自己步她們後塵，翻了個白眼，道：「再說，掌嘴。」

僕婦馬屁拍在馬腿上，只好低了頭退出去。

食案就墊了氈毯擺在匡床上，小閒掙扎著要起來，葉啟不依，讓她靠在自己懷裡，道：「我餵妳。」

丫鬟們都紅了臉。小閒道：「妳們下去吧。」

袖袖剛走到門口，青柳來了。小妮子當著人要強，死挨著不吭聲，背了人卻撲倒在床上哭得唏哩嘩啦。剪秋拍了半天門，她才頂著兩隻核桃眼來開門。

剪秋自然是知道她跟著挨了罰的，不免好言開解，所以直到此時才過來，行了禮，低著頭只是看自己裙袂，頭也不敢抬。

「以後把一些強身健體的功夫教教少夫人。」葉啟道。「挑些沒有禁忌的吧。」

習武之人有些不傳之秘也是常事，葉啟只求小閒不受傷，又不是要小閒成武林高手，並沒有多為難她。

青柳應了，憋了半天，道：「奴婢有負郎君和周夫人所託，請郎君責罰。」

「這丫頭，」葉啟失笑，道：「妳也累了，好生歇著去吧，明天再來侍候。」

她還想說什麼，被袖袖拉走了。一時，屋裡只有他們兩人。

葉啟試了試溫度，含了一口鯽魚湯，噙住了小閒的唇，把湯餵進去。

她紅了臉，輕聲道：「大白天的。」

葉啟輕笑一聲，拿她的手按在自己心口，道：「妳剛才的樣子，可心疼死我了，妳也不幫我揉揉。」一副求安慰的樣子。

小閒啐了一口，卻沒有把手抽回來。

簾外，一個丫鬟道：「見過三郎君，見過少夫人。王姨娘打發奴婢過來，問少夫人可好些了？姨娘那裡有上好的藥酒，可要拿些過來搽搽？」

她消息倒靈通。葉啟蹙了蹙眉，道：「不用。妳去謝過王姨娘，就說少夫人已經好了。」

那丫鬟行禮告辭。

小閒低聲把早上在上房遇到王氏的事說了，道：「她以前也是這樣嗎？」

葉啟冷笑，道：「估摸著聽到風聲，所以跳出來爭那個位置吧。」做得也太明顯了，難道當他是死人不成？

葉馨已被汪嬤嬤連哄帶騙，由雅琴帶著丫鬟們扶回去了。

陳氏越罵越生氣，讓人把葉德找來。

葉德面前几案上放著那份寫好的奏摺，糾結得不行，一聽陳氏有請，不由撓頭，道：「告訴夫人，某有事，馬上要出府一趟。」

陳氏聽說葉德要出府，深怕他直奔皇宮而去，忙喊汪嬤嬤。「妳去，非把他叫來不可。」

汪嬤嬤一直看不慣她對葉德呼來喝去，暗中也不知勸了多少次，這時聽她語氣驕橫，先應了，又勸道：「國公爺到底是一家之主，夫人還須尊重他些。」

陳氏嗤笑幾聲，道：「就憑他？」

當初若不是她賭氣，又怎麼會嫁給他？真是一失足成千古恨啊，看看他窩囊成這樣，再看看秀王，不僅人前風度翩翩，人後更是把秀王妃寵上了天，當年若不是秀王妃第三者插足，她何至於落到今日這地步？

不期然間，她又恨起秀王妃來。

汪嬤嬤見她不聽，只好作罷，來到外書房，行禮道：「見過國公爺。夫人剛與三郎君有些口角，很是傷心，還請國公爺能夠移步過去一趟，勸上一勸。」

被兒子氣了，找丈夫訴訴苦，乃是人之常情，葉德不好推辭，一邊道：「三郎怎麼惹夫人生氣了？」一邊把奏摺收起放好，由著青松給他整理衣衫，往上房而來。

一路上，汪嬤嬤擇要緊的，客觀又不失公允地把早上發生的事說了一遍。

「好好的，整治媳婦做什麼？」葉德聽得直皺眉。

汪嬤嬤不敢接聲。

葉德一到起居室外，便聽陳氏在屋裡大罵秀王妃。「真是狐媚子，跟那賤婢一模一樣的狐媚子！」

然後是明月勸解的聲音。「夫人消消氣，沒歇午呢，歇一會兒吧。奴婢重新打了水進來侍候夫人洗臉上妝可好？」

說到後來，完全是哄小孩子的語氣。

陳氏剛要說什麼，外面一片聲音道：「見過國公爺。」只好合上嘴巴，不再說了。

明珠挑起簾子，葉德一眼瞧見陳氏披頭散髮，淚痕殘妝把一張人到中年的臉弄得花花綠綠，猶如碎了的瓷片，慘不忍睹。這麼醜的女人，當初他怎麼會看上眼呢？葉德懊悔不已。

「見過國公爺，」明月行禮道。「國公爺請坐。」

也不管陳氏願不願意，直接吩咐小丫鬟打了水來，侍候陳氏梳洗，又取了銅鏡，細細為她敷粉。

葉德百無聊賴地望著窗外。窗外一簇簇的合歡花開得正好，家裡卻總是鬧騰不停，他只覺得心塞，臉色便不好看起來。

陳氏重新梳妝後好看多了，只是身上的衣衫還是皺巴巴的。

明月帶了人退下去。

「妳為什麼總是挑事呢？」葉德的眉頭皺著，道：「俗話說，家和萬事興，就不能消停些嗎？」

陳氏一怔，隨即尖聲道：「你這是指責我的不是了？難道我教訓一下新媳婦還不行？你要這麼說，我可要給她立規矩了。」

葉德道：「她不過出身低了些，人還是很溫順和氣的，要不然三郎也不會單單瞧上她。人都說，抬頭嫁女兒，低頭娶媳婦，又說人往高處走，水往低處流。她高嫁到我們家，並沒什麼錯，妳這是何苦？」

三郎那小子是好欺負的嗎？她怎麼不去打聽打聽，滿京城出海的商隊是他說了算，沒人敢跟他爭，全都看他的臉色行事。若他沒有兩把刷子，不是個狠角色，那些人能低頭服軟？為什麼這麼簡單的事老婆就是看不透呢？

「沒錯？難道我們家這樣的門楣，就該娶個丫鬟出身的媳婦？」陳氏氣得聲音都變了調。

葉德嘆氣。「親家柳大郎風評不錯，不會辱沒了妳，大家都說他鐵骨錚錚，士林中人多有敬佩他的，妳就別揪著媳婦的過去不放，不過是被湯若望所害，身不由己。」

陳氏氣得臉都變了，道：「照你說，就這樣算了？」

葉德攤手，道：「要不然，妳說呢？難不成為一個女人，跟兒子生分？」

三郎已經擺明維護她，再這樣下去，連兒子都成路人啦！還立規矩，當人家沒防備嗎？

陳氏胸膛起伏半天，冷笑道：「我從不知你口才這麼了得。」

葉德不再說話，只是靜靜看她。

「如果他不休了那個女人，你不准請立他為世子。」陳氏最終從齒縫蹦出這麼一句話。

葉德無奈地看她，道：「如果陛下敲打我呢？」皇帝跟葉啟的感情，比跟皇子們還要好，雖說天家無親情，可他是對了皇帝脾氣的，若不是擔心這個，他也不會緊著上摺子。照他原先的想法，能拖幾年便拖幾年，不立世子，心裡便覺得自己還年輕著，還沒那麼老。

陳氏卻吃了一驚，道：「你是說，陛下……」

葉德道：「現在還沒有，我是怕萬一。」

他一向在皇帝面前侷促不安。皇帝那雙眼睛，像能看透人心，他心裡想什麼，皇帝全然洞悉，簡直太可怕了。

陳氏道：「待陛下提起再說。總之，沒有我允許，你不許上摺子。」又叫了明月進來，吩咐道：「放出風聲去，就說三郎若是一日不休了那賤婢，一日不能成為世子。」

不能成為世子，自然不能襲爵。

明月瞪大眼不敢置信地看著陳氏，直到陳氏眼神犀利起來，她才打個寒戰，應了一聲是。

葉德沒有說話，甩袖出了上房。

青松跟在他後面，只覺他的腰微微有些駝，跟往日那個風流倜儻的國公爺判若兩人，好像這麼一會兒工夫，老了十歲似的。

回到上房，葉德默默坐了半天，對青松道：「喚三郎來，某有話跟他說。」

# 第七十八章

葉啟與小閒膩歪半天，各種搞怪，吃了半天，菜都涼了還沒吃完。

聽說葉德找，他不好不去，在臉頰潮紅的小閒耳邊道：「等我啊，我很快回來。」

小閒啐了他一口，故意趕他。「快去。」

葉啟抻了抻衣角，走到門口，回頭向她飛了個媚眼，小閒一顆心狂跳起來。這貨在人前一副一本正經的樣子，怎麼私底下卻如此輕狂？

葉啟轉過身，問青松。「父親今兒沒有出府？」

青松恭聲應是，道：「國公爺最近心情不大好。」

誰家後院起火，心情能好？葉啟嗯了一聲，當先向外書房走去。

落日的餘暉灑在樹梢，晚風徐徐吹來，讓人胸懷為之一爽。葉啟加快腳步，快到外書房時，迎面一個打扮得花枝招展的婦人帶了一個小丫鬟，小丫鬟手裡提一個食盒，緩步走來。

「見過三郎君。」王氏屈膝行禮，笑得親切，道：「奴做了國公爺愛吃的玉露團，三郎君若不嫌棄的話，還請一塊兒用些。」

葉啟淡淡道：「姨娘無須客氣。」

當先進了外書房，王氏跟隨其後。兩人一前一後向葉德行禮，葉德瞪眼問王氏。「妳怎麼來了？」

王氏眼眶便紅了，語帶嗚咽道：「妾身好些日子沒見國公爺了，想念得緊……」

葉德努力回想，好像團圓飯的時候見過她一次，往年不也如此嗎？每年過年吃團圓飯，因她有子嗣，陳氏為示寬大，才讓她在旁邊侍候，怎麼往年都好好的，今兒就想念他到這個地步了？

「好了好了，我跟三郎有話說，妳回去吧。」他不耐煩道。

王氏從小丫鬟手裡接過食盒，道：「妾記得國公爺最愛吃玉露團，今兒特地做了，請國公爺嚐嚐，用的是四季吉祥的模子。」

食盒打開，可不是用豆粉烤乾，配龍腦、薄荷蒸入味，凝結成霜狀，用四季吉祥的木模子印出來的玉露團？

「我愛吃這東西嗎？」葉德問葉啟。他真的不記得自己喜歡過這東西，不就是甜甜香香的嘛，哄年輕女孩子最好了。

葉啟自然是不予置評。

「還熱著呢，你嚐嚐。」王氏說著，用長了斑的手取了一個，遞到葉德面前。

她的指甲上塗了紅豔豔的鳳仙花汁，在老人斑的映襯下，特別觸目驚心。葉德只覺得噁心，一把推開那隻像老妖怪的手，別過臉去，道：「放著好了，某餓了自然會吃。」

王氏瞥了垂下眼、當作什麼也沒看見的葉啟一眼，淚水紛紛而落，哭道：「妾老了，做的吃食也不合國公爺的意。」

葉啟唇邊露出一抹不易察覺的冷笑。府裡上上下下都說王姨娘待人和善，天天笑得一團和氣，可見都是裝的，且看在誰跟前，需要一副什麼樣的臉孔。

葉德被她哭得心煩意亂，道：「放几案上吧。」又邀葉啟。「一起用些如何？我這裡有上好的茶餅，從江南來的，新鮮得很，我們一併嚐嚐。」

葉啟應了，與葉德對坐，王氏這才收了淚，趕著上前侍候。兩人各用了一塊玉露團，水也沸了，葉啟接過茶餅，掰碎了開始研茶。

葉德沒好氣地對賴著不肯走的王氏道：「回去吧。」

王氏央求。「妾侍候國公爺晚膳。」

葉德不耐煩起來，揮手道：「快去快去。」那手勢，像趕蒼蠅。

葉啟作專注研茶狀，像老僧入定。

王氏只是央求，非要留下來不可。葉德火了，大聲道：「沒看某忙著嗎？」又把青松叫進來罵。「誰叫你讓她進來的？以後不相干的人不許放進來，一律打出去。」

青松表情怪異，應了一聲是，低聲勸道：「姨娘體諒小的吧，國公爺最近事務繁忙，實是不宜打擾。」

王氏淚眼汪汪作楚楚可憐狀凝視葉德，可惜身材不是弱柳扶枝，效果不好。葉德只覺得噁心，乾脆背過身去，看都不願看她一眼。

「姨娘且先回去，過兩天國公爺忙完了，姨娘再過來也是一樣的。」青松勸著，一邊把她往外讓。

王氏望向葉啟，見他研茶研得忘我，不由幽幽嘆了口氣，道：「妾先告退。」

「去吧去吧。」葉德背對她揮手。

待她不情不願離開，葉德忙過去把門關了，把食盒掃到地上，道：「三郎，為父如今很是難做哪。」

葉啟抬眼看他，葉德把陳氏的話轉告他，道：「為父覺得這樣很不妥，可是你母親那個人，你也知道，一向死要面子。照我看，你是不是和魏國公說一說，請魏國公勸一勸她？」

父親一向在母親面前沒有地位，葉啟是知道的，只是沒想到他竟會想出這一招。葉啟啞然失笑，道：「好。」

「你不會怪為父沒用吧？」葉德討好地笑，道：「為父其實挺佩服你媳婦的，可是……唉！」可是他在陳氏多年積威之下，已不敢反抗了。

葉啟道：「不會，兒子多謝父親成全。娘親想立十郎嗎？」

葉德輕輕頷首，葉啟便不言語了。

青松在外稟道：「國公爺，小的進來掌燈。」

天色已黑了，兩人坐在黑暗中，葉德還不自覺。青松掌了燈退下去，室內一團光亮。

葉啟突然同情起父親來，道：「父親可恨娘親？」

葉德半晌沒有言語。

門外，青松道：「國公爺，四郎君求見。」

想必王氏叫了四郎過來聽聽他們談些什麼吧。葉啟心裡冷笑，面上卻不顯。

葉德厭煩地道：「不見，就說某出府去了。」

青松的腳步聲離開，葉德道：「前兒他也來，說了半天他功課很好，弓箭很好之類的話。不過是個庶子，再好又能怎樣？還能越過你前頭去不成？」

葉啟應聲，提起沸水沖入茶盂，再分入茶碗。

「他的心太大了。」葉德道。

「父親吃茶。」葉啟把茶碗放在父親面前，深深看了他一眼，父親到底大事不糊塗，對他的觀感不免改觀了些。

葉啟從外書房出來，門口一個人影，見了葉啟立刻迎上來，道：「三哥。」是葉邵。「三哥，父親他……」葉邵臉色凝重，欲言又止。

不是說出府去了嗎？怎麼三郎從父親的書房出來？他到書房做什麼？

葉啟淡淡道：「父親累了，你不要去打擾他。」

說完，倒背雙手緩步走了，挺拔的背影在夜色中漸行漸遠。葉邵心底一股無名火直往上竄。不就是生母出身高貴些嗎？有什麼了不起的！

小閑坐在燭下看書，聽到門外丫鬟們的行禮聲，抬起頭來。

袖袖掀起簾子，葉啟含笑進來。

「晚飯想吃什麼？」小閑放下書問。

葉啟在她身邊坐了，道：「等會兒再吃吧。要不，就晚些時候吃消夜好了。」

過了一會兒，葉歡來了，一進門便歡快地道：「嫂嫂，我好想妳。」

認親時當著陳氏的面，她安靜極了，小閒也不好怎麼表示，這時細看，她比小閒離府時長高不少，小臉也長開了，粉妝玉琢的小模樣可漂亮了，笑起來右臉一個深深的酒窩。

小閒本以為陳氏不待見她，葉歡不會和她親近，這兩天一直沒讓人去請她過來說話。

「嫂嫂，」葉歡又喊了一聲，上前拉住小閒的手，道：「不歡迎我嗎？」

「沒有沒有。」小閒回過神，忙反手握住她的手，打趣道：「燈下看美人，妳這麼好看，我看呆了嘛。」

葉歡便扭了扭身子，不依地道：「嫂嫂欺負人。」

「妳嫂嫂怎麼欺負妳，說來聽聽，三哥幫妳出氣。」葉啟換了家常袍服，頭髮濕漉漉披在肩頭，漫步進來。燈光照在他白玉般的臉上，越發好看了。原來不僅是燈下看美人，也可以燈下看帥哥的。

小閒一剎那的失神全被葉啟瞧在眼裡，他挑了挑眉，小閒瞪了他一眼。

葉歡已轉身迎上去，有模有樣地行禮道：「見過三哥。」隨即站起身，道：「三哥不是與父親敘話嗎？」

這麼多人知道？葉啟笑道：「是不是有私房話與妳嫂嫂說啊？要不要三哥避開去？」

葉歡歪著腦袋想了想，道：「好啊。」

還真不讓他聽啊？葉啟意外，也沒多說什麼，果斷地轉身就走。

小閒讓人去廚房吩咐僕婦做葉歡愛吃的點心，拉著她坐下，道：「有什麼話和我說？」

葉歡臉上的笑容便沒了，蹙了細細的眉，道：「我聽四姊說，嫂嫂與娘親鬧得很凶，心裡很不開心。可是娘親一直反對你們的親事，我也不好說什麼……」

她詞不達意，小閒卻明白了，摸了摸她的頭，道：「對不起，我也不想鬧成這樣。」誰不想討得婆婆歡心呢？可是出身門第這麼考驗投胎技術的活兒，她無能為力。

葉歡搖搖頭，道：「不怪嫂嫂。四姊在我那兒狠狠哭了一場，我看著心裡難受。其實娘親是娘親，我們是我們，我不想摻和到裡頭。」

這是表態嗎？小閒又摸摸她的頭，她便喊：「唉呀，嫂嫂把人家的頭髮弄亂啦。」

小閒問起她這三年的情況，她道：「不過是在府裡的私塾上學，也跟著嬤嬤們學規矩、針線，三哥說嫂嫂的字寫得好，讓我好好練字，把嫂嫂比下去。」說完捂著嘴笑，想必葉啟為了鼓勵她練字，拿小閒說事。

小閒心裡暖暖的，道：「我的字沒有妳三哥寫得好。」

「三哥是男子，字好是應該的。」葉歡說著伸出手，道：「嫂嫂寫兩張字給我吧，我也臨摹臨摹。」

小閒道：「好，待我寫了著人給妳送去。」

「好吃的點心也要，不要姜嬤嬤做的，她做的沒妳那種味道。」葉歡接著提要求。

這小妮子。小閒又應了。

葉歡一掃先前的低落，笑道：「有件事悄悄告訴妳，妳別跟別人說喔，三哥也不行。」見小閒點頭，湊到她耳邊道：「其實四姊一直悄悄喜歡三皇子的，聽說三皇子訂了親，還大病了一場。」

「真的？」小閒吃了一驚，道：「妳三哥知道嗎？」

當時小閒曾問葉啟，為什麼不把葉馨說給三皇子？葉啟說葉馨性子太直，沒有心機，若是進了宮，只怕遲早會被吃得骨頭渣子都不剩，大概是這意思吧？小閒努力回想當時他的措詞。

葉歡沒有多想，接著道：「三哥怎麼知道呢？四姊也就是三皇子來時借機過來幾次，她常說三皇子以後是要當皇帝的，大概——」

她打住了話頭，一雙大眼睛撲閃撲閃的。

原來葉馨想當皇后，小閒恍然。她想了想，把這幾天發生的事告訴葉歡，道：「三皇子處境一直很危險，想必妳三哥疼愛四娘，不願她涉險也是有的。」

葉歡一張小嘴張大，道：「好可怕，若不是三皇子妃先發覺，三皇子哪裡還有命？」

小閒點點頭。詛咒君父，重則殺頭輕則軟禁終身，再沒有重見天日的機會了。

葉歡手托下頜，想了半天，輕輕道：「以四姊的性子，斷然不可能去摘什麼花兒來插的。」

也就是說，如果葉馨是三皇子妃，是不可能無意中發現五皇子的陰謀。冥冥中一切皆有定數。小閒默然。

葉歡突然站起來，道：「我告訴四姊去。」

小閒吃了一驚，道：「不可以，這事還沒有定論，不能傳揚開去。」

若是讓有心人傳入五皇子耳裡，五皇子有了防備，葉啟做起事來，必定縛手縛腳。

的。」

「可是，」葉歡道。「四姊為這事一直怪三哥，若不分說明白，她還是會為難嫂嫂

原來如此。小閒恍然，她就說，從不曾跟葉馨有過磨擦，怎麼就那麼容不得她，和陳氏聯手為難她，原來根源在這兒。

「先前，娘親有沒有要把四娘許給三皇子的意思？」小閒問出這句話時，滿嘴苦澀。三皇子妃，是她的義姊。

葉啟從書房回來，並沒有問兩人說什麼悄悄話。

連著幾天，葉歡說的話一直在小閒腦海裡迴蕩，她開始拿不準葉馨是瞧不起她曾經是丫鬟的身分，還是因為沒能如願嫁給三皇子？若是後者，是因為三皇子最後娶了她的義姊，遷怒於她，還是因為嫉妒？嫉妒她如願嫁了合心意的夫婿，而葉馨，還待字閨中。

葉啟還在為木偶事件忙碌，時不時出府一趟，快則兩、三個時辰，慢則五、六個時辰，總之時常不在府中。

他擔心陳氏又會藉故喚小閒去磋磨，特地請了年老輩分又高的嬤嬤守在門口，上房的人一律不讓進。那個老嬤嬤姓蘇，人稱蘇嬤嬤，是從祖母方氏那一輩就在府裡的，原是侍候老夫人的丫鬟，老夫人歿了後，一直在府裡榮養。

葉老夫人最是疼愛葉啟這個孫子，蘇嬤嬤是知道的，一得到葉啟的請託，馬上答應了，自此在靠近院門的耳房起坐吃茶。小閒生怕她一個人悶，特地打發兩個十一、二歲的小丫鬟

去陪她說話，順著她的話頭說，只要把她哄高興了就行。

陳氏打發人來喚了兩次，都被蘇嬤嬤攔住了。

這位蘇嬤嬤，因是老夫人跟前的人，陳氏倒不好處置她，又不能拉下臉來跟一個僕婦鬥氣，只能憋到內傷，在屋裡把葉啟罵了個狗血淋頭。

葉德聽說後，笑得不行，對青松道：「某就說嘛，三郎總是有辦法的。」

他要護老婆，一定能護住。

# 第七十九章

小閒在啟閒軒裡自由自在，或是練字或是看書，愜意無比，直到木偶事件真相大白。

皇帝雖然沒有宣之於眾，卻像是下定了決心，先是封五皇子為臨安郡王，封地在滄州，接到聖旨即赴封地；淑妃跑去太后跟前呼天搶地，反而惹得太后厭煩。接著好些個官員壞了事，抄家的抄家，貶官的貶官，亂了四、五天。

然後四皇子封代王，擇日赴封地。

就在大家議論紛紛為何不封三皇子時，皇帝卻在朝堂上當眾宣佈立三皇子為太子，立三皇子妃周氏為太子妃。

聖旨在朝堂上由宰相寫就，皇帝用璽，隨後，內侍到三皇子府宣旨，三日後是吉日，遷居東宮。

皇帝的一連串動作把朝臣們都驚呆了。反應快的忙著改換門庭走太子門路，反應慢的還在猶豫，該不該放下面子，去太子那兒湊湊熱鬧。

三皇子的人自然歡呼雀躍，只有葉啟一如既往的平靜，好像什麼事都沒有發生過。

小閒接到消息時，心跳幾乎停止了。這麼說，若是一切順利的話，若干年後，她將有個當皇后的姊姊？

剪秋、袖袖們都喜笑顏開，道：「誰再敢說我們少夫人沒個硬氣娘家，奴婢們可不答應。」

不過半天工夫，肖氏、楊氏、黃氏三妯娌連袂過來恭賀，送上禮物。肖氏因曾在迎娶小閒時替陳氏主持過幾天中饋，自認為與小閒親熱些，當先開口道：「我可聽說了，真是樂壞了，二嬸我以後就靠小閒了，呵呵。」

那笑，真的是從眼裡溢出來的。

小閒早打聽到她與陳氏不大和睦，也想與她多多走動，便笑道：「二嬸說哪裡話，我們是一家人，互相提攜是應該的。」

楊氏笑得嘴巴幾乎咧到耳根，道：「那是那是，我們小閒自然會關照家裡這些弟弟妹妹。」

她們雖是偏房旁支，可若能搭上太子妃這條線，兒女們說親，比拿出盧國公府的名頭頂用得多。

這邊說笑，上房卻傳出陳氏病了的消息，接著，又傳出葉馨病了。

小閒忙帶了青柳、剪秋等人，和肖氏三妯娌一齊來到上房。

陳氏躺在匡床上，呼呼喘氣，胸膛起伏不停。

幾人向陳氏行禮後，小閒越眾而出，坐在匡床邊的矮榻上，握著陳氏的手，關切地道：「娘親這是怎麼了？」

小閒連問兩聲，陳氏閉了眼只是不理，也不知睡著沒有。

旁邊侍候的明月過意不去，低聲應道：「早上起來還好好的，用過早膳和管事嬤嬤們理事來著，也不知怎的，一口茶吃下去，就不好了。」

其實不是吃茶的事，是聽到三皇子成了當朝太子，內侍剛從三皇子府出來時，她才不好的。只是這話，當著肖氏三人的面，不好跟小閒說。

小閒摸摸陳氏的額頭，道：「不燙。可有請薄太醫？」

「剛著人去請，只是往日這時候，薄太醫還在給太后請平安脈。」

言下之意，恐怕薄太醫不能那麼快過來。

小閒會意，想了想，道：「可著人去請三郎？」

明月道：「已著人去請。」

說話間，葉標、葉歡幾人也到了，齊齊進來行禮，葉歡眼眶紅紅的，握著陳氏另一隻手，道：「娘親，怎麼又病了？」

一直沒和小閒有過什麼交集的七娘葉芸大著膽子看了小閒一眼，那一眼包含的內容，小閒在第一時間便明白了。

她含笑道：「我也是剛得知娘親病了，只比你們早到片刻。」

這一次，跟她沒有一毛錢關係，別賴在她頭上。

葉芸臉紅紅的，有些不好意思，叫了一聲「三嫂」，道：「怎麼沒見妳到花園子逛？」

這些天，為防陳氏下黑手，小閒一直在啟閒軒自娛自樂。

小閒道：「啟閒軒裡有花有樹，我還讓人弄了架鞦韆，妳有閒的時候，過來玩吧。」

葉芸瞄了陳氏一眼，細不可聞地應了一聲，退後兩步，把探望的位置讓給葉豐。

葉德也趕了過來。肖氏見他們一家子除了葉啟差不多都到了，料想著陳氏這病蹊蹺，或者人家要說悄悄話，向楊氏和黃氏使個眼色，一齊告辭了，道：「明兒再來瞧瞧大嫂。」

陳氏依然閉著眼裝睡。三人又向葉德告辭，和小閒互別。

走出上房，黃氏對兩人道：「我瞧著怎麼像是氣的？」

楊氏道：「我看新媳婦溫柔敦厚的樣子，怎麼著也不像那起潑辣的呀。」

迎面兩個丫鬟走來，肖氏忙咳了一聲，兩人打住話頭。

待肖氏三人一走，陳氏馬上張開眼睛，抽出手，指著小閒道：「把她趕出去。」

葉德嘆氣。「妳又發什麼瘋？」

小閒低眉垂眼站在那兒，並不出聲。

葉歡勸道：「娘親，三嫂一直很擔心妳。」

陳氏斥道：「小孩子家家的，懂什麼！」

葉標眼眶都紅了，擠開葉歡，上前握住陳氏的手，因為悲傷，聲音嘶啞，道：「娘親，妳可要快點好起來。」

這動作，這聲音，配合得可真到位。小閒站在一旁，心裡只是冷笑。也不知陳氏想立他為世子的消息洩漏出去了沒有？或者陳氏已經告訴他了？現在這麼做作，想裝給誰看呢？

果然，陳氏大為感動，道：「好孩子，還是我的十郎最好了。」

葉標又叫了一聲「娘親」，道：「妳這樣，兒子真是擔心。」

小閒默默打量他，他比自己還高一些，稚嫩的臉上露出關切的神情，偶爾瞥向她，又很快收回視線。

她朝候在門外的剪秋招招手，剪秋悄悄進來。

「郎君什麼時候回來？」小閒小聲問。

剪秋也著急。大家都到了，偏生郎君趕不及回來，若是平時還好，此時有不和傳聞，別人不知會說多難聽的話呢。

「已著人去催了，還沒回來。」

今兒葉啟銷假進宮輪值，能不能及時出宮還難說呢。小閒輕輕嘆了口氣，道：「小心些。」

剪秋應了，卻不知該怎麼個小心法？

他們母子說話、表忠心，小閒插不上話，待著實在無聊，便對葉德道：「媳婦去瞧瞧四娘。」

葉德閒坐無聊，吃酒又說不過去，只好讓人擺了茶具，自己煎茶吃，聞言點了點頭，道：「妳去瞧瞧也好。」

這孩子魔怔了，非要和小閒過不去，葉德也無奈得很。

葉馨住在西邊，為不受拘束，挑的院子離上房頗遠，雖然時不時有各種樹木遮蔽，太陽還是熱辣辣曬得人受不了。

剪秋不知從哪兒弄了把傘，撐在小閒頭頂，她才覺得陰涼了些，可是丫鬟們還在太陽底下曬著。

「有沒有近路？」

「有，少夫人請隨我來。」剪秋說著，當先在前帶路，斜穿過一條小徑，再轉過一片小瀑布，不過一炷香時間就到了。

得報小閒來了，雅琴忙迎出來，行禮道：「這麼熱的天，難為少夫人還想著我們娘子。」

她說話時語帶哽咽，想是因為陳氏病了，大家都顧著那邊，倒把葉馨冷落了。

小閒扶她起來，道：「說的哪裡話。我和四娘一向交好，她病了，我哪能不來瞧瞧？」一邊往裡走，一邊道：「已經去請薄太醫了，三郎在宮裡，必能讓薄太醫早些過來。」

「謝少夫人。」雅琴又行禮，道：「我們娘子全憑少夫人照料了。」

小閒在啟閒軒當丫鬟時，和雅琴也是舊識，對她印象還是不錯的。葉馨故意找碴，雅琴勸了好幾次，無奈葉馨總是不聽。

「四娘，我來瞧妳，妳可好些了？」

兩人說著話，來到葉馨的臥房外，丫鬟挑起簾，小閒邁步入內。

「滾！」隨著話聲，一個茶碗落在小閒腳邊，摔得粉碎。

不愧是親母女，都愛摔茶碗。小閒笑道：「看來沒什麼事。」

葉馨一隻胳膊支在涼墊上，側身瞪著小閒，想來原是躺著的，聽到小閒的聲音，起身扔茶碗，所以保持這副姿勢。

「我不想見妳。」葉馨一副要吃人的樣子，臉色憔悴，一雙眼睛凶巴巴的。

小閒回頭對丫鬟們道：「都去外面候著，我有話跟四娘說。雅琴，妳也下去。」剪秋等人都應了。雅琴猶豫了一下，想著這是在葉馨屋裡，也不怕小閒怎麼樣，跟著應了。倒是青柳，杵在原地不動。

小閒對她道：「沒事，妳在門口候著。」

「郎君說——」青柳抗議的話剛出口，小閒已打斷她。「乖，聽話。」

剪秋拉了她一把，她才極不放心地邁出門檻，卻緊緊貼著門框站著，保持只要一有風吹草動，便及時撲過來救小閒的架勢。

小閒在匡床的床沿坐了，不理會葉馨橫眉怒目，自顧自用只有葉馨才聽得到的聲音道：「我不知道妳三哥會把我義姊說給太子，知道的時候，雙方的親事已經定下來了，我還數落了他一頓。」

嚴格說來，葉啟並沒有作媒，只是向三皇子提了人選，而偏偏三皇子經過綜合考慮，最後覺得周八娘不錯。皇子的親事，照例有禮部的官員把符合標準的姑娘名單呈上去，周八娘就是這樣進入皇室的視線。

葉馨尖聲道：「我不聽！我不聽！」

小閒嘆氣，道：「太子與三郎自小交好，若是對妳有意，會沒有表示嗎？」說到底，不過是一廂情願而已。

葉馨拉過被子蓋住腦袋，表示堅決不聽。

小閒湊到她耳邊，相信隔著一層薄薄的綢被子，她會聽見，道：「妳知道妳三哥被我數落時，怎麼說嗎？他說他只願妳平平安安快快樂樂地過日子，而不是天天擔驚受怕。妳以為太子妃是那麼好當的？皇后表面看著風光，實則……」

葉馨悄悄拉下被子，張眼看小閒，等著她說下去。

小閒微微一笑，道：「……太子是三皇子時，陛下賞的、太后賞的、皇后賞的、貴妃賞的，還有那溜鬚拍馬之人送的妾侍何其多，現在當了太子，想必更多。若是登上大位，三宮六院的妃嬪更是數不勝數。妳能忍得了嗎？」

葉馨只想著三皇子是皇帝的兒子裡頭，活著的最年長的，卻沒去想以他的身分，身邊會有數不清的女人，小閒這一提起，她還真認真思考起來。

小閒又道：「一大群女人爭一個男人，自然要各出手段，妳秉性純良，怎是那些狡詐如狐的女人的對手？」

聽小閒當面誇她，葉馨的神色稍霽，哼了一聲，道：「我不用妳拍馬屁。」

小閒道：「不是拍妳馬屁，我們四娘純良又沒有心機，什麼都擺在面上，最善良了。」

葉馨沒有意識到自己唇角翹了起來，語氣也沒有剛才尖銳，道：「不用妳討好。」

小閒便笑，道：「我為什麼要討好妳呀？」那語氣，好像葉馨說的話極好笑。

葉馨受不得激，一骨碌爬起來，道：「因為我是妳小姑子呀。」

妳還記得妳是我小姑子呀！小閒腹誹，面上卻笑呵呵的，道：「我們是一家人，勁要往一處使，心要擰成一股繩，對不對？」

葉馨點頭，又很快道：「可是妳不許惹我娘親生氣。」

小閒嘆了口氣，道：「可是娘親看到我就生氣，怎麼辦？」

葉馨側頭想了半天，還真是，只好兩手一攤，道：「算了，我跟十娘一樣，不摻和妳們的事。」

一時想起葉歡勸她的話。「四姊，妳對嫂嫂不好，三哥會傷心的。」

她從沒看葉啟傷心過，想必他是不會傷心的吧？可是若把小閒惹急了，小閒會不會朝三哥發脾氣？這麼算來，還是三哥吃虧，三哥總不能跟小閒對著幹呀，好男不跟女鬥嘛！

葉馨覺得自己很偉大，為了不讓三哥難做，連帶著不為難小閒。

小閒笑道：「怎麼又病了？說了這會兒話，可好些了？」

葉馨臉紅了一下，道：「沒什麼啦，不過是聽說娘親病了，我一著急，也跟著病了。」

她手臂大氣地揮了半圈，道：「現在好多了。娘親可好些了？」

小閒也不揭破她是聽到皇帝立三皇子為太子的消息才病的，親熱地去挽她的胳膊，道：「想必這時候薄太醫也該來了，我們去瞧瞧。」

葉馨下了匡床，一時卻找不到繡鞋，叫了雅琴進來罵。「妳們是怎麼服侍的，連娘子我的鞋都弄沒了。」

雅琴只好行禮道：「奴婢這就著人找去。」

掀簾出去，又隨即進來，手裡一雙綢面繡鞋，鞋頭各綴一粒南海珍珠，可見陳氏還是很疼愛她的，要不然也不會拿南海珍珠綴鞋。小閒還沒有一雙鞋這麼高檔呢。當然，這也跟她不喜歡珍珠有關。

雅琴把繡鞋併攏放在葉馨面前，道：「娘子換那件翠煙色的窄袖衫可好？還是要著半臂？」

外面天氣熱，照她看，還是穿那件翠煙色的衫兒又薄又涼快，但葉馨一向不能以常理度之，誰知道她會不會哪根筋又抽了，非得擰著來？還是問清楚些的好。

葉馨瞪了她一眼，道：「就那件翠煙色的吧。」又直怔怔對小閒道：「這些丫鬟也不知怎麼回事，一點小事也辦不好，哪有妳當年能幹？」

雅琴大汗，偷偷拿眼偷窺小閒，連稱：「奴婢該死。」

小閒只當沒聽懂，道：「妳慢慢調教也就是了。」

雅琴見小閒沒有動怒，抹了一把冷汗，忙去取衣裳來，又叫了丫鬟來給葉馨梳頭，屋子裡便忙亂起來。

小閒幫著挑了根白玉簪子，道：「這個顏色配這件衣服合適。」

葉馨由著小閒幫她插在頭上，對著鏡子照了又照，道：「妳這人還挺不錯的。」

小閒笑了笑，又拿起口脂盒子看了看，只是一般的貨色。

「西市上有一家胭脂店，有上好的胭脂，比這個香甜多了，待娘親病體痊癒了，我們逛逛去。」小閒道。

葉馨最愛逛街了，只是陳氏不許她往外跑，這下子有了嫂嫂當藉口，自然是不同的，於是越發覺得小閒不錯。她連連點頭，剛要把日子定下來，小丫鬟掀簾進來稟道：「四娘子，薄太醫來了。」

# 第八十章

薄太醫在陳氏那兒診完脈，由葉標引著來葉馨這兒，一見葉馨氣色紅潤，眉眼帶笑，站在那兒迎他，不由怔了怔，望向葉標。

葉標一臉迷茫，問雅琴。「不是說病了嗎？」說病得挺嚴重的，葉馨的乳娘還跑去上房哭了兩聲，怎麼這會兒活蹦亂跳的？

雅琴垂下頭。這事，她沒法解釋清楚啊。

小閒含笑和薄太醫見禮，道：「薄太醫既然來了，還請為四娘請個平安脈吧。」

薄太醫瞅了小閒一眼，容光煥發的樣子，眉梢眼角又帶著春情，不是剛新婚的柳氏又是誰？他當即上前一步還禮道：「老朽見過少夫人。」

「薄太醫客氣啦，小女子怎麼當得起。」小閒說著束手做請，道：「請到起居室奉茶。」

葉馨起得了身，斷然沒有在閨房診脈的道理。

薄太醫應了，一行人在起居室坐定，葉馨伸出手，薄太醫細細診了脈，道：「沒有大礙。」何止沒有大礙，簡直好得不能再好。

「老朽開兩帖藥，若是四娘子想吃呢，就著人煎了吃；若是四娘子不想吃，那就作罷。」薄太醫說著提筆開了方子。也就是說，只是強身健體的方子。

小閒問葉標。「十郎，三郎回來沒有？」

葉標不知想什麼，一時沒有出聲，倒是薄太醫道：「三郎本來要告假，陛下留他說話。他特地叮囑老朽，好生為娘子診脈。」

小閒道：「如此，還請薄太醫多費心。」

「哪裡哪裡，娘子原也沒什麼病，略微調養也就好了。」薄太醫神色十分愉快，很快便寫好方子。

葉標送了薄太醫出去，小閒便與葉馨來到上房。

陳氏倚在大迎枕上和葉德說話，屋角擺了兩盆冰，屋子裡倒還涼爽。

「娘親，妳可好些了？」葉馨撒嬌撒癡，撲到陳氏懷裡打著滾。

陳氏望向小閒的目光微凝。自己的女兒自己知道，若是她依然討厭小閒，斷然不會與她並肩而來。瞧不出，賤婢伶牙俐齒……不對，若不是她狐媚子功夫了得，三郎怎會被她迷得神魂顛倒？

小閒只當沒瞧見陳氏看自己的眼神，叫過明月，道：「藥抓來了沒有？」

明月出去問了，不一會兒進來回道：「抓來了。」

小閒向陳氏行禮道：「媳婦去煎藥了。」

侍奉湯藥是她當兒媳婦的責任，陳氏幾不可聞地嗯了一聲。

待小閒去了西廂房，葉德便誇獎她道：「不愧是柳大郎的親女，果然知禮儀又孝順。」

陳氏怒道：「你想氣死我嗎？」

葉德笑笑，低頭吃了一口茶。被陳氏壓制了二十多年，看到她吃癟，心裡那個爽啊，真如六月天吃冰鎮銀耳。

說是煎藥，哪裡用得著小閒親自動手，不過坐在馬扎上看丫鬟們忙碌。

小閒讓剪秋回啟閒軒取書，坐在窗邊慢慢地翻。

「嫂嫂。」葉歡眼睛亮亮的，含笑走過來，身後還跟著一個捧紅漆托盤的小丫鬟。

小閒放下書，讓丫鬟們再搬馬扎和几案過來，讓她坐了，道：「娘親有沒吃東西？」

距離陳氏病倒，到現在也有兩、三個時辰了，好像連午飯也沒吃。

「沒有呢。」葉歡斂了笑容嘆氣，道：「說是吃不下。」

她不吃，弄得大家也不好說要吃，鐘鳴鼎食的人家，一個個餓著肚子。

小丫鬟把紅漆托盤放下，卻是一盤箸頭春，就是烤鵪鶉，一盤金銀夾花平截，也就是蟹肉卷。這是下午茶時間。

葉歡拿了一隻烤得香噴噴的鵪鶉遞給小閒，道：「嫂嫂餓壞了吧？快吃。」

小閒心裡暖暖的，接過來，道：「妳也吃。」

「嗯。」葉歡撕了鵪鶉腿放進嘴裡吃了，道：「嫂嫂可是跟四姊說了什麼？」

小閒眨著眼睛道：「我開解開解她，她的病就好了。」

葉歡輕聲道：「當皇后，是不是很威風？」

當然威風。小閒仔細措詞，道：「這個因人而異，須看個人的取捨。」

葉歡便不言語，低頭吃東西了。她略微墊了肚子，又坐了一會兒，回陳氏臥室。

藥煎好了，剪秋和明月一人捧著、一人小心護著，跟在小閒身後進去。小閒奉上湯藥，道：「娘親請用藥。」

陳氏背對著她，理都不理。

葉歡便去推她，道：「娘親快起來，嫂嫂好不容易才把藥煎好的。」

陳氏心裡暗暗嘆了口氣，真是兒大不由娘，女大也不由娘，怎麼一個個被賤婢哄得團團轉呢？

葉德難得坐了大半天，早不耐煩了，道：「起來吃藥吧，我還有些事，先去處理一下。」

能有什麼事，不過是去蒔花館鬼混而已。陳氏腹誹。

小閒侍奉了湯藥，安頓好小叔子、小姑子們，又打發葉德的小妾們包括王氏回去，天也黑了，她也累得夠嗆。安排了值夜的人，然後才回啟閒軒，一進門靠在大迎枕上就不想動了。

袖袖輕輕給她捶腰，剪秋進來道：「郎君回來了，往上房去了。」

孝道上頭，他得先去瞧瞧母親。小閒嗯了一聲，道：「準備晚膳吧。」

袖袖手勁輕重剛剛好，她又累得很，不知不覺睡了過去。待睜開眼，映入眼簾的，是一雙深邃黑亮的眼睛。

葉啟不知在她身邊坐多久，手執團扇，輕輕給她搧風。

「你什麼時候回來的？」小閒說著要起來，卻被葉啟摟進懷裡。

屋裡侍候的丫鬟們紅了臉，悄沒聲息地退下，剪秋順手把門帶上。

「辛苦妳了，侍候娘親一天。」葉啟含含糊糊說著，親了親她的臉頰，噙住她的唇。

小閒想推開他，又不想動，只任由他胡鬧去。

葉啟的手伸進她衣襟裡，一把握住胸前兩團嫩肉，不停揉搓，小閒一個激靈，掙扎道：「不要這樣。」

葉啟只是低低地笑。

丫鬟們站在廊下，剪秋離門最近，屋裡時隱時現傳來的聲息只聽得她耳熱心跳，偏生姜嬤嬤打發人來問可要傳膳，小丫鬟不知聽懂了沒有，瞪著一雙清澈的眼睛，看著緊閉的門扉，奇怪地道：「姊姊怎麼不在屋裡侍候？」

剪秋的臉熱辣辣的，低聲斥道：「誰讓妳跑到這裡亂說話的？」

小丫鬟不敢再說，一溜煙跑了。

袖袖只覺臉熱心跳，低聲埋怨道：「郎君也太那個了，一點也不顧念少夫人勞累了一天。」

丫鬟們都對她側目，說得她好像不是從這裡出去似的，要是青柳說這個話也就罷了，她怎麼這樣說？

袖袖尷尬地笑，掩飾什麼似的道：「我去瞧瞧晚上備什麼菜。」

這主意好。剪秋馬上道：「一起去。」

兩個一等丫鬟隨便找個藉口飄然而去，門裡的聲音卻更響了。一眾丫鬟面紅耳赤，巴不得把耳朵塞住，好讓一顆心不跳出胸膛。

小閒整個人化在葉啟如火般的懷抱裡，感覺著他的衝擊、他的憐愛，除了他，再也感覺不到別的。

良久良久，葉啟的動作慢了下來，輕輕親吻著她，只是不說話。

小閒才覺得他的背上全是汗。

喘息聲慢慢平息，葉啟看著她只是笑。

小閒順著他的目光一看，自己衣衫凌亂，胸膛敞開，露出兩點殷紅一片雪白，不由惱羞成怒，拍了他的肩頭一下，道：「你這壞蛋。」

葉啟呵呵笑起來，在她耳邊道：「喜不喜歡？」

還喜不喜歡！小閒翻了個白眼，道：「你把我折騰死算了。」

葉啟不再說話，把她的胸襟掩好，放開她，略微整理自己的衣衫，打開了門。

小閒嚇了一跳，差點驚叫出聲。

「剪秋，」他探出腦袋掃了外面一眼，道：「進來侍候吧。」

剪秋和袖袖在廚房裡東翻翻西找找，硬是待了半天，直到姜嬤嬤狐疑地看著她們，才回來，沒想到前腳剛到，葉啟便打開門叫人。

不要說她，在場的丫鬟臉色都紅得滴出血來。

小閒渾身乏力，軟軟地倚著大迎枕，一雙水汪汪的大眼睛彷彿能滴出水來，脖子的肌膚成了粉紅色。

屋裡瀰漫著歡好後的香甜氣息，剪秋頭也不敢抬，心怦怦地跳，踏進門剛要說話，葉啟又道：「算了，妳還是去備熱水吧。」

這個時候備熱水？剪秋不解地看了葉啟一眼，卻瞅見他敞開的光滑胸膛，立刻張口結舌，話也說不索利了。

「出去吧。」葉啟溫聲道，不待剪秋轉身，一把將小閒抱進懷裡，倒了溫水，柔聲道：「喝點水吧。」

琉璃盞湊到嘴邊，小閒張嘴喝了一口。

郎君親自侍候小閒！剪秋目瞪口呆，腦子裡一片空白，突然跳起來跑了出去。

腳步聲讓小閒回了魂，門還洞開著呢，要不是還掛著湘妃竹的簾子，早就春光外洩了。

「瞧你！」小閒嗔道：「辦的這叫什麼事，人家會笑話我的。」

外面的丫鬟們見剪秋倉皇地逃出來，袖袖低聲問剪秋。「怎麼啦？」

剪秋只是搖頭，腦子裡卻浮現一瞥之下的畫面。小閒，真的好美，真的風情萬種啊。

姜嬤嬤再次把飯菜放進大蒸屜蒸熱，看著白色的水氣從鍋蓋中升起，搖了搖頭，不知嘀嘀咕咕說了句什麼。

小丫鬟道：「嬤嬤，再熱，飯菜就不好吃了。」

「那妳說怎麼辦？難不成倒了重做？」姜嬤嬤沒好氣道。

好在她並沒有等多久，一炷香後便傳膳了。

食案擺在臥室外間，小閒偎在葉啟懷裡，打著瞌睡。

葉啟把飯菜送到她嘴邊，她就張開嘴吃了，沒有送入口時，她就閉著眼，好像睡著。

剪秋和袖袖對視一眼，臉又紅了。

葉啟神清氣爽，完全沒有在宮裡輪值一天的勞累，餵小閒吃了飯，自己簡單吃一點，便道：「撤下吧，灶上的火不要熄，若是少夫人想吃消夜，再做就是了。」

剪秋道：「已經三更二刻了……」言下之意，現在是深度睡眠時間，恐怕小閒會一覺睡到天亮。

「這麼晚了？」葉啟訝異道。「那就都歇了吧。」

小閒在睡夢中好像聽到有人說話，可實在是睏得睜不開眼，還沒有一息，又沈沈睡去。再次有了意識，睜開眼時，明亮的燭光照在紅帳上。

難道還沒有天亮？睡時枕在葉啟臂上，此時身邊卻空空如也，他去哪兒了？

她掀開帳子，袖袖馬上道：「少夫人醒了！」又不知對哪個道：「快去請郎君，侍候洗漱，準備晚膳。」

然後有人出屋，有人進屋，廊下的腳步聲有條不紊地響起。

小閒不解地道：「怎麼了？」

帳子被掀起，露出剪秋的笑臉，道：「少夫人好睡，從昨晚酣睡到現在。」

她睡了一天一夜？小閒不敢置信地道：「怎麼不叫我起來？」

陳氏還病著呢，這不是落人話柄嗎？闔府上下不知怎麼編排她呢。

袖袖從剪秋身後探出半個腦袋，歡快地道：「郎君說了，妳勞累一天，得好好歇歇。」

小閒想到昨晚的荒唐，臉不自禁紅了，佯怒道：「妳可是我的丫鬟，怎麼盡聽他的，不聽我的？」

袖袖便呵呵地笑，道：「郎君為著少夫人好，奴婢自然聽郎君的。」

剪秋微笑道：「說起來，袖袖還是先在盧國公府服侍的呢。」

小閒起身下床，道：「既是三郎送給我，自然就是我的了。」

說話間，小丫鬟端了洗臉水進來。

小閒過門，只帶了袖袖和青柳兩人，青柳又是不會幹這些活計的，所以葉啟把身邊的大丫鬟都指給了小閒，自己身邊只有順發等小廝。

在啟閒軒也由她們服侍穿衣等瑣事，反正一個主子也是服侍，兩個主子也是服侍，小閒又是個和氣不挑剔的，丫鬟們倒覺得理該如此。

剛洗漱完，葉啟便過來了，笑吟吟看著小閒，道：「可餓了？」

好像為了應和他似的，小閒的肚子咕嚕咕嚕響了起來，一屋子的人都笑了。

# 第八十一章

填飽肚子，小閒漱了口，問：「娘親可好些了？」也不知她有沒有因為自己睡懶覺而找葉啟的麻煩。

葉啟道：「原沒什麼病，不過一時氣惱而已。薄太醫開的全是舒肝明目的藥，吃了兩劑，倒有些效果。」

「嗯？」小閒道：「她沒有因為我，拿你出氣嗎？」

葉啟笑，道：「我今天代妳在娘親跟前盡孝，妳要怎麼謝我？」

小閒大大白了他一眼，道：「那是你娘親，你在跟前盡孝，不是應該的嗎？」

葉啟笑得很不懷好意，道：「我是男人，天天在外奔波忙碌，家裡的事由妳打理。現在妳白天睡大覺，我只好代替妳在娘親跟前盡孝，闔府幾百人的嚼用指望誰？既然為夫替妳盡了義務，妳沒有報答，豈不是說不過去？」

這叫什麼歪理？小閒道：「夫君說得在理，這麼說，這府中的中饋也是我主持了？」

剪秋忍不住笑出聲，又覺失禮，忙掩飾地咳了兩聲。

葉啟淡淡道：「下去吧。」

待剪秋出了屋子，才對小閒道：「如果妳想主持中饋也無不可。」

小閒很意外，他這牛皮吹得也太大了。

她大大的眼睛裡盛滿驚奇，粉粉的唇微張著，潤澤的肌膚吹彈欲破，看著，就想咬一口。葉啟噝了口口水，挑了挑眉，道：「怎麼？不敢接？」

小閒道：「你可真敢想。」若去跟陳氏說要主持中饋，不被吃得骨頭渣子都不剩才怪。

葉啟突然湊過來，道：「妳還沒說要怎麼謝我呢。」

熱熱的氣息噴在臉上，想起他前晚的荒唐，小閒的臉又紅了，一把推開他，道：「無聊。」揚聲喊袖袖。「叫上青柳，我們去上房。」

葉啟在矮榻上坐了，道：「盡盡心意快點回來。」

小閒回頭看他一眼，道：「什麼意思？」

葉啟低頭吃茶，拿了几案上小閒前兩天看了一半的書翻。

袖袖和青柳在門外候著，小閒吩咐剪秋好生侍候，便去了上房。

明月出來，客氣地道：「夫人已歇下了。聽說少夫人累病了，這會兒可好些？夫人下午還說請薄太醫過去給少夫人瞧瞧，反而是三郎君說不用了，少夫人年輕，底子好，歇一歇就好。」

不知陳氏聽了，會不會認為明月在諷刺她？嘴上卻道：「多謝娘親關心，已經好了。若是娘親醒來，還請派個人過來說一聲，我好過來侍奉。」

明月雖然不知小閒累病了是真的還是假的，但看她這麼晚了還過來，對她的好感上升，笑容更燦爛了，道：「待夫人醒來，奴婢會回稟夫人的。」

親自送小閒出了院門，看著一只燈籠越走越遠，直至拐個彎，消失不見。

呆。

上房正房透出明亮的燈光，明月掀簾進去，陳氏坐在鏤花銅鏡前，望著自己的容顏發呆。

「夫人，少夫人回去了。」明月恭聲道。

夫人最近變得愛照鏡子，是有什麼玄機嗎？

陳氏嗯了一聲，道：「她來幹什麼？」

陳氏有葉啟在身邊說說笑笑，心情大好，巴不得小閒不來才好，省得見了她胸悶。

「說是身子好些了，過來侍奉。」明月說著過去幫她按揉肩頭，在床上躺了一天，筋骨都僵硬了，氣血也不通暢，得按按才好。

陳氏舒服得閉了眼，道：「明天三郎還過來嗎？」

以前沒覺得三郎陪在身邊有多好，現在有那個賤婢襯著，覺得他在身邊插科打諢的，沒和那賤婢在一起，想想就開心。

明月哪裡明白她的心思，想了想，試探著道：「要不，著人去問問？」

陳氏又嗯了一聲，明月便指使小丫鬟去啟閒軒。

小閒前腳剛到，小丫鬟後腳也來了，行了禮道：「夫人問三郎君明天可還過去？」

葉啟一手拿書，小閒聽到這話，向他眨眨眼，道：「明兒還是你過去吧？」

他小聲道：「妳要怎麼謝我？」

小閒擰了他的耳朵，裝作凶巴巴的樣子道：「那是你的母親，還要我謝？」

葉啟吃痛，一把摟過小閒的腰，把她往自己懷裡帶，嘴上卻道：「告訴夫人，我明兒有事，不能過去親侍湯藥，由少夫人代勞。」
小閒大急，擰著他的耳朵轉了個圈，低聲道：「有你這樣的嗎？」
陳氏肯定不想見她，才會著人過來請葉啟過去，她還真不想去討這個嫌。
葉啟一隻手伸進她衣襟裡，道：「等會兒別哭。」
小閒忙著去拍他的手，整個人卻被他按在床上，手臂被壓住，手沒勁，擰他耳朵的手就鬆了。
葉啟一邊熟練無比地解她的衣服，一邊道：「睡了一天，有精神了吧？我們好好說道說道，且瞧是誰有理。」
跟他有什麼好說道的，小閒用腳去蹬他，蹬了兩下沒蹬著，他背後像生了眼睛似的，腰身一扭便逃開了。
屋裡動作這麼激烈，屋外丫鬟們都聽到了。剪秋忙道：「都退下吧。」留兩個總角的小丫鬟在院子裡候著聽使喚。
剪秋走了幾步，招手叫過一個丫鬟，道：「妳去廚房交代一聲，備下幾樣點心，準備香湯浴桶。」
丫鬟紅著臉應了，叫了一聲「剪秋姊姊」，想說什麼，又道：「我這就去。」
剪秋只作不知，轉身走了。
袖袖回了房，想了想，到底不放心，又折了回來，低聲罵小丫鬟道：「怎麼房門沒關？」

雖說有屏風擋著，郎君與少夫人又在內室，可房門大開，只掛一道竹簾，那怎麼成嘛！

小丫鬟期期艾艾的，妳推我、我推妳，就是不敢過去。她們雖然小，可裡頭傳出來的聲音聽著怪可怕的。

袖袖狠狠拍了她們的頭頂兩下，臉紅耳赤地過去把門關上。

內室裡，已不再抗爭的小閒顫聲道：「誰？」

葉啟動作一滯，道：「怎麼了？」

小閒又驚又羞，道：「門響了，是不是有人進來？」

她這麼一說，葉啟所有的激情都消散殆盡，暴喝一聲。「誰?!」

隨著話聲，一條褻褲無風自動，打著旋兒撞破門扇和竹簾，飛向廊下，掉在地上。

兩個小丫鬟嚇得魂不附體，哪裡說得出話？

很快，只披了一件外袍的葉啟出現在門口，整個人像是往外冒寒氣。

袖袖還沒走遠，聽到響聲，回過頭來，被嚇得不輕，急急跑過來，道：「怎麼了怎麼了？郎君……」想說郎君怎麼出來了，一陣風過，吹起長袍，露出葉啟一雙腿，她不禁羞得臉頰通紅，垂下頭道：「郎君有什麼吩咐？」

「怎麼回事？剛才什麼聲音？」葉啟厲聲道。

一腔熱血無處宣洩反而憋了回去，他此時怒氣騰騰，與往日那個沈穩的少年判若兩人。

袖袖望向兩個簌簌發抖的小丫鬟，道：「妳們過來說說怎麼回事。」

兩個小丫鬟跪在地上，只是發抖。

「剛才誰去關門？可有人進來？」葉啟不耐煩道。

兩個小丫鬟齊齊拿眼睛去瞧袖袖，袖袖心裡打了個突，道：「奴婢大著膽子去關門——」

話沒說完，葉啟已飄身進去。

屏風和門以及竹簾都損壞了，小閒擁被倚著床屏，好一陣無語。

剪秋趕來，開庫房著人重新抬了架美人工筆畫的屏風，又要去前院喚工匠來修理門扇，葉啟不耐煩了，道：「明天再說，都退下吧。」

門口重新恢復寂靜，小閒看著葉啟氣鼓鼓的臉，笑得喘不過氣。

葉啟哼了一聲，背過身去對著小閒。

她笑著貼了上去，從後面抱住他，道：「不要生氣好不好……」

再次折騰到半夜，小閒連笑話他的力氣都沒有了，葉啟才心滿意足，把她抱在懷裡，讓她枕著自己的手臂睡。

小閒換了個舒服的姿勢，手輕輕在葉啟胸前畫圈圈，道：「明天你要去哪裡？」不是說有事嗎，什麼事這麼重要？

葉啟道：「太子新立，還有大把事要做。再者，父親的意思，請大舅勸勸母親，讓我去跟大舅談談。」

「魏國公？」他們成親那天，魏國公親至，魏國公的夫人張氏還去新房瞧她，和她說了幾句話。小閒道：「他為人如何？」是古板還是沒有立場，會不會與妹妹陳氏一樣偏執？

葉啟道：「大舅一向瞧不起父親，對母親倒是偏愛。不過立嫡立長一向是傳統，若能得到他的支持，想必母親也會聽他的。」

說到底，葉啟占了「嫡長」二字。

小閒嗯了一聲，道：「天色不早，睡吧。」

第二天一早起來，和葉啟一起吃過早飯，待葉啟去向母親請安後出府，小閒便喚剪秋過來，拿了一張帖子給她，道：「妳去一趟魏國公府，就說我明天過府拜見。」

剪秋臉上閃過一絲憂慮，伸手接了帖子。

小閒含笑道：「陳夫人也是我的舅母，妳不用擔心。」

「是。」剪秋只得應道。心想，她可是夫人的嫂子。

小閒收拾了，去了上房。

陳氏倚在大迎枕上，面無表情，看小閒的時候，目光從她身上穿過去，好像她是不存在似的。小閒只當沒有發現她的冷淡，行了禮，起身道：「娘親可好些了？」

她肌膚白裡透紅，好得不能再好了，哪裡像是有病的樣子？

陳氏不屑地哼了一聲，示意旁邊的明珠把茶碗遞給她。

明月隨後進來，笑對小閒道：「好教少夫人得知，夫人原本好些了，今兒起來，又覺胸悶，呼吸有些不暢快。」

明月眼裡閃過的不安小閒收到了，於是裝作一臉擔憂地道：「可有去請薄太醫？」

「薄太醫昨兒來診過脈了，還有一劑藥沒有煎。」明月說著讓小丫鬟搬了矮榻過來。

「少夫人請坐，可要用些點心？」

「那倒不用，才剛用完早膳。」小閒說著坐下，轉向陳氏，道：「媳婦聽人說，唸佛誦經可以讓人心緒寧靜，人人都這麼說，想來是不錯的。娘親管理庶務，主持中饋，勞心勞神，不如閒時唸唸佛經，也可消除疲乏。再說，禮敬菩薩是最好不過的了，菩薩自會保佑有緣人。娘親以為呢？」

這是嘲笑她脾氣太壞，因而才被氣病嗎？陳氏大怒，別過頭去。

小閒望著窗櫺外的花花草草看了一小會兒，便喚袖袖。「取我前兒沒看完的書來，我在這裡看書陪陪娘親。」

裝什麼孝順！陳氏心裡冷笑，淡淡道：「不用了，我有明月侍候就行。」

明月尷尬得不行，道：「夫人怎麼能這樣說呢，奴婢侍候得再好，哪裡及得上少夫人一片孝心。」

小閒也笑著淡淡道：「母親說哪裡話，三郎囑託我好生侍奉娘親。」

陳氏差點沒氣死，道：「三郎就是孝順，可惜被狐媚子迷惑住了。」

明月一聽這話，不由大急，那笑容勉強得不行，打岔道：「有新鮮的果子，少夫人可要嚐嚐？」

陳氏手指明月，道：「這丫鬟是我一手調教出來的，我想放到三郎屋裡，妳看如何？」

明月不知陳氏存心試探，嚇得腿一軟，當即跪倒在地。

小閒直視陳氏的眼睛，道：「不可。」

兩人互瞪著眼，誰也不相讓，門外傳來袖袖的聲音道：「見過夫人、少夫人。太子妃下了帖子，說是東宮的荷花開了，請少夫人賞荷花。」

給賤婢下帖子，卻忘了自己這個堂堂的盧國公夫人?!陳氏差點吐血。

內侍約莫十七、八歲的樣子，未語先笑，道：「奴才給夫人、少夫人請安。」

陳氏強忍怒氣，道：「你說太子妃明兒在東宮開賞花會？」

「是。寒碧苑一池荷花開得極好，太子妃想請幾位姊妹一起聚聚，賞賞花兒。」內侍道。

對啊，這賤婢現在可是太子妃的義妹了。陳氏這個氣啊，冷笑道：「不知可請麗蓉郡主？」

知道她病了，還邀賤婢去賞花，這是故意的嗎？

內侍笑得一團和氣，道：「這個奴才不知，還須問過太子妃，太子妃只是派奴才送帖子過來。少夫人明天可得閒，還請留個準信。」

小閒瞅瞅笑得很勉強、臉色鐵青的陳氏，道：「太子妃可有給我婆婆的帖子？」

「唉呀。」內侍輕呼一聲，道：「太子妃說，葉夫人還病著，只怕不能過來，所以沒讓奴才送帖子。若是葉夫人能夠過去，奴才這就回去補一張送來。」

「不用了。」陳氏冷冷道。

小閒道：「娘親好些天不曾進宮了，薄太醫又說您的身體並沒有大礙，不如趁此機會一起去散散心。太子妃是個很好的人呢。」

陳氏哼了一聲。

若是沒有賤婢在場，周氏又特地給她下帖子，她倒不介意去轉轉，可是現在麼，哼，她還真瞧不上了。

內侍的笑容有些尷尬，道：「昨兒太子妃得到消息，說是夫人病了，今兒原是打發奴才過來瞧瞧可好些了，奴才嘴笨，不會說話，還請夫人不要介意才好。」說著又轉頭對小閒道：「奴才這就回去，補送一張帖子過來。」

小閒頷首，道：「有勞。」也不待陳氏說話，著袖袖送內侍出去了。

從盧國公府到東宮並不遠，馬車約莫三刻鐘也就到了，內侍去了半個時辰又來了，雙手奉上有太子妃印鑑的帖子，道：「太子妃把奴才好生訓了一頓，奴才生性嘴笨，不過是腿勤些罷了，還請夫人瞧在少夫人的分上，不要生奴才的氣。」

瞧在少夫人的分上！他不說還好，這一說，陳氏氣得一口茶噴在被面上。

小閒道：「我婆婆大人大量，心胸寬廣著呢，不是那起小雞肚腸的人。公公回去稟明太子妃，就說明兒我們婆媳一定過去。」

內侍應了，告辭而去。

# 第八十二章

陳氏放下茶碗，把請帖翻來翻去看了半天，直到屋裡的丫鬟以為請帖開了一朵花，才丟下，不屑地道：「周氏不過如此，樂氏教出來的好女兒！」

小閒從書本裡抬起頭，靜靜看她，道：「娘親還生我義母的氣嗎？」

自從三年前兩人吵了一架，之後便老死不相往來了，小閒與葉啟成親，樂氏只去柳府送嫁，並沒有來盧國公府坐席，鄭國公府只來了個周川，算是與葉啟兄弟情誼，不涉其他。真有那麼大的仇嗎？

陳氏不說話。以前只是氣她給小閒長臉，為小閒撐腰，現在卻是心裡憋了一口氣，若是葉馨嫁得好便罷，若是嫁得不好，只怕這個結，一輩子也解不了了。

小閒想了想，對屋裡侍候的丫鬟們道：「妳們下去，我有話跟娘親說。」

陳氏瞪眼道：「妳想幹什麼？」

明月帶著一眾人等潮水般退下，自己守在門口，若是一旦小閒有對陳氏不利的舉止，馬上喚人進來援手。

小閒只當沒瞧出她的意圖，輕聲對陳氏道：「娘親可曾想過把四娘嫁進皇室？」這件事，總得問個明白才好。

陳氏不說話。小閒道：「三皇子議親好長時間，還曾欲說伍翰林家的閨女，不知娘親可曾聽聞？」

這個，陳氏還真不知道，不由失聲道：「有這事？」

小閒點頭，道：「約莫是我父親官復原職，兄長來接我回家之後，算起來有兩、三年了。後來三皇子扮作學子，在伍氏去寺裡上香時與她偶遇，沒想到伍氏又古板又強悍，把三皇子嚇跑了。」

陳氏瞪大了眼。難道是她把心思放在三郎身上，對四娘的親事不太關注的緣故嗎？仔細想來，她之前並沒有非要把四娘嫁進皇室不可，是傳出周八娘成為三皇子妃的消息後，她才怒氣勃發的。

小閒點頭，道：「其實八姊是三皇子自己看上的。」

葉啟先提出來這事自然是不能說的，要不然葉啟又要挨罵了。

果然，陳氏冷笑道：「不是說我那不孝子向三皇子進言嗎？」

「哪裡呀，當時三皇子與三郎以及十四哥在書房敘話，八姊剛好過來找十四哥，兩人就這樣遇上了。三皇子故意找碴，八姊得體地應付過去，三皇子回府後便安排人向禮部的官員遞話，然後才有了後來的事。」

這件事是真的，不過，卻是葉啟安排他們在周川書房相看的。

陳氏聽了，心裡總算好受了些。三皇子也常來盧國公府，為什麼就沒有看上葉馨呢？嘴上卻不肯服軟，道：「周八娘我也曾見過，生得一雙桃花眼，什麼男人勾引不到！」

小閒並不生氣，叫了一聲「娘親」，道：「妳要真以為四娘嫁入皇室合適，八姊可以安排，做個王妃，也是極好的。」

四皇子、五皇子還沒有議親。五皇子顯然不合適，四皇子麼，長得不錯，人品如何葉啟想必深知，他與葉馨同年，有太子妃在中間周旋，未必不能成事。

陳氏很意外，道：「妳是出自真心？」言下之意，小閒哪有這麼好心。

小閒失笑，道：「四娘是我小姑子，我總盼著她好，家裡出個王妃也是有臉面的事，只要雙方有感情，有何不可？」

如果四皇子喜歡葉馨，她一定樂見其成。

陳氏想了半天，道：「行，待我與三郎商量後再說。」積壓在心裡頭的一股怒氣，竟然漸漸消失於無形之中。

門外傳來王氏的聲音。「妳們怎麼在這裡？夫人屋裡誰侍候？」

陳氏不待丫鬟們回答，揚聲道：「三娘，進來吧。」

隨著話聲，一陣香風飄了進來，明月反而走在王氏身後。

「夫人可好些了？妾今早特地在菩薩面前多唸了兩卷經文，為夫人祈求平安。」隨著香風，王氏飄到面前，向陳氏行禮，直起身時，才發現小閒也在一般，啊了一聲，道：「少夫人也在這兒？」復又向小閒行禮，道：「見過少夫人。」

小閒起身還了半禮，笑道：「姨娘可真有心。」灑那麼濃的香水唸經，也不怕熏了菩薩。

陳氏很歡喜的樣子，道：「坐吧。」

王氏在腳踏坐了，輕輕幫陳氏捶腿，討好地道：「天氣越來越熱了，妾想著，夫人病了，胃口想必不好，特地讓廚房整治些清淡的菜色。」

廚房的菜式是提前兩天安排好的，方便前一天購買所需的肉、菜，她這樣隨意改動，昨天買的肉、菜豈不是浪費了？小閒不會多嘴，只是低頭看書。

陳氏瞟了小閒一眼，心想，被她氣也氣飽了，哪有胃口，問垂手候在一旁的明月，道：「三郎可回來用午膳？」

明月心想，放著正主兒在這兒不問，她哪裡知道？面上卻恭敬地道：「奴婢不知。可要著人去外院問問？」

陳氏道：「不用了。」

明明是要落少夫人的面子嘛。明月腹誹，應了一聲是。

王氏馬上接話道：「四郎倒是在家。早上來給夫人請安後一直沒有出去，原想著要在夫人跟前侍奉湯藥，少夫人在這兒，倒有些不方便。」

叔嫂大防，自然要守。

小閒笑笑，翻了一頁書。

陳氏道：「不用了。他一個爺兒們，混在我們娘兒們中間不自在。倒是四娘，那麼大的人了，怎麼不來瞧我？反而不如九娘孝順，天天放學馬上過來。」

葉馨及笄後沒有去上學，天天被拘在屋裡學做針線，苦不堪言。

王氏道：「四娘子也到了說親的年紀啦，可有什麼好的人家嗎？」其實她想說的是，她兒子也該說親了。

陳氏嘆道：「一轉眼，孩子們都大了，四娘這個性子，可真是難死我了。」

若是性子溫婉賢淑，早就許給太子了吧。不管是不是真愛，先占了正妻名分再說，依著盧國公府的權勢，以及葉啟與太子的交情，怎麼著也能坐穩正妻之位。

陳氏又有點理解葉啟的難處。攤上這樣一個妹妹，叫他怎麼向太子開口呢？

王氏說了幾句四娘子長得那麼漂亮，一定有福氣之類的話，心裡卻在想怎麼把話題轉到葉邵身上去，小閒只覺王氏聒噪得厲害，放下書站起來道：「時間不早了，媳婦去廚房瞧瞧，若是菜好了，也該傳膳了。」

走出陳氏的臥房，只覺陽光刺眼，院子中的花兒沐浴在陽光下，紅的紅，黃的黃，分外好看，不由放慢腳步，走近過去細看。

「少夫人，小心曬著。」袖袖忙撐了傘跟上。

廚房裡熱氣騰騰，一屋子人抹著汗燒火的燒火，蒸菜的蒸菜，熱火朝天的。見小閒進來，都丟下手裡的活計行禮。

趙嬤嬤還沒直起身，已經拉下臉，道：「妳怎麼來了？這麼熱的天，也不在閣樓坐著。」

小閒本來要扶她起來，還沒走到跟前，已挨了她的埋怨，於是不客氣道：「婆婆病了，我哪能去閣樓納涼。午膳備的是什麼？」

上房有閣樓，還是四面掛湘妃竹簾，沒有砌牆那種，夏天往那兒一坐，放下簾，又涼爽又可賞院子裡的景色，只是小閒進門後，從沒享受過此待遇罷了。

趙嬤嬤道：「夫人昨兒著人來說要蒸鰣魚，又說天氣熱，想要些清淡的吃，所以備了天花菜、水晶龍鳳糕、清涼月霍碎……」

小閒一樣樣看了，道：「王姨娘安排了什麼？」

趙嬤嬤瞪眼道：「王姨娘幾時來過？」

小閒吃了一驚，道：「她不是說備了幾個清涼的菜嗎？難道是大廚房做的？」大廚房的菜怎能入陳氏之口？這也太胡鬧了。

趙嬤嬤從袖子裡抽出帕子抹了一把臉上的汗，道：「妳以為王姨娘指使得動我們？」

小閒拉她出了像蒸屜一樣的廚房，來到廊下，風徐徐吹過來，感覺好多了，才道：「可是她剛才確實說備了菜餚。」

出了廚房，趙嬤嬤沒了煩躁，語氣也平和了，道：「那我就不知道了。妳又不是第一天進府，府裡什麼規矩怎麼會不知道？」

這事好生奇怪，小閒蹙眉想了想，道：「這麼熱的天，妳就不用親自進廚房掌勺了，要是熱壞了可怎麼辦？」

趙嬤嬤道：「夫人吃慣了我做的菜，我不掌勺，是想榮養嗎？」

小閒無語。無論她把陳氏氣成什麼樣，趙嬤嬤都安然無恙，不就是因為拿捏住陳氏的胃嗎？可是看她這樣辛苦，小閒又不忍心，道：「要不，多挪些冰來？」

「算了吧。」趙嬤嬤用帕子搧著風，道：「盧國公府再有錢也禁不起這樣糟踐。妳試過沒，一盆冰放進去，多久融化成水？」

小閒搖了搖頭，可想而知，融化的速度一定跟放在烈日下差不多。

「辛苦妳了。」小閒最後只能握著趙嬤嬤的手，說了這麼一句不痛不癢的話。

趙嬤嬤笑了笑，道：「我習慣了。」又催著小閒。「快回去吧，省得夫人找藉口與妳生分。」

小閒眼角有些濕，想著有朝一日若能當家作主，一定想辦法讓她脫離這般酷熱的環境。

到了擺膳，果然多了幾道涼菜。

陳氏與小閒對坐，王氏在旁邊侍候，不停說她多麼用心才弄了幾個涼菜，陳氏吃了一定胃口大開。

小閒一筷也沒嚐，仔細看那些菜，疑慮重重。

用過午膳，陳氏歇午覺，王氏自告奮勇要給她搧風，陳氏答應了。小閒去茶房煎藥，總覺得心裡不踏實。

掌燈時分，葉啟回來，小閒跟他說起王氏端來的菜。

葉啟即時著人去查，不過半個時辰，回說在大廚房做了端來的，還真是王氏親手做的。

「娘親可曾入口？」葉啟少有地皺緊了眉頭。

小閒肯定地點點頭，道：「王姨娘布的菜，挾到娘親面前的碟子裡，娘親也就吃了。」

第二天一大早，葉啟著人去請薄太醫。「就說夫人好些了，請他來複診吧。」

薄太醫還沒來，聖旨卻到了，封葉啟為太子洗馬。

陳氏大喜，忙讓人換了誥命服，搶著出來。小閒見陳氏那副迫切樣子，暗笑，虛扶著她，和葉啟一起接了聖旨。

太子洗馬雖然只是五品的小官，卻是太子的死忠，有朝一日新帝登基，便是新帝在潛邸時的班底，豈有不聖眷隆重的？盧國公府的將來，那是妥妥的了。

內侍見陳氏人逢喜事精神爽，奉承了幾句，吃了茶才告辭。

接著薄太醫來了，診脈的時候分外小心，道：「脈象比昨天更有力了。」

葉啟肅手做請，把薄太醫請到起居室，道：「可有中毒的跡象？哪怕極微弱的症狀，也盼能診出來才好。」

薄太醫大驚，道：「可是吃了什麼不該吃的東西？」

別的府邸也就罷了，盧國公府不是陳氏一手遮天嗎？誰敢對她下毒？

葉啟苦笑，道：「或者食物之間相剋也是有的。」

薄太醫這才恍然，道：「待我細細再診一次。」

陳氏剛要叫明月來喚葉啟，一見兩人再次過來，不由奇怪地看了葉啟一眼。怎麼薄太醫還沒走呢？當著薄太醫的面又不好說什麼。

這一次，薄太醫診了良久，換了左手再換右手。

陳氏心裡著急，連連向葉啟使眼色，示意他快點進宮謝恩，又吩咐明月。「去喚十郎過來。」

明月差了小丫鬟去請，不久小丫鬟過來回道：「十郎君不在錦繡軒，暖冬姊姊說天剛矇矇亮時出府，不知去哪兒。」

明月悄悄回了，陳氏皺了皺眉。

好在這時薄太醫也脈完了，請了葉啟到外面說話，道：「細看脈象，並沒有你所說的跡象。」

難道是他和小閒多疑？葉啟笑道：「家母三天兩頭的病倒，倒弄得某風聲鶴唳了。」

薄太醫道：「葉大人孝心可嘉。」

說話間，葉啟送他出去。

陳氏忙吩咐小閒。「快備官服，讓三郎換了進宮謝恩。」

葉啟送了薄太醫回來，和小閒回了啟閒軒。小閒問他。「薄太醫怎麼說？」

葉啟把薄太醫的話複述了一遍，道：「她真有那麼好心？」

以前也不是沒有妾侍暗中對陳氏下手過，那些人進府沒多久便生了異心，自然沒有得逞，可是王氏不同。她十多年如一日地刻意巴結陳氏，陳氏早就放鬆警惕，若是她想對陳氏下手，怕是防不勝防。只有千日做賊，哪有千日防賊？這可怎麼好？

小閒想了想，道：「或者我太多心了，她有什麼理由下毒呢？」

毒死陳氏總得有好處才行啊，要不然她何必擔這個風險？她有什麼好處？扶正？那是絕不可能。

葉啟一邊由著小閒為自己正領子，一邊道：「再看看吧。」

小閒指了一個機靈些的小丫鬟去跟王氏那邊的丫鬟套近乎，待葉啟換好官服，出門上馬，忙過來上房這邊，道：「娘親，時間差不多了，我們該走啦。」

陳氏和接到消息及時趕回來的葉德說話，聽小閒這麼說，不解地問：「去哪兒？」

「太子妃的賞花宴啊。而且，我想順路去瞧瞧大舅母。」小閒不好說已經給張氏下了帖子，只道：「娘親病了這麼些天，外祖母和大舅不知怎麼擔心呢，如今既去東宮走動，不如順路去大舅那兒轉轉，也好讓外祖母放心。」

陳氏便有些心動。娶了這麼個不中意的兒媳婦，害得她連連生病，母親不知怎樣擔心呢。想到母親順遂一生，到如今滿頭白髮了，還得為她擔心，她一顆心便抽個不停。

「那就走吧。」陳氏說著喊明月、明珠進來侍候。「拿那件紫色綃紗窄袖衫。」

為了不讓母親擔心，她得打扮光鮮些。

葉德像不認識她似的，待小閒告退回啟閒軒換衣服，便問她。「妳什麼時候變得這樣好說話了？」

陳氏張開手臂讓明月為她把衣裳穿上，白了葉德一眼，道：「我一向好說話得很，要不然怎麼常受你欺負？」

此言一出，不要說葉德，就連明月、明珠都忍俊不禁。

小閒先著人去東宮送信，說可能晚些才到，然後坐下由剪秋給她打扮。為了不落義姊的面子，也為了讓魏國公府的人有個好印象，她也得於人前光彩照人。

須臾，婆媳打扮好了，上了各自的馬車。

# 第八十三章

張氏接了帖子，很納罕，不知新過門的外甥媳婦來幹什麼？待得人報大姑奶奶和葉少夫人到，才喜出望外地迎出來。

陳氏光彩奪目，卻沒能把旁邊虛扶的那位做少婦打扮的女子給壓下去。張氏暗暗稱奇，把婆媳兩人迎到起居室，讓了座，笑道：「真真沒想到，玨娘的病竟然好了，我還想打發人過去瞧瞧，沒想到玨娘倒來了。」

陳氏笑道：「還是大嫂有心，天天打發人過來瞧我。」不像那個沒良心的二嫂，問都沒問一聲。

張氏轉向乖巧地坐在陳氏身邊的小閒，道：「可習慣？」

小閒含笑道：「婆婆待我極好，公爹待我也和氣，習慣著呢。」

廊下侍候的明月、明珠及剪秋、袖袖對望了一眼，神色複雜。

陳氏看不上小閒，張氏自然清楚，聽小閒這麼說，不由多看了陳氏一眼。還以為陳氏當了婆婆，性子穩重了呢。

丫鬟來回道：「老夫人聽說大姑奶奶來了，經也不唸了，正往這兒來。」

聽說病重的女兒突然活蹦亂跳，哪個母親不心情激動呢，陳老夫人可真真坐不住了。

「我們過去吧。」陳氏也想母親了，當先站起來。

陳老夫人一見陳氏，老淚縱橫道：「三天兩頭說妳病了，妳的身子骨怎麼比為娘這把老骨頭還差啊。」

小閒行完禮起身，瞅了她一眼，便垂下頭，作溫柔嫻淑狀。只見老太太滿面紅光，眼神犀利，哪裡像是五十多歲的人？

陳氏也跟著哭，道：「女兒不孝，讓娘親擔心。」

陳老夫人嘆道：「也知道自己不孝？那還不好好活著，非要讓我這白髮人送黑髮人不成？」

這話說得重了，陳氏大哭起來。

張氏瞄了一眼旁邊作拭淚狀的小閒，笑道：「妳這孩子，不說勸著婆婆點，還跟著哭，成什麼樣子。」又對陳老夫人道：「如今玨娘連兒媳婦都有了，老人家快別說這些不開心的話了，明年就要抱重外孫子了，應該高高興興的才是。」

一聽重外孫子，陳老夫人的淚馬上停了，臉上還留著兩滴濁淚，卻拉了小閒的手，道：「可懷上了？」

這才成親幾天，哪裡就知道？小閒只有陪笑作含羞狀。

陳氏心裡愣了下，還真沒想到這件事上頭，若是柳氏懷上了，三郎豈不是有了後？

張氏已笑著拉了老夫人坐了，道：「哪能這麼快診出脈來呢？若是有了訊，玨娘還不上緊著派人來報？」

「那是一定的。」老夫人對女兒很有信心，轉頭看小閒，便越看越順眼，指了身邊的位子，道：「過來坐，我仔細瞧瞧。」

這模樣、這性子，看著不錯，怎麼玨娘就是看不上呢？老夫人轉頭對陳氏道：「人哪，得惜福，這孩子雖說出身不好，也是個有福氣的，又孝順，妳可別身在福中不知福。」

「娘親，妳這說的什麼話。」張氏笑道。「小閒可是太子妃的義妹。」

背靠鄭國公府，又有太子妃撐腰，在京城橫著走都可以了，哪能說「出身不好」？

老夫人怔了一下，道：「可不是。」又對陳氏道：「妳以前不是想跟皇室搭上邊嗎？現在如了願，可一定要好好對待這孩子。」

三郎有個太子連襟，可比娶丹陽公主更好啊！皇室無親情，怎及得上周氏與柳氏的姊妹情誼？

老夫人的意思，陳氏一下子懂了。話雖然這樣說，可想到小閒的過往，心裡總是堵得慌，不平衡啊，若是丫鬟能這樣飛上枝頭變鳳凰，她們這些根正苗紅的貴女，還怎麼活？

聽話聽音，陳老夫人認可了她，不枉她來這一趟，小閒心裡一顆石頭落了地。見陳氏神色猶豫，為避免尷尬，她道：「娘親，時候不早了，我們該去東宮了。」又向老夫人和張氏解釋道：「今兒應邀去東宮賞荷花。」

張氏眼睛一下子亮了，道：「不知可否帶五娘一塊兒去？」

五娘是她嫡出的女兒，原想許給葉啟，葉啟堅決不要，最後說給了秦國公的小兒子，打算年底成親，現在天天在繡房裡學做針線呢。

小閒爽快地道：「行啊，只要五娘願意去。」

張氏便叫丫鬟去傳話，讓五娘好生打扮了，一起去東宮賞花。

陳氏和陳老夫人臉色好看不少，陳老夫人向陳氏使眼色，陳氏微微頷首。

陳五娘昨兒就知道小閒今兒要過來，想起前情，心裡不舒服，乾脆裝著不知道，依舊在閨房做針線。

聽了丫鬟傳話，她覺得能去東宮見識一番也不錯，於是換了衣裳，高高興興過來了。

互相見了禮，小閒見她有幾分肖陳氏，一副剛強外露的樣子，總算有點明白葉啟為什麼不喜歡她了。陳氏的強勢，在京中勛貴圈是出了名的。

陳五娘也打量小閒，見她溫溫柔柔的，長得又好看，便笑道：「嫂嫂好一個可人兒，不要說三表哥，就是我瞧了，也動心呢。」

這樣一個女孩子，哪個男人不動心呢？不過是她做不來這副模樣罷了。

小閒知她牙酸，這會兒三座大山壓在頭頂，自然是不能與她爭辯的，於是含羞低下頭，擺弄衣帶。

「妳這孩子，」張氏訓道。「怎麼能這樣口沒遮攔？要到了東宮，見了太子妃，也這樣亂說話，我可真不放心妳去了。」

太子妃當姑娘時，陳五娘見過幾次。她在張氏身邊坐了，撒著嬌道：「我好久時間沒見她了，娘親就讓我見見吧，也不知她現在變得怎麼樣了？」

小閒含笑道：「還是那樣的性子，挺著大肚子，還要辦賞花會，可見有多頑皮了。」

老夫人和張氏都笑了，陳氏指著小閒的額頭，道：「若是妳這樣，我可不依。」

氣氛一下子輕鬆起來，又說笑幾句，陳氏和小閒告辭，張氏送到垂花門，又細細叮囑陳五娘一番，看著她們上了馬車，才進去。

東宮在皇宮東北方，地方挺大，由幾個宮殿組成，只住了太子夫妻倆。

寒碧苑位於東宮西面，裡面種著各種樹木，又有一個極大的池子，種了滿滿一池子荷花，此時正是開花的時節，放眼望去，綠葉中朵朵荷花亭亭玉立，又養眼又清涼。

池子旁的涼亭裡已坐了幾個貴女，太子妃挺著七個月大的肚子坐在主位，得報小閒婆媳過來，著人快請，道：「就說我行動不便，讓她們自己過來吧。」

麗蓉郡主站起來，道：「我替嫂嫂迎一迎。」說著走了出去。

陳氏見來迎的居然是麗蓉，頗為意外，深深看了小閒一眼，道：「妳也來啦？」

麗蓉到現在還沒訂親，說到底，也是高不成低不就的緣故。她曾笑說，天底下只有一個葉三郎，除了他，嫁與不嫁，都無所謂了。

小閒笑著行禮，道：「參見郡主。」

「怎麼跟我這樣生分。」麗蓉拉了小閒便走，對陳氏再沒有以前的親熱。陳氏被晾在當地，不禁有些不習慣。

陳五娘納罕。「她可真行啊，連麗蓉郡主都收服了。」

一踏進寒碧苑，滿眼青翠，涼爽撲面而來，小閒和麗蓉邊走邊說話，倒沒注意太子妃氣度雍容地高坐主位，陳氏的目光卻鎖在太子妃身上，心裡說不清是什麼滋味。

兩人先向太子妃行了禮。今兒來的都不是外人，有太子妃的親妹周十一娘，小姑子丹陽公主、丹鳳公主兩姊妹，於是再向兩位公主行禮。

陳氏發現在座的都是年輕女孩子，只有她年齡最大，又是上一輩人，不由有些不自在，又想太子妃既然知道她要來，卻不請幾位妃嬪與她作伴，太不通人情世故。心裡這樣想著，面上還沒露出來，太子妃已笑道：「葉夫人賞光，是本宮的榮幸，本宮特地親自去請皇后娘娘和貴妃娘娘，兩位娘娘都說不得空，只好去請家母。因家中有點事，要晚點才能過來。」

皇后一向不怎麼與外界接觸，翁貴妃想必不想見陳氏，所以推了。

陳氏聽說樂氏要來，勉強笑了笑，沒說話。

「家母與夫人自小一塊兒長大，原是極要好的，就算有些小小誤會，揭開就好。」太子妃說著，向小閒招招手，小閒走過去扶起她，她便一手扶著肚子，一邊走來，到陳氏身邊停下，低聲道：「兩家既已成了親家，還是和睦親近，小閒才自在些。」

陳氏轉頭去看小閒，這丫頭何德何能，能得太子妃這樣的人物真誠相待？為了她在盧國公府不受婆婆磋磨，居然不惜先行破冰？

小閒也道：「就是，原也沒什麼大事，有什麼解不開的呢？」說著，還狗腿地道：「娘親，妳說呢？」

她還能怎麼說？若是堅持不跟樂氏和好，傳出去豈不成了小雞肚腸的人？

「那邊景色不錯，臣妾過去瞧瞧，待親家母來了，再一塊兒吃茶。」陳氏笑得和氣。

太子妃喚過一個宮人，道：「好生侍候葉夫人。」

陳氏走後，大家都活躍起來。丹陽先過來拉著小閒細細看了，道：「難怪三郎會喜歡妳，長得真好看。」

其實她才是真的生得好，小閒被她讚得不好意思，道：「公主說笑了。」

「真的呀，她們跟我說妳把三郎迷得神魂顛倒，我還不信，現在一看，要是我，也會著迷的。」丹陽公主的話引得在座幾人都笑了起來。

太子妃解釋道：「妳這嬌嬌怯怯的樣子，可不是最得男人的意嗎？」

是嗎？小閒低頭瞧瞧自己，道：「我身體挺好的。」不過是骨架小了些，個子又高䠷，所以看起來便成了這副樣子，其實她一點也不瘦。

一句話又引得一屋子的人笑，這次，連侍候的宮人都抿了嘴偷笑。

麗蓉道：「妳想說什麼呀？」

小閒被問住了。她想說什麼？不就是字面上的意思嗎？

丹陽又親熱地挽了她的胳膊，道：「前些天看了妳寫的一幅字，我臨摹了幾天，總是不得要領，妳能跟我說說嗎？」

她的字？小閒完全不知情，不由轉頭去看太子妃。

太子妃笑道：「丹陽在我這裡瞧見的。」

那是她寫給太子妃的信吧？好在沒說什麼話，不過是因傳話不方便又容易走樣，所以寫了信，就是問她可有什麼想吃的，小閒尋摸了好送來，又說新得了幾疋蟬翼紗，可要送兩疋過來？

丹陽從荷包裡取出一張紙，可不就是她寫給太子妃的信？

丹鳳一把搶過去看了，道：「真是好字。」又指責丹陽道：「姊姊有這麼好的字，怎麼不讓我也臨摹臨摹？」

丹陽一指小閒，道：「正主兒在這兒，妳要多少沒有啊。」

文房四寶立刻擺上來，小閒被按在几案上寫字，四周圍了幾個貴女。

樂氏來時，見了這幅情景，詫異地道：「這是賞花會還是書畫會？」

丹陽笑道：「夫人快找葉夫人玩去，別打擾我們。」

樂氏是太子妃生母，丹陽雖然貴為公主，這麼說也太過了。丹鳳便道：「姊姊性子耿直，夫人切勿見怪。」

樂氏連稱不敢。

周十一娘一直沒能與小閒說上話，不由發急道：「派人去取就是了，平日練字的紙總有幾張吧，何必現在寫？」

其實丹陽公主有些不相信這是小閒寫的字，非要小閒當場指教，也有考量的意思。小閒不在乎，太子妃卻未必瞧不出，所以並沒有阻止。

她讓樂氏坐了，又讓宮人去請陳氏，特地安排了另一座水閣讓兩人安靜敘話。

陳氏卻才得知小閒識字，還寫得一手好字，不由愕然地問樂氏。「她是妳義女還是親女？」

樂氏哈哈大笑，道：「她父親可是大名鼎鼎的柳慎，她也是官宦人家出身，說起來，還是我占了便宜。」

說起這件事，她就感激葉啟。若不是葉啟，她少了個知冷知暖的女兒，八娘也不能成為太子妃，未來的皇后，這一切，全是葉啟的功勞。因此她常對兒女們說，要知恩圖報，要像對待親骨肉一樣對待小閒，要不然，太子妃又怎麼會在陳氏面前抬舉小閒？就算葉啟是太子身邊得用之人，也不至於把小閒當成親姊妹般走動。

陳氏低著頭慢慢吃茶，半天後，道：「妳的女兒都嫁得不錯，我的女兒還沒著落呢。」

這是開出條件嗎？樂氏笑道：「妳是當娘的，怎麼不問問四娘屬意誰，或是屬意什麼樣的人家，我們也好就著她屬意的去找。日子到底還是兒女們自己過，總得他們滿意才行。」

一言提醒了陳氏，想著葉啟拚死拚活就為娶小閒，不由苦笑道：「妳倒開明。」

樂氏哈哈大笑，道：「我從不做吃力不討好的事。我們費盡心思想著為她好，若是她不中意，還會怨我們害她。這種事，我是不做的。」

是嗎？陳氏不禁茫然，想到若是葉啟娶了丹陽，以她刁蠻的性子，葉啟又是個不肯吃虧的，搞不好還真會吵鬧起來。

她默默想了半天，風景也沒心情看，只是自問：難道真的錯了？心裡又不願認輸，正不再理會，外面傳來嘰嘰喳喳的說笑聲。

欣賞完小閒的書法，周十一娘緊緊把住小閒的手臂，道：「我們賞荷花去。」

丹陽公主不依道：「本來就是為賞荷花來的，怎麼就妳們兩個去？」

要賞荷，最好莫過於泛舟池上，於是幾人把太子妃丟到一邊，說說笑笑往池邊來。

那池子好大，說是池，不如說是湖更貼切些，只是四周用漢白玉砌了，把一池子水圈起來，又整潔又好看。池的西北角建了一個小碼頭，繫著幾條小船，已有船娘在那兒候著了。

陳氏和樂氏閒坐說話的所在，剛好把整個池子盡收眼底，又在去小碼頭的必經之路，聽見女孩子們說說笑笑而來，不由對望一眼，都從對方眼裡看到笑意。

她們正是春光正好的時候，自己像她們這般年紀，何曾不是想玩就玩，想吃就吃呢……

# 第八十四章

小閒和周十一娘把臂而行，猛抬頭，瞧見前面亭臺上竹簾內兩個熟悉的身影。

原來她們在這裡說話。不知陳氏會開出什麼條件？小閒暗忖，腳步慢了下來。

周十一娘正說得興起，道：「……我在半道上把他丟下，自己回來了。回到家，生怕娘親生氣，只好裝病……」

樂氏為她安排了一次相親，對方是定遠侯家的三兒子，是一個武夫，長得雄糾糾氣昂昂，周十一娘一見便倒了胃口，連敷衍都免了，說好了去證果寺，半道上，她讓車夫直接回府。

「喔，那義母有沒有責罰妳？」小閒收回心神，走快一步，保持和周十一娘並肩。

周十一娘癟癟嘴，道：「有啊，娘親把我罵了一頓，說我再不願意，也得回府著媒人說去，這麼落人面子太過分了，罰我禁足三天。」

禁足三天還委屈，此舉可把定遠侯得罪得死死的，如今鄭國公府氣勢如虹，就算得罪了人家，稍微彌補，人家也不敢說什麼。要不然，定遠侯怎麼肯善罷干休？

前面，丹陽公主不知跟麗蓉說句什麼，兩人都笑起來，麗蓉回頭道：「妳們倒是快點啊。」

丹陽公主一直豎著耳朵聽小閒和周十一娘說話，這時撇了撇嘴，伸手拉了小閒一下，道：「妳們姊妹倆可真要好。」

比她和丹鳳要好多了，最近母妃要為她說親，這事她可一點也不敢跟丹鳳說。

小閒朝她笑了笑，道：「恭喜公主，賀喜公主。」

丹陽臉紅了一紅，道：「恭喜我什麼？」

小閒道：「聽說新駙馬是新科狀元？少年才俊，人品又是極好。」狀元常有，二十一歲的狀元郎不常有，還是出身關隴世家大族，人品貴重，尚公主，真是再合適不過了。

丹陽含羞道：「瞧妳說的，不過是母妃起了個頭，八字還沒一撇呢。」

周十一娘觸景生情，嘆了口氣道：「貴妃娘娘待妳真好。」

丹陽的娘親給她說的是風流倜儻的狀元郎，自己的娘親給她挑的卻是一個武夫，同是娘親，差別怎麼這樣大呢？

丹陽不無驕傲地道：「母妃待我自是極好的。」想到母妃常感嘆若是她能生為男兒身，自己就有了依靠，不免挺了挺胸，道：「我也會待母妃好的。」

周十一娘不免黯然神傷，頓時覺得眼前再美的景致都沒興致了，緊緊把在小閒手臂上的手突然變得軟弱無力，就那樣掛在臂彎裡。小閒瞥了周十一娘一眼，安慰道：「天下好男兒甚多，只是緣分未到，若是緣分到時，自然會遇到啦。」

周十一娘垂頭喪氣道：「也不知娘親是怎麼想的，怎麼會瞧上一個武夫嘛！」

其實在本朝，武官與文官身分互相轉換，不過是皇帝一句話的事，像葉啟當千牛備身是武官，現在成了太子洗馬卻是文官，文武之間並沒有明確的界線。

小閒猜想定遠侯府的三郎君長得差強人意，才讓周十一娘如此幽怨，便自告奮勇道：「妳想嫁什麼人，說與我聽，我去勸義母，為妳擇一個中意的郎君。」

丹鳳回頭調皮地道：「是啊，總之讓妳滿意就是了。」

丹陽笑了起來。

周十一娘不依地要去打她，小閒眼角無意間瞧見麗蓉落寞的神情，心中不由一滯。她對葉啟情根深種，以致成為勛貴圈中的笑柄，如今自己與葉啟琴瑟和鳴，還須為她挑一門好親事才是。

到了小碼頭，小閒故意與麗蓉上同一條船，周十一娘跟過來，氣得丹鳳大叫。「怎麼丟下我們姊妹倆？」

船太小，只能容納幾人，前後有船娘撐篙，坐了小閒三人已沒有多餘的空地了。

周十一娘因有個當太子妃的姊姊，膽氣壯了不少，跟丹鳳開著玩笑，道：「妳們是公主嘛，我們豈不是要尊卑有別。」

丹陽搶過船娘手裡的篙，就要來打周十一娘，人還沒站穩呢，這一來便打了個趔趄，把船娘以及在池邊侍候的宮人們嚇得沒了魂。

小閒也嚇了一跳，忙道：「快別頑皮了。」

周十一娘更是嚇得白了臉，學著男子的樣子作揖道：「公主饒了小的吧！」

她的樣子把一大群人都逗笑了，道：「瞧把她嚇的，連自己是男是女都分不清了。」

在亭臺上瞧見這一幕的樂氏笑著搖頭，道：「我這小女兒啊，真是被我寵壞了。」

陳氏笑而不語，心裡不由慶幸，好在葉啟瞧上的是小閒，不是周十一娘，要不然她還真是一個頭兩個大了。

待到坐車從東宮出來，小閒臉蛋紅撲撲的，開心勁還沒過去，只是咧了嘴傻笑。

前面車上，陳氏掀了一角竹簾悄悄往後望，只看到車夫揚鞭駕車，以及低垂的氈布，她心裡無比糾結。身邊的人是什麼時候被她收買，從而一再為她說好話的呢？連太子妃都給她這麼大的臉面，特地為她舉辦了賞花會。以陳氏的老到，怎麼會瞧不出太子妃的苦心？為了捧小閒，還讓兩位公主當陪客，也真難為了她。

可是，就這樣算了，讓她如願以償？陳氏不甘心。

回到盧國公府，小閒急急下車，趕過來扶陳氏。陳氏從腳踏上下來，淡淡道：「玩了一天，回去歇著吧。」

小閒應了，道：「摘了些新鮮荷葉和荷花，待會兒著人送些過去，娘親沏了水喝吧，加些飴糖味道很好。」

陳氏嗯了一聲，當先往上房而去。

小閒望著她的背影，不知想什麼。袖袖已著人分了一筐荷葉、半筐荷花，道：「好生送到上房去。」

剪秋迎了出來，行禮道：「少夫人，郎君回來了。」

葉啟午後回來的，一直在書房，不知忙什麼。

小閒來不及換衣裳，就這樣提了裙袂小跑過去。

「瞧妳，曬成這樣。」葉啟丟下書本，張開手臂把小閒抱在懷裡，親了親她的頭髮，道：「想我了沒有？」不過出去一天，他就不放心了。

小閒笑著從他懷裡掙出來，道：「午飯吃的什麼？」

以前不覺得，現在怎麼一不在家，就會擔心他吃得不好呢？她有些不自在，想掩飾什麼似的，轉身去看几案，道：「看什麼書？」

葉啟從背後抱住她，道：「說說，今天一天都做些什麼？」

她在家，他外出忙碌，並沒覺得什麼；今兒她外出，他心裡總是空落落的，又有些不踏實，生怕有人給她臉色看，生怕她玩得不開心。

他的手強而有力，讓小閒心裡一下子踏實起來，依在他胸前，由他抱著，道：「在荷花池裡蕩了船，還摘了些荷葉、荷花。丹陽不知從哪裡聽說我做的點心美味，說過兩天要開個詩畫會，讓我備些點心。」

葉啟道：「一定是太子說的，她們沒誇妳的字寫得好？」

「怎麼沒有，我寫了兩頁字才放過我。」小閒由他抱著依著大迎枕坐了，道：「你呢？都做些什麼？」

葉啟道：「中午和大舅父一起用膳。」

小閒問：「魏國公怎麼說？」

葉啟拿小閒的手把玩，道：「不過是說得讓娘親心氣平了。」

繞來繞去的，問題還是回到原點。小閒嘆了口氣，道：「太子妃特地給我做臉，也不知會不會起反效果？她特地請我義母與娘親作伴。」

葉啟親了親小閒的手指，道：「時日還長著呢，慢慢來吧。」

就算不能成為世子，繼承盧國公府，依他的能力，也不是沒有出路。葉啟心裡有些煩躁。他什麼時候用得著這樣低聲下氣求人了？不免想丟開，愛立不立的，由著母親去。

小閒感覺到他不耐煩，想著不過是一個世子之位，還得他費心費力，不免心疼；又想因為自己的緣故，若他聽從陳氏的話，尚了公主，最不濟娶麗蓉，也就沒這些事了，心裡便有些內疚，忍不住往他懷裡靠了靠，道：「如果娘親的意思不可違逆——」

葉啟已截口道：「那我們就搬出盧國公府，另立府邸。我就不信，以我的能力，不能掙個封爵回來！我又不比我們老祖宗差。」

小閒怔怔地看他，心裡軟得一塌糊塗。

看她粉紅色的唇瓣微張，眼眸如一潭深水，滿滿的都是愛意，偏生嘴上說出來的，卻是分開的話，葉啟覺得好氣又好笑，點了點她的額頭，道：「這輩子、下輩子、下下輩子，妳都休想擺脫我。就算不當世子，我們也不分開。」

「三郎！」小閒摟緊葉啟的脖子，親了親他。

這哪裡夠，葉啟一下子噙住她的唇，好一通狂親，直親得小閒釵環散亂、氣喘吁吁，軟倒在他懷裡。

良久，風收雨歇，小閒只覺口乾舌燥，渾身乏力。

葉啟親了親她，起身倒了水，聲音嘶啞道：「喝口水吧。」

小閒張開眼，看到他光滑結實的胸膛。這貨居然身無寸縷，就這樣晃蕩著餵她喝水。小閒就著他的手喝了一口水，低聲道：「衣服。」

葉啟低頭看了看自己，曖昧地笑了笑，咬著她的耳垂道：「妳剛才叫得好大聲。」

小閒大羞，一把推開他，嗔道：「才沒有呢。」

恨不得拉過被子把頭臉蓋住。這人太過分了，哪有人這樣直白地說出來啊？

葉啟嘻嘻笑，餵小閒喝了一盞水，又倒一盞自己喝了，把她圈在懷裡，道：「可盡興？要不要再來一次？」

小閒用力推開他。

外面響起明月的聲音。「夫人請少夫人一起用晚膳，不知少夫人可得閒？」

不知明月來了多久，又聽去了多少？若是傳揚出去，自己可就沒臉見人，白晝宣淫的名聲是坐實了。小閒狠狠白了葉啟一眼。

葉啟挑了挑眉，朗聲道：「回稟夫人，少夫人中了暑，今兒恐怕不能去請安了，待大好了才陪夫人用膳吧。」

門外明月應了一聲是，然後腳步聲響起，大概離開了。

小閒打了葉啟的肩頭兩下，道：「你怎麼可以這樣？」

不知道她回去會怎麼說？陳氏以後會怎麼看她？本來就瞧不起她了，這下怕是不能挽回了。

葉啟找了中衣穿上，吩咐道：「備水。」

門外沒有丫鬟應聲。

先前，室內又傳出那種讓人聽了羞臊不已的聲音時，一眾在廊下侍候的丫鬟羞紅了臉，很有默契地避到院中樹下。

明月進門便覺得奇怪，丫鬟們都在樹下站著，卻沒一人在門口候著，若是主子要喊人怎麼辦呢？

剪秋迎了上來，卻把她引到樹下，問明她的來意，道：「姊姊還是自己去問一聲吧。」她更奇怪了，待來到書房門口，葉啟已在餵小閒喝水，還真沒什麼怪聲。得了確信，她一頭霧水地走了，還以為小閒為人寬和，馭下太鬆，以致丫鬟們都偷懶呢。

小閒見葉啟喊了兩聲，還是沒人應答，不由幸災樂禍道：「活該，瞧你亂來。」想到她們都避開了，背地裡不知怎麼笑話她，臉又紅得像大紅布。

葉啟約莫站了兩、三息，走到外間，掀起簾子，道：「人都到哪裡去了？」

小閒聽見外面腳步聲雜亂，丫鬟們好像突然從地底下冒出來似的。很快，水也備好了，點心也備齊了，水果也洗淨端上來了，一切看起來跟平時沒什麼不同。

葉啟把人遣開，抱了小閒進了浴室，那裡一個原木大浴桶，水面上撒了鮮紅的玫瑰花。

小閒懨懨地由他擺弄，由他侍候，待洗了澡，擦了水漬，重新躺回床上，才背過身去不理他。

葉啟躺在她身邊，一隻手撓著小閑的背心。

小閑起先還強自堅持不理他，後來覺得癢癢的，實在忍不住，只好翻過身來，瞪了他一眼，嘟了嘴，道：「你有完沒完？」

葉啟大笑，道：「我還以為妳睡著了呢。」

不待她說話，一把將她摟進懷裡，親了親她的脖子，在她耳邊道：「是我不對，不要生氣了。嗯？」

那顫著音的嗯讓小閒的心漏跳了一拍，想到他為了自己，寧願不要世子之位，心又軟了，依在他懷裡沒有作聲。

葉啟只是親親她，摟著她就這樣躺著，直到天色黑下來，廊下點了燈籠。紅色的燈籠在風中搖曳，那燭光照進窗櫺，有時長有時短地晃蕩。

# 第八十五章

小閒餓了，張了嘴輕輕咬了咬葉啟撫弄她唇瓣的手指。

葉啟輕笑，道：「我們吃飯吧。妳想吃什麼，讓姜嬤嬤做去。」

天氣越來越熱，小閒懶得下廚房，指點起姜嬤嬤來越發用心，姜嬤嬤做的菜越來越接近小閒的水準了。

小閒慢慢地道：「想吃水晶肘子……」

葉啟大笑，笑聲在靜夜中聽來十分愉悅，道：「敢情拿我的手當豬肘子啊。」

小閒無聲地笑了，哼了一聲，聲音中有些得意，又有些嬌憨。

葉啟便喊剪秋，道：「讓姜嬤嬤趕緊做兩隻水晶肘子來，要快。」

屋外，聽到笑聲、話聲的剪秋早紅了臉，應了一聲是，親自去了廚房。

姜嬤嬤早把菜做好等著傳膳了，突然說要加兩隻水晶肘子，不由為難道：「今兒沒這樣菜，又是這個時候，上哪兒找去？」

剪秋想著剛才屋裡的聲響，低著頭，聲音有些飄忽，道：「去看看大廚房有沒有，若是沒有，再去小廚房問問，總能找到吧？不過是兩隻肘子。」

姜嬤嬤嘆氣，只好差小丫鬟去大廚房看看，自己張羅上膳的事。

食案擺在內室，菜一道道擺上，葉啟不讓小閒動手，讓她靠自己懷裡，一樣樣餵她。

丫鬟們自然是在門外侍候的，葉啟親暱的話語時斷時續地傳出來，一個個只是想，若是自己能得這樣一個良人就好了。

姜嬤嬤在王氏的廚房裡找到一隻肘子，趕著做了送來，兩人聽說從王氏那兒得來的，都沒了胃口，一口都沒動。

啟閒軒裡旖旎一片。上房，陳氏已吃過晚飯，一個人坐著想心事。

三郎自小妖孽，三歲識字，五歲作詩，十歲已在皇帝身邊廝混，卻沒想到臨了娶了一個這樣的妻子。陳氏輕輕嘆了口氣，太子妃再抬舉她，也抹不了她丫鬟的出身，如果十郎求娶丹鳳公主，盧國公府肯定比現今更加興旺，這樣，她便能當公主的婆婆了。

可是十郎文不能誦、武不出眾，皇帝憑什麼把丹鳳尚他？只有請立他為世子，才配得上丹鳳。通常，勛貴人家不會讓世子尚公主，而是會讓嫡次子尚公主，這樣一來可以減少皇帝的忌憚，二來，是不願精心培養的嫡長子和未來的家主成為皇室的附屬。當然，凡事皆有例外，若是葉標尚了公主，肯定能讓盧國公府風生水起。

而葉啟既得皇帝寵信，又與太子交好，既是君臣，又是知交，不管是皇帝在位還是太子登基成為新帝，都會過得很好。

陳氏本來有些回轉的心思，因為自己的一廂情願又全盤推翻了。

她著人把葉德請來，把要葉標尚丹鳳的話告訴了，道：「若能如此，盧國公府豈不是成為京城第一勛貴？把魏國公府也比下去啦。」

葉德像看怪物一樣看她，道：「放著出息的兒子不立，轉而立幼子，妳當我是傻瓜啊？」

嫡長子與嫡次子自小的教育不同，嫡長子要繼承門庭，肩負整個家族興衰，自小得到精心培養。葉啟一向不用他費心，如此出息，不知有多少人羨慕他，如今倒好，不說立有出息的嫡長子，反而立平平的幼子，人家會怎麼看他？葉啟又怎麼會甘心？

陳氏道：「想到要把盧國公府交到那賤婢手裡，我到底不甘心。」

葉德怫然不悅，道：「她是妳長媳，妳別一口一個賤婢，像什麼樣子！」

陳氏默然。

夜裡，葉德在上房歇了，半夜卻被陳氏推醒，道：「我記得當初她被梅氏打了三十棍，是因為你吧？」

葉德睡得迷迷糊糊的，一時沒聽清，道：「什麼梅氏？」

梅氏死了幾年，早化成白骨了，這時候提她做什麼？

陳氏越想越覺得有理，騰地一下坐起來，道：「當年你對她做了什麼，引得梅氏要責她三十棍？要不是她命大，哪裡能挨得過來。」

若挨不過來，也就沒有現在這些事，她的三郎也能尚丹陽了。想到葉啟身著駙馬都尉的服飾，現在全成了空，她一口氣堵在胸口。若兩個兒子都尚公主，豈不是一段佳話？

葉德卻摸不著頭腦，道：「妳說什麼呀？」

連梅氏都忘了，何況當時只有十歲的小閒？梅氏暴病而亡後，小閒到上房當差，葉德就沒認出她來，可見對她沒有一絲印象。

陳氏卻越想越覺得有理，氣道：「這個狐狸精，還真把你們父子迷得神魂顛倒啊。」

「不是，妳到底說什麼呢？」葉德也跟著坐起來，一邊後悔歇在這兒，若是歇在妾侍房裡，定然一覺無夢到天明，何用半夜受折騰？

陳氏又不想細說了，強橫地道：「總而言之，你明天上摺子，請立十郎。」

葉德一下子清醒過來，氣道：「我不去。要上摺子妳上！」

說完一下子躺回匡床上，翻身背對陳氏，拉了被子蒙頭大睡。

陳氏再也睡不著，挨到天亮，馬上著人遞了帖子進宮，求見太后。

太后本不待要見，又想她是葉啟生母，皇帝對葉啟寄予厚望，總說他是太子的股肱之臣，以後要靠他幫太子治理天下，看在葉啟面子上，也不能太冷落她。想了半天，道：「讓她下午進宮吧。」

小閒聽說陳氏身著誥命服坐車出府，並沒往心裡去。晚上葉啟回來，表面上依然跟往常沒有兩樣，可小閒還是覺得他好像很不高興，一邊吩咐擺膳，一邊問他。「出什麼事了？」他年紀雖然小，經歷的事卻多，一般的事也不放在心上，更不會為了不讓她擔心而刻意隱瞞。

葉啟強笑道：「哪裡有什麼事，就是中午在東宮吃的東西不合胃口，下午又沒時間用點心，有些餓了。」

小閒不信。葉啟自小和太子混在一起，太子怎麼會不知他吃食上的喜好，東宮的廚子又怎麼會做不合他胃口的東西？

葉啟不待晚膳擺好，一撩袍袂坐到食案前，做出一副真的很餓的樣子。

小閒更不信了，待菜餚擺上來，打發丫鬟們下去，看著他道：「說吧，什麼事？」

「沒事啊。」葉啟回了一句，動筷吃飯。

小閒只好忍著，直到吃完飯，他放下筷子去了書房。

他越是不說，她越是覺得事情嚴重，沐浴後便追去書房。

葉啟聽到竹簾響，抬頭笑道：「我有事呢，妳不如和剪秋說會兒話，或者，去找九娘玩會兒？」

說到底，就是想把她支開。小閒給了他一個大大的白眼，在平日常坐的榻上坐了，往大迎枕一靠，道：「你是不是打算今晚不回房，要歇在書房了？你既然要歇在書房，我讓剪秋把換洗衣裳取來。」說著作勢站起來。

葉啟明知她裝腔作勢，就是要自己伏低做小，拙劣的要脅襯著她眉眼靈動的樣子，又讓他心動不已，他搶上一步，一把將她抱在懷裡，按回榻上。

小閒掙扎著要起身。「我找九娘玩去了。」

「九娘已經歇下啦。」葉啟笑著抱緊她，在她耳邊吹氣，道：「妳要是乖乖坐著，我就告訴妳發生什麼事。」

這還差不多。小閒馬上坐好，作乖學生狀，道：「快說。」

葉啟斂了笑容，望著窗外籠罩在夜色中的花樹，好一會兒才收回目光，輕聲道：「娘親今兒進宮了。」

「嗯？」小閒張眼看他，這才知道原來陳氏下午盛裝出府是進了宮。

葉啟瞧小閒，道：「妳知道？」

小閒搖頭。「我只知娘親出府，不知去哪兒。她進宮見了誰、做什麼？」既讓葉啟如此不開心，肯定不是好事。她換個舒服的姿勢靠在他懷裡，算是給他溫暖，以示安慰。

「她去見太后，用言語試探，暗示想請立十郎為世子。」葉啟的聲音幽幽的，又飄飄渺渺，像在雲端飄著。

陳氏阻止葉德請立葉啟為世子，以前只是在家裡說說，現在卻鬧到宮裡去；而且，請立葉標，以前不過是葉啟的猜測，這下子擺上檯面，自是不同。

葉啟得到消息，除了憤怒，還很受傷。

小閒心下一凜，回身抱住葉啟。

葉啟把頭靠在她的肩膀，輕聲道：「我就這樣惹娘親生厭嗎？」

消息將很快傳出去，那些眼紅他聖眷深厚、平時對他敢怒不敢言的人，會利用這一點攻訐他。此舉也會在皇帝心裡留下疑問，為什麼他的母親會如此選擇？是否他不堪大用，不能支應盧國公府的門庭？

默然半晌，小閒輕聲道：「大概是因為我吧。你娶了我，惹惱了娘親，她不想讓我成為盧國公夫人吧？」

先前不是說，讓葉啟在世子與小閒之間選一個嗎？敢情是看他們恩恩愛愛的，所以陳氏忍不住跳出來了。小閒的內疚可想而知。

「別亂想，與妳什麼相干？」葉啟輕輕推開她，凝視她的臉，道：「娘親一向疼愛十郎，想讓他風風光光過日子也是有的，與妳沒有關係，妳別什麼都攬到自己身上。」

「既然與我沒有關係，你為什麼不告訴我？」小閒的聲音輕輕的，帶著些擔心。這麼大的事，卻不告訴她，不是怪她又是什麼呢？

葉啟道：「傻瓜。不就是不想讓妳擔心嗎？太后明確拒絕了，說她是婦人，朝政的事不會插手，讓娘親別亂來。」

小閒想到昨兒從東宮出來時，陳氏的神色和善不少，不由推開葉啟，走到門口吩咐剪秋。「妳去打聽打聽，十郎君這兩天可有去向夫人請安，兩人說了些什麼？」

剪秋道：「這時候？」這時候上房應該關門了吧？

小閒看看灰濛濛的天空，道：「明兒一早去吧。能不能在上房安插我們的人？最好能聽到牆角的。」

這些事，以前她怎麼沒想到呢？小閒正後悔著，葉啟已道：「不用了。」

小閒回頭，他已走到門口，對剪秋道：「妳去打聽十郎這兩天和夫人說什麼就可以了。」

剪秋鬆了口氣，應了。

待兩人重回書房，葉啟才道：「安插人手的事，我來吧。」

小閒低聲道：「你不用這樣顧惜我。」

她是新媳婦，若是讓人知道她進門沒幾天，便在婆婆跟前安插了人，於婦德有虧。葉啟輕輕笑了笑，道：「我手頭的人比妳多。」

她只有袖袖和青柳，袖袖還是個半大孩子，青柳又只會武功，哪裡能騰得出什麼人手？小閒覺得自己沒用，道：「我要怎樣才能幫你？」

葉啟抱緊了她，像要把她揉進骨子裡去，悶聲道：「只要妳好好的，就是幫我了。」

小閒沒來由地眼眶一紅。他這是說，他只有她了嗎？

這一晚，兩人相擁而眠，待到天亮，葉啟去向陳氏請安前，先去了葉德那兒。

葉德還在小妾院裡，聽說葉啟找，讓他去外書房候著，梳洗了才過來。

「什麼？這娘兒們膽子真大！」

聽說此事，葉德瞬間怒了。他是說過讓她上摺子，那不是一句氣話嘛？就是看準了她不敢也沒有上摺子的資格，現在倒好，鬧得沸沸揚揚的，以後他還不得被勛貴們笑死。

葉啟道：「父親不知道嗎？」

他只想確定這是母親一人所為，還是父母協商的結果。

「當然不知道。我去找這老娘兒們！」葉德怒氣沖沖地起身，去了上房。葉啟要去上房請安，兩人便一起去了。

陳氏端坐不動，見葉德這個樣子，又是嫌棄，又是不解，道：「誰招惹你了？」

葉德在她對面的食案旁坐了，葉啟行禮後坐在下首，兩人只是看她。

「妳膽子可真大啊，敢作我的主了？要不，我跟陛下說說，把盧國公的爵位讓妳襲了算了。」葉德冷笑道。

頭上作威作福。他只是貪杯好色不著調，可不會當著全京城百姓的面，當著勛貴們的面，讓個婦人騎在

陳氏聽話音不對，把筷子拍在食案上，道：「這是怎麼說？」

葉德道：「妳自己做的事，自己知道。」

這就沒法溝通了。陳氏對他怒目而視。

葉啟淡淡道：「娘親可是跟太后稟過，要立十郎為世子，請太后在陛下跟前進言？」

陳氏一怔，道：「你怎麼知道？」連太后跟前都有他的人了，他可真能幹。

這麼說也就是承認了。葉德氣往上衝，吼道：「老子還沒死呢，妳就扶持小兒子爭上家產了？等老子死了妳再鬧不遲！」

陳氏沒想到事態如此嚴重。跟葉德認識二十多年，從沒見他臉紅脖子粗的，一下子被鎮住了，說不出話來。

「父親，」葉啟拍拍葉德的手臂，勸道：「有話好好說，若是娘親覺得兒子不配當世子，兒子搬離盧國公府也就是了。」說到後來，他語帶嗚咽，眼眶紅了。

一來，真的委屈；二來，也須做做姿態，若是母親真的鐵了心要立葉標，母子大戰隨即拉開。

陳氏看到葉啟悲痛又強忍著的神情，心裡打了個突，道：「為娘想著三郎一向能幹，十郎還小，也須有個傍身之所，所以才想立他為世子。」意思是，你怎麼著都能活得出色，不如把盧國公的爵位給你弟弟算了。

葉啟自然不能答應，這是世襲的爵位，他還想把爵位傳給兒子呢。

「娘親說得是，」他微微笑道：「十郎還小，還須歷練，家裡也還有些田租店鋪，現在也到了收租的時候，不如讓他跟掌櫃們一起下田收收租，也好過這樣不事稼穡。娘親以為呢？」

田莊上多荒涼啊，太陽毒辣辣地曬著地頭，陳氏忙道：「不成不成。」

葉啟道：「不歷練，如何支應門庭？這麼一點小事都做不好，如何管理這麼大的府邸？難道讓盧國公府敗落下去，緊巴巴過日子？」

只要不謀反，爵位總能一代代傳下去，可是只有爵位並不能供一大家子幾百人的吃穿用度，還得有賺錢的能力；能賺錢，才能活得好。就葉標這樣，把盧國公府交給他，近千人喝西北風去？

陳氏的臉色不好看起來，道：「你身為兄長，怎麼能不照看你弟弟一點？」

葉啟道：「我只是一個旁支，哪有能力照看家主？娘親真會說笑。」

襲爵的人自然是家主，也是一族的宗主，如果葉啟坐了這個位置，誰也不會懷疑他的能力，他一定會讓大家的日子越過越紅火，比現在還好；可若是葉標襲了爵，大家可沒信心。

陳氏臉色很難看，好像沒想到這個，低頭想了半天，道：「你是兄長，自然你是家主。」

葉啟不言語。

# 第八十六章

葉德從袖子裡抽出奏摺，在陳氏跟前晃了晃，道：「我現在就進宮去。」

陳氏嚇了一跳，忙道：「這事還須從長計議。」

「計議什麼！」葉德瞪了她一眼，道：「立嫡立長，有什麼好計議的？」

陳氏道：「昨兒我替十郎向太后求娶丹鳳，聽太后那語氣，似是有些意動。若是十郎尚了丹鳳，再襲爵，自能支應門庭。」

原來如此。葉啟唇邊淡淡浮起一抹冷笑，眼神銳利地看著母親，沒有出聲。

葉德道：「尚公主？妳還沒從夢裡醒來？現在應該先為四娘說一門好親，十郎還小，過幾年再說親不遲。」

葉馨已經十六歲，再也拖不起了；葉標尚了公主，葉馨斷然不能嫁進皇室，女兒心高氣傲，一般人家豈放在眼裡？

這也是為什麼之前陳氏一心要葉啟尚丹陽公主，而沒有來得及把葉馨說給太子的原因。太子，也就是當時的三皇子生母身分低微，他行事低調，不顯山不露水，成為太子的可能不大，反不及娶一位公主回來的好處多，能滿足她的虛榮心。

現在，陳氏顯然又把葉馨給忘了，道：「四娘的親事……」真是頭痛，這個時候怎麼又提四娘的親事？

葉啟已不耐煩聽下去，站了起來，道：「兒子還有事，先告退了。」也不待兩人說話，自顧自走了。

小閒帶了袖袖和青柳，提了一籃子櫻桃，向上房走來，想藉請安探探消息。

青石板鋪成的甬道上，葉啟迎面走來，小閒忙迎上去，道：「娘親可曾解釋？」

雖然葉啟沒說，小閒料他一定要討個說法。

葉啟搖搖頭，道：「我自會去跟陛下說，不予批紅。」

請立誰是當家人，也就是葉德的權利，一般奏摺遞上去，皇帝都會同意，他怎麼能讓皇帝駁回？小閒嘆了口氣，道：「行嗎？」

葉啟勾了勾唇角，淡淡道：「不試試如何能知道？」

兩人牽手回啟閒軒，袖袖迎上來道：「少夫人，周夫人來了。」

小閒去起居室，剛行了禮，樂氏聲音低沈，道：「讓丫鬟們出去吧。」

剪秋一怔，忙向袖袖招手。

屋子裡只有母女，小閒見周夫人臉色不好，忙問：「可是出了什麼事？」

周夫人道：「我聽說，陳氏昨兒進宮了？」

原來是為這事。小閒點頭，又安慰她道：「三郎會處理的，不用擔心。」

「我怎麼能不擔心？昨晚聽妳義父一說，我當場氣炸了，有她這樣的嗎？若不是妳義父和十四郎攔著，我就想馬上過來質問她一番。」

消息傳得真快呀，既然鄭國公府接到消息，想必稍有些手段的勛貴已經收到消息了。想到葉啟這會兒已經成為笑話，小閒心塞得厲害，臉上卻還得一片雲淡風輕，道：「她一向愛惜十郎，偏向他些也是有的。」

「這是偏向不偏向的事嗎？若是十郎娶親搬出盧國公府，她多貼補些銀兩田莊，我能理解，可這放著嫡長子卻要請立幼子的事，從來沒聽說過，不知道的人還以為三郎有多不孝呢！」所以才不能襲爵。

樂氏說著說著，淚就下來了。

小閒默然。外間的傳言，一向不會有好話，葉啟少年得志，不知多少人妒忌，盼著有機會踩上一腳，現在可算是給這些人機會了。

樂氏擦了一會兒淚，眼眶紅通通的，道：「我這就找她去要個說法。」

小閒拉住她的衣袖，離得近了，看到她眼底淡淡的烏青，不由內疚地道：「義母昨兒可是沒睡好？還須愛惜身體才是。」

樂氏氣道：「死不了！」

小閒抱著她的手臂，拿臉蹭了蹭，道：「義母！妳這樣生氣，白白氣壞了身子，有什麼用？三郎會阻止她。那些人說什麼打什麼緊，新鮮勁一過，也就過去了。」

現在葉啟聖眷正隆，那些人也只能耍耍嘴皮子，恐怕沒幾個真敢跳出來給葉啟找不自在。若是真有，那也根本不值一提。

樂氏拍著心口，道：「我這心裡疼得厲害。她還是魏國公府的姑娘呢，陳老夫人怎麼教出這樣一個混帳女兒？」

涉及長輩，小閒不好接話。

樂氏罵累了，怒氣稍解。小閒拿了大迎枕讓她靠著，又吩咐袖袖端了茶具來，親自煎茶。

剪秋掀簾進來，道：「魏國公府陳夫人來了，正往上房去呢。」

這是得到消息，馬上過來稟報了。

樂氏霍地站起來，道：「來得正好，我倒要問問她，難道他們魏國公府也是立幼不立長嗎？」

「義母。」小閒忙拉住她，道：「大舅母極有可能就是來問這事的，想來大舅也不願意娘親鬧出笑話。」

想到魏國公對葉啟說的，讓陳氏心氣平了，不過是站在長輩的立場，讓他們小輩伏低做小罷了，哪裡就真的支持請立葉標了呢？魏國公有八個兒子，張氏所出就有三個，要是照陳氏這麼搞下去，魏國公府豈不是亂了套？

樂氏想想也是，便又重新坐下。

小閒又讓人端了新鮮瓜果來，又讓重新上點心，只是哄樂氏，道：「只要義母不生氣，我也跟著開心。」

樂氏頗有些無奈，道：「沒見過妳這樣大大咧咧的人，難道妳就不擔心？」

哪能不擔心呢？主要是陳氏此舉，對葉啟的傷害，不知要多久才能撫平，或許永遠都無法撫平？小閒暗暗嘆息，口不對心地道：「有什麼好擔心的，不是還有三郎嗎？」

「妳這孩子，倒是個有福的。」樂氏感慨，道：「什麼事都有三郎為妳頂著。」

可是三郎卻為父母所傷，小閒心裡黯然。她也得為葉啟著想才是。

上房那邊的消息不斷傳來。張氏與陳氏在起居室裡說了半天話，不知說了什麼，然後，張氏沒有留下用午膳便走了，走時，臉上還有氣憤的神色。

這是沒有說服陳氏吧？她怎麼就鐵了心要請立葉標呢？

好不容易樂氏消了氣，小閒留她在這兒用了午膳才回去。

樂氏剛走，袖袖便來報。「太子妃遣人接少夫人進宮。」

小閒忙換了衣裳，重新梳了頭，使了人去跟陳氏說一聲，然後上車隨內侍出府。

太子妃懷孕，太子很多事沒敢告訴她，直到無意中聽兩個宮人議論，才知陳氏很離譜，生怕小閒心裡想不開，忙讓人接她過來。

行了禮，在起居室坐下吃茶，小閒嗔怪道：「姊姊不好生養胎，操那麼多心做什麼呢？」

太子妃失笑，道：「這麼說來，反而是我的不是了？」撫了撫圓鼓鼓的肚子，道：「真沒見過這樣的人，看著也是高門大戶出身，怎麼就這樣拎不清呢？」

小閒知道她指的是陳氏，沒有吱聲。

「若是家家像她一樣立幼不立長，豈不亂了套？」太子妃接著道。

消息傳出，勛貴們都震動了。葉啟如此出息能幹，生意做得好，是賺錢的行家里手還罷了，最要緊的是得了皇帝及太子青眼，可以預見，只要他成為世子，盧國公府將躋身一等勛貴圈子。大家不知道是陳氏的心思，還以為是葉德的意思，很多人都說他馬尿喝多了，人糊塗了。

小閒明白她話裡的意思，皇家也是立長立嫡的，皇后無所出，三皇子乃是長子，所以才被冊封為太子，若是皇帝動了別的念頭，首當其衝的便是太子。當然，皇帝廢立太子不容易，可太子妃自是不願見到這樣的情況發生。

「妳別生氣，我公公並不同意，完全是我婆婆自作主張。」小閒反過來安慰她，道：「陳夫人也不同意，一大早過來找我婆婆說話。」

太子妃臉色稍霽，道：「這還差不多。聽說太后把她訓了一頓。要我說，訓一頓還算輕的，就應該讓盧國公休了她才是。」

太子妃變得這樣厲害了？小閒咋舌，道：「可不敢，她出身魏國公府呢。」

小閒好一通勸解，總算說得她消了氣，又打消她喚陳氏進宮訓斥的念頭，看看天色不早，才告辭。

奉天殿裡，皇帝和葉啟說話。「……本來挺簡單的事，讓你母親這麼一攪和，真是亂成一鍋粥了。」

葉啟涎著臉笑道：「陛下英明無比，日理萬機，這麼一點小事，怎麼難得倒您老人家？您下一道恩旨，立我為盧國公世子就行了。」

皇帝哈哈大笑，指著葉啟對身旁侍立的內侍道：「這小子臉皮可真厚。」

內侍陪笑道：「陛下寬厚，葉大人才敢放肆。」

這馬屁拍的，真是恰如其分又符合事實。

皇帝笑罵道：「你跟他相處日子久了，也跟他學得一副厚臉皮了。」

內侍一副與有榮焉的模樣，道：「奴才若是能學到葉大人一丁點本事，也不枉此生了。」

這就太過了，內侍滿頭白髮，就是當葉啟的爺爺也當得。葉啟笑道：「榮公公開玩笑逗陛下開心呢，陛下再不下旨，許多人家都要亂起來了。」

陳氏開了個壞頭，不知道有多少次子蠢蠢欲動，有多少嫡長子心驚膽戰，誰也不敢說比葉啟能耐，可不是岌岌可危嗎？

皇帝笑著踹了葉啟一腳，道：「危言聳聽。」

話是這樣說，還是讓人傳葉德進宮。

葉德一向害怕見皇帝，聽說皇帝傳，暗暗叫苦，又不敢不來，磨磨蹭蹭趕到奉天殿，已是酉時初了。

「你治家不嚴啊。」皇帝對垂頭站在下首的葉德道：「朕對你很失望。」

葉德一顆心狂跳，哪裡答得出話，只是看著自己腳尖。

葉啟站在葉德身後，看得不忍心，解圍道：「陛下英明，臣母此舉，臣父並不知情。」

皇帝板著臉道：「沒你插話的地方。」

皇帝發怒，葉德更是心驚，急急道：「你別多話。」

葉啟暗暗嘆了口氣，不再言語。

皇帝道：「自己回去好好想想吧，別鬧得家宅不寧。」

葉德應了，昏頭昏腦往外走，出了宮門，想起葉啟還在奉天殿，欲請小內侍進去找，又不知找誰，只好在宮門口呆呆站著。

葉啟待葉德出去，道：「陛下敲打臣父有什麼用？」

皇帝默然不語。葉德扶不起，所以他才不肯給他實差，就這麼混了二十多年，老了，連老婆也鎮不住。

葉啟出宮，夜色中瞧見一個熟悉人影，仔細一瞧，可不就是葉德，旁邊還有一輛馬車，只好下馬走過去，道：「父親在這裡做什麼？」

葉德吁了一口氣，道：「你可出來了，走吧。」

當先上車，葉啟只好把韁繩丟給順發，跟了上去。

車子駛離御街，葉德小聲道：「你母親對你並沒有偏見，不過是想為十郎謀個出身。」

「若要為十郎謀個出身，兒子自問還能做到。」葉啟淡淡道。

最煩事情做下了，還要找冠冕堂皇的藉口；既然鬧到御前，再這樣遮掩有用嗎？

「你大舅和大舅母也不同意你母親這麼做。」葉德想了想又道：「你母親不肯聽你大舅母的勸。唉，父母愛子之心，古今皆然。」

這叫愛子之心？愛的是小兒子吧？葉啟挑起窗簾，眼望窗外不斷後退的樹木屋宇，看都沒看葉德一眼。

葉德訕訕地，道：「為父夾在中間也很難做。」

葉啟不理，車子到了垂花門，下了馬車，徑直回了啟閒軒，留下葉德一個人呆了半晌，才去上房。

小閒在啟閒軒門口相迎，道：「已傳膳了，可肚子餓？」

葉啟牽了她的手一起進去，小閒刻意溫柔，親自給他遞洗臉的帕子。

他稀罕道：「今天是什麼好日子？」又道：「妳快坐著，這些事不用妳做。」

「我從東宮回來，在甬道上遇見王姨娘了。」小閒道。

葉啟嗯了一聲，沒有說話。

小閒看他一眼，道：「好像又做了新菜式請娘親嚐。」

這次葉啟開口了，道：「娘親嚐了沒有？」

「不知道呢。我想，要不要提醒娘親，她送的吃食最好不要吃啊？」她說著，那語氣就有些憋屈。

都這樣了，還巴巴上趕著去提醒她，弄得裡外不是人，可真不是小閒的風格。可是她總覺得王氏舉止異常，或者說，覺得很怪異。說到底，陳氏還是葉啟的母親，她的婆婆，不提醒心裡上過不去，提醒了再想起她做的事，又覺得彆扭。

葉啟示意小丫鬟把銅盆端下去，道：「上次已經說過了，想必娘親心裡有了防備。」

兩人傳了膳，坐下正要吃，葉邵來了，一臉的笑，道：「來得早不如來得巧，好在我沒用膳就過來了，三嫂可是做得一手好菜的。」

做得一手好菜也不是人人有資格嚐的。葉啟有些不高興，臉上便淡淡的，道：「坐吧，不過添雙筷子。」

話雖是這樣說，到底重新擺了食案，加了幾個菜。

小閒要避開，被葉啟拉住了，道：「四弟不是外人。」

食不語，靜靜用完膳，撤了食案，煎了茶，葉邵先開口道：「今早和曲老五幾人鬥蛐蛐，他們都問，怎麼娘親要請立十郎？」

說到這裡，他有些不好意思地笑了笑，道：「我是庶子，原沒指望，三哥是響噹噹的人物，應該由三哥支應門庭才是。我被他們問住了，費盡口舌解釋，他們還是不信。」

小閒看他那樣子，好像人家說的話不堪入耳，污了他的耳朵似的。他不去問陳氏，拐彎抹角問他們，是什麼意思？

葉啟依然淡淡的，修長白皙的手研著茶，道：「流言止於智者，四弟不必太在意。」

葉邵只是笑，待茶煎好，茶香滿室，他端著茶，低低問了一句。「三哥真的不惱嗎？」

葉啟嗯了一聲，再沒第二個字。

「我為三哥感到氣憤，十郎還什麼都不懂呢。」葉邵狗腿地道。

一碗茶吃完，葉啟起身，道：「我還有事，不送。」

逐客逐得好直接，小閒差點笑出聲，好不容易才忍住。

葉邵愕然，道：「三哥……」

葉啟已經走了出去，剪秋向小閒行了一禮，緊跟著去了。

小閒笑笑道：「雖是叔嫂，到底男女大防還得守，四叔這就請吧。」

陳氏就夠讓人煩的了，他這時跳出來，小閒也就不客氣了。

葉邵沒想到小閒膽敢跟他這麼說話，啊了一聲才道：「如此，告辭。」

「三哥。」葉啟剛出門，黑暗中一個聲音叫住他，葉標走出來，道：「我不想要當世子……」

葉啟輕輕撫了撫他的肩頭。

接下來，陸陸續續地有親戚內宅婦人過來，說是拜訪，東拉西扯的，最後話題總會轉到請立世子這件事上。肖氏三妯娌也來過兩次，好像為站隊苦惱，含含糊糊的，坐了一會兒就走。小閒不以為意，要站在他們這邊還是陳氏那邊，隨她們的便，她們又不能拍板，糾結什麼呢？

陳氏卻真真正正感受到壓力。娘家魏國公府先是張氏出面，和她詳談了一次，大意是闡述立幼不立長的害處，從三皇五帝開始說起，直說到本朝，舉例三皇子就是占了長，所以才被冊封為太子，國家國家，國與家都是一樣的等等。

接著，姻親們也聞風而動，大多好奇她為什麼放著出色的長子不立，偏要立平平無奇尚且年幼的幼子，是不是長子有什麼見不得光的事，所以被奪了繼承人的資格？這時候，她再想說其實是為小兒子著想，人家是斷然不信的。

一個家族，再沒有比傳承更重要的事了，放著優秀的長子不立，偏要立幼子，偏生幼子還沒什麼顯跡，要真沒隱密，說出去誰信啊？

# 第八十七章

這天傍晚，小閒得報柳慎來了，不由吃了一驚，忙迎出來，道：「父親怎麼來了？」

柳洵回鄉參加院試，家裡只有柳慎一人，想到這些天沒有回家陪伴父親，小閒心裡有愧，請他到起居室用茶，道：「父親一切安好？」

柳慎臉色凝重，坐下後低沈著嗓子道：「我聽外間都在說，三郎不孝，辜負了陛下恩寵，現在連親生母親都鬧著不立他為世子，可有此事？」

父親到底知道了。他所處的位置低了些，直到此時才知道，想必這個消息讓他坐立不安，所以才急急趕來。

小閒嘆了口氣，道：「不是的，不過是外人胡亂猜測罷了。」

不知道這話是誰傳出去的，或者是那些妒忌葉啟的人藉機踩他？她把事情經過大致說了。

柳慎沈默良久，道：「我就說這門親事不合適，高門大戶的，哪有那麼容易進？」

現在到底給三郎招來災禍了。因為娶了個母親不中意的媳婦，被母親嫌棄，傳出去，還是女兒婦德有虧。柳慎後悔地道：「當初我就該極力反對才是。」

還說當初呢，當初被葉啟收買的，一聽說他來就眉開眼笑。小閒腹誹著，安慰道：「現在說這些於事無補，父親切勿自責。三郎倒不太擔心這件事，婆婆不過是一時糊塗罷了，再說，陛下也不會同意。」

柳慎嘆氣道：「請立哪個兒子，是盧國公自己的事，陛下哪會干涉。」

小閒道：「父親總該相信三郎有辦法，事在人為嘛。」

若是真的立了葉標，葉啟不孝的名聲豈不是坐實了？柳慎想著葉啟不會放任不管，可也沒聽說他阻止，不由發急道：「他倒是把事情壓下去呀。」

啟閒軒裡，小閒父女敘談，上房裡，陳氏請葉德過來一起吃飯，飯沒有吃完，葉德便醉倒了，陳氏把自己寫的奏摺換了葉德袖裡的奏摺。

小閒為了安慰葉啟受傷的心，夜裡不免順著他些，醒來時，已是日上三竿，陽光灑進屋裡。身邊空蕩蕩的，葉啟已梳洗好去了東宮。

袖袖聽到聲響，趕著進來侍候，道：「三郎君吩咐別打擾少夫人。」

小閒想起恩愛時，他在耳邊呢喃的那些話，臉似紅霞，過了好一會兒才道：「國公爺可在府裡？」

葉德昨天說過，今天要進宮遞請立的摺子。

「沒有，國公爺一早進宮去了。」袖袖回道。

小閒嗯了一聲，又問：「夫人在做什麼？」

袖袖道：「夫人回魏國公府了。」

梳洗吃了早飯，小閒一個人坐在起居室裡發呆，外面一片聲音道：「見過周夫人。」

小閒一怔，道：「義母來了？」

樂氏沒有下帖子，沒有通報，闖了進來。小閒見她臉色煞白，眼眶發紅，嚇了一跳，忙站起來道：「義母來了？快快請坐，這是發生什麼事了？」

她讓袖袖備了茶點、鮮果、茶具上來。

「夠了！」樂氏一聲吼，把屋裡屋外的人都震住了。

小閒茫然道：「義母……」

鄭國公府出什麼事了？她真的沒有收到一點風聲啊。

「妳們都下去！」樂氏厲聲道。

丫鬟們不敢多話，一個個低頭垂目退得遠遠的。

小閒上去扶她，道：「義母有話慢慢說，我們先坐下，坐下說啊。」

樂氏長嘆一聲，由小閒扶著，在矮榻上坐了，道：「傻丫頭，妳可知道，今天盧國公進宮了？」

小閒道：「知道啊，他要進宮遞摺子。」

樂氏一字一頓道：「是，他請立十郎為世子。」

「啊?!」小閒傻眼了，下意識道：「不會吧？」

「什麼不會！宮裡宮外都傳遍了，陛下接了摺子，立即召三郎進宮。」

小閒腦子有些亂，道：「他不是一向主張立三郎的嗎？」怎麼臨時變卦？

樂氏嘆了口氣，道：「白紙黑字，簪花小楷上寫的是請立十郎葉標，哪裡有三郎什麼事？」

連用簪花小楷的字體都清清楚楚，想必無假了。小閒定了定神，派人去宮門口等消息，想到葉啟即將面對的難堪質疑，心中一酸。

葉啟手裡捧著父親遞上去的奏章，看著裡面熟悉的字體，心頭如被石擊。

這是母親的字。寫字的這雙手，是他小時候握著他的小手，一筆一畫教他寫自己名字的那雙手。

可是現在這雙手，卻要把他推入深淵。

葉德和葉啟並排站著，宿醉已醒，臉色蒼白，口中喃喃道：「不是我寫的……」

夜裡他宿在上房，早上被陳氏喚醒，道：「你不是說今天要進宮嗎？快起來梳洗更衣。」

他以為陳氏想通了，馬上起身。沒想到皇帝看了奏摺，訝然問他，為何要立幼子不立長子，他才知道奏章上寫的是「請立十郎葉標」，而不是「請立三郎葉啟」。

可是奏章已在皇帝手中，過了皇帝的龍目，再也無法更改了。

想到陳氏偷換奏摺，害得自己在皇帝面前出醜，他心中的怒火就熊熊燃燒起來。回去不休了她，他就不是盧國公！

「三郎，可看清楚了？」皇帝的聲音聽不出喜怒，偶爾掃向葉德的目光卻飽含怒意。這個糊塗蟲，難道就不能靠譜一點嗎？

葉啟把奏章合上，呈了上去，道：「是。」

「你父親說，這摺子不是他寫的，你有什麼看法？」皇帝道。

葉啟心中了然，唇邊閃過一絲笑意，聲音聽不出與往常有何不同，道：「回陛下的話，確實不是臣父的字體，倒像極了臣母平素所寫的字，或者是臣母寫著玩也未可知。」

「喔——」皇帝拖長音調，道：「既是你母親在家裡寫著玩的，那發回去，讓你父親重新寫了呈上來。盧國公，你可聽清了？」

葉德忙道：「是是是，臣領旨。」

皇帝便斥道：「拿婦人練筆的字進宮糊弄朕，難道朕是昏君嗎？再有下次，一定奪了你的爵位，削職為民。可聽清楚了？」

葉德嚇了一跳，忙道：「是，臣聽清楚了，臣該死，再也不敢有絲毫褻瀆皇恩了。」

「下去吧。」皇帝大袖一揮，像趕蒼蠅似的道。

葉德忙道：「臣告退。」

走出奉天殿，風一吹，只覺後背涼颼颼的，卻是汗濕重衣。

「這個敗家娘兒們，」他咬牙切齒道。「看老子怎麼收拾她。」

奉天殿裡，一時寂靜，葉啟默默站著。皇帝低頭批了幾份奏章，突然抬頭向葉啟瞪眼，道：「傻了嗎？還不過來陪朕說說話。」

屋角侍候的內侍心下一凜。都說葉三郎聖眷深重，果然半點不假，不僅為他找藉口駁回盧國公的請立摺子，還威脅盧國公，再敢請立幼子便讓他當老百姓，又心疼葉啟驟逢此事，心情不好，說話開解他。這樣的聖眷，就是太子也沒有呢。

葉啟應了一聲，走上前，在皇帝龍案三步外停下。

皇帝指指自己肩膀，道：「別閒著，幫朕按一按。」

「陛下案牘勞累，不如學一套八段錦，也好強身健體。」葉啟邊給他按摩邊道。

話題由此展開，一老一小說起怎麼保健。

小閒在啟閒軒等得心焦。

留樂氏用了午膳，菜餚擺了滿滿一食案，可兩人都沒有胃口，不過就著清淡的動了幾筷，也就擱下了。

太子妃打發人來問到底怎麼回事，魏國公府、文信侯府、安國公府、梁國公府等有來往的勛貴也都打發人來問怎麼回事。

陳氏倒好，躲去魏國公府了，倒是小閒這個受害者，不得不出來見這些勛貴派來的嬤嬤，再三道：「待國公爺回來，問明情況，再派人過去分說明白。」

也就是說她也不清楚怎麼回事，除了文信侯府，別的勛貴的嬤嬤們神色便有些輕慢。

樂氏眼見陳氏造的孽，倒讓小閒面對別人的質疑，心口堵著一口氣，無處發洩，不管不顧地登車去了魏國公府，找陳老夫人狠狠告了一狀。

小閒著人送秦國公府的嬤嬤出府，回來才知樂氏不告而別，數落剪秋道：「怎麼不稟報我？」

剪秋苦笑道：「周夫人怒氣沖沖，誰敢攔她？」

葉啟回來時，已未時末。

小閒見他神色溫和，眉眼帶笑，狐疑地上前摸他的額頭，著手處並不燙，更擔心了，道：「事情我都知道了，你不用裝作若無其事的樣子。」

葉啟噗哧一笑，道：「妳是不是以為我會哭哭啼啼？」遣了屋裡的丫鬟，把皇帝的話照原樣複述一遍，然後道：「難道妳沒聽說父親回府了？」

葉德早就回來了，只是小閒懶得去理他，連遣人去問一聲也沒有。

小閒不好說不想理葉德，道：「各府都遣人來問，我哪有時間去理會父親什麼時候回府？」

陳老夫人得信兒，氣得倒仰，把陳氏好一通訓。「妳真是糊塗！不要說十郎不能支應門庭，就是十郎比三郎能幹，也不能改立十郎。妳這樣讓盧國公府如何在勛貴圈立足？以後誰又會與盧國公府來往？」

立嫡立長是祖訓，也是各家既得利益者約定俗成的做法，陳氏這樣做，無異於破了例，一個壞了規矩的人，是無法在圈子裡立足的。

再說，葉啟也不是易相與的人，陳氏如此做，他自然不敢對陳氏如何，可是葉標呢？陳氏能護得了他一世嗎？怕只怕，請立不成，仇卻結下了。

陳氏聽母親分析完利害關係，不由呆了。一母同胞的親兄弟，葉啟不會下得了手吧？

張氏在婆婆跟前盡孝，聽了半天，實在忍不住，插話道：「周夫人剛走，為的就是這事，娘親在她跟前好生下不來臺。」

「啊！」陳氏懵了。

陳老夫人斥道：「生了妳這樣的不孝女，害得為母這半截入土的人在一個小輩面前受辱，真是不如不生。」

陳氏羞愧不已，雖在魏國公府歇下，到底睡不安穩，一會兒想著要和樂氏好好理論，一會兒想著怎麼保護葉標，各種念頭層出不窮。

天明，頂著兩個黑眼圈，辭別陳老夫人和張氏，坐了車回府。

葉德再次一早進宮，在宮門外遇到嚴春芳，嚴春芳打趣道：「國公爺可看好了，確定沒有拿錯奏摺嗎？」

一句話把候著上朝的眾多官員們逗笑了，葉德又羞又急又氣，拉著嚴春芳的袖子低聲道：「閣老並不是喜歡開玩笑的人，何苦打趣我。」

嚴春芳笑而不語。

眾多官員看葉德，就像看一頭呆鵝。

今兒葉啟沒有去東宮，一早起來，便和小閒調笑。

小閒到底沈不住氣，著人去打聽，說是國公爺五更天便進宮了。

辰時末，小丫鬟一陣亂跑，道：「三郎君，聖旨到，國公爺陪著宣旨的公公來了。」

葉啟與小閒對視一眼，整了整衣冠，一起向外走去。

葉德滿臉陪笑，陪著榮公公在中堂說話，香案已擺好。

一見葉啟與小閒進來，榮公公忙丟下葉德，迎了上來，含笑道：「聖旨到，三郎、柳氏接旨。」

聖旨由嚴春芳擬就，皇帝當堂用璽，行文通俗易懂，並不晦澀，不過是把葉啟夫婦誇了一通，然後說准葉德所請，立葉啟為世子，封柳氏為世子夫人。

也就是說，小閒有了誥命夫人的封號。

兩人謝恩，接過榮公公手裡的聖旨，分賓主坐下說話。

小閒不經意間側過頭，發現陳氏站在中堂門口發呆。

葉啟順著小閒的目光望去，眼神不由一冷，隨即恢復原狀，卻沒站起來迎過去。

陳氏一路上還在想，得催葉德把奏摺再遞上去，得再進一趟宮，太后、皇后、翁貴妃那兒，得掰開了揉碎了好好說一說，再次提出要尚丹鳳。葉標成為駙馬，又有來自後宮的壓力，皇帝斷然沒有再維護葉啟的道理。

只有這樣，葉標才不致遭了葉啟的毒手，可是她的馬車一進府，才知聖旨來了。

陳氏望向葉德的目光銳利如刀。都是這殺千刀的殺才，怎麼就不能堅持一下，就說本意是請立幼子又怎麼了？

榮公公馬上藉口要回宮覆命告辭了。

葉啟和小閒行禮後，把几案上的黃色卷軸遞給陳氏，道：「父親請立世子，陛下准了。」

陳氏接過，雙眼死死瞪在葉啟的名字上。那兩個字，像從聖旨裡鑽出來，纏住她的脖子，讓她連呼吸都不順暢了。

葉德送了榮公公回來，想起昨天皇帝的斥責、今早嚴春芳的嘲笑，怒火騰地往上冒，拉下臉道：「妳回來幹什麼？」不是回娘家嗎？那就在娘家住個夠好了。

陳氏手裡的聖旨一下子摔到葉德臉上，葉德一時沒防備，也沒想到她會出手，竟然沒避開。聖旨打在他臉上，掉落在地，他的鼻梁正中一條紅印觸目驚心。

「妳這個瘋婆子，我跟妳拚了！」葉德本就積了一肚子氣，再被陳氏當著兒媳婦的面動手，面子裡子丟得精光，作為一個男人，如何忍得？

陳氏料定葉德沒這個膽子，昂了頭站著沒動。

葉德撲上去掐住她的脖子，葉啟稍一定神，忙去扳父親的手指，道：「父親快快鬆手，有話好好說！」

二十多年來被這個女人所欺壓的一幕幕在腦中呼嘯而過，葉德只想把她掐死，先出了胸中這口惡氣再說。

陳氏已經兩眼翻白，若是葉德再不鬆手，就來不及了。

葉啟情急之下，握緊了葉德的手腕，葉德感覺到手腕劇痛，不由慢慢鬆開了掐陳氏脖子的手指。

陳氏呼吸困難，心裡只是想：我要死了……陡然間呼吸順暢，不由大力呼了幾口氣，再一想到葉德凶惡的模樣，腿一軟，再也站不住了。

眼看她就要摔倒在地，小閒搶上一步扶住，扶著她慢慢在榻上坐了，道：「娘親先歇會兒。」又喊袖袖。「還不打水來服侍夫人洗臉？」

中堂這一幕發生得實在太快，廊下侍候的下人們都驚呆了，竟沒有一人搶進來，待小閒出聲，一個個還沒回魂。

葉德喘了幾口粗氣，指著氣息奄奄的陳氏道：「我要休了這個潑婦！」

「父親休要亂說。」葉啟道。「兒子新得一幅畫，我們到書房鑑賞去。」

葉德哪有心情賞什麼畫，卻抵不過葉啟力大，被拉著腳不點地走了。

一盞茶後，陳氏才哇一聲哭了出來。

小閒接過袖袖遞來的帕子為她拭臉，見她脖子上一道指印明顯的紫瘀，又讓袖袖去取雪肌膏，為她敷上。

陳氏哭了一會兒，淚眼朦朧地看著小閒道：「他這麼狠心……」

那是真的要掐死她啊！要不是她，他哪來的銀錢天天鬼混？現在可好，他吃著她的，用著她的，卻要掐死她。

想到傷心處，陳氏哭得淒慘。

小閒輕拍陳氏的後背，低聲哄著她，道：「父親不過一時失手，娘親萬萬不可當真，夫妻沒有隔夜仇，有什麼事說開了就好。」

這話，連她自己都不信，葉德那猙獰樣子，是一時失手嗎？

# 第八十八章

陳氏一直哭，就在小閒把能想到的勸慰話都說了，搜索枯腸實在想不出新的詞時，她霍地推開小閒，頭也不回地走了。

避在迴廊轉角柱處的明月等人忙跟上，只剩小閒站著發呆。

袖袖走近前，道：「世子夫人，奴婢侍候妳更衣。」

小閒低頭，新上身的衣衫上眼淚鼻涕濕了一大片。

說了半天話，實在口渴得厲害，小閒苦笑道：「先倒碗水來給我喝。」

連著喝了兩碗水，感覺好些，小閒帶了丫鬟們回啟閒軒。

換了衣衫坐下，袖袖湊過來道：「世子夫人，我們什麼時候搬去吟竹軒？奴婢這就著人去打掃，可要添置什麼物事？開了單子好讓他們採買去。」

整個啟閒軒都沸騰起來。世子名分總算定下來了，跟著世子，走到哪兒都是高人一等啊。

「搬去吟竹軒的事，待世子回來，與世子商量了再決定吧。」小閒慢慢道。「去打聽一下，世子什麼時候回來，好準備午膳。」

話音未落，外面一片聲音道：「給世子請安。」

葉啟走了進來。他面如白玉，身如青松，步伐穩健，一步步走到小閒身邊，含笑道：

「我臉上長了花嗎？妳就這樣看不夠？」

小閒笑啐了一口，道：「可安撫了父親？」

葉啟道：「勸父親去外面走一走，估摸著又去蒔花館了。」

只要把兩人分開就好，小閒鬆了口氣，道：「父親可是受了刺激？要不然為什麼非要掐死陳氏？想起他剛才的樣子，小閒就有些害怕，拉著葉啟的衣袖道：「你以後不會這樣對我吧？」

葉啟笑道：「妳說什麼呢！」把她抱進懷裡，在她耳邊道：「我愛妳還愛不夠，怎麼捨得對妳下如此重手？」

小閒想想也是，道：「就信你這一回。」

葉啟親了親她的臉頰，道：「當初，是祖父非要為父親求娶娘親的。兩人成親後，府裡的中饋就交由娘親主持。娘親能幹，原先有些落敗的盧國公府日子一天比一天好起來，在京中的名聲也一天天響亮起來，天長日久的，娘親不免驕橫。父親忍氣吞聲日久，這口氣一直沒機會出。」

可見人得有發洩的管道。小閒後怕地道：「不知娘親心裡會不會有陰影？」

葉啟搖搖頭，道：「娘親與妳不同，她可不是什麼弱女子。」

好吧，她是弱女子。小閒不在這個問題上與葉啟爭論，轉而與他談論起搬到吟竹軒的事。葉啟讓人取了黃曆過來，挑了半個月後的黃道吉日搬過去。

兩人吃過飯，小閒打發人去跟柳慎說一聲，又換了衣衫，打算去一趟鄭國公府，卻報周夫人來了。

周夫人滿面的笑，道：「可見陛下英明，先前我還擔心呢。」

因皇帝明顯的偏袒，葉德成了笑話，大家都說他吃酒吃糊塗了，連奏章上的名字都寫錯，不如早點把爵位傳給葉啟，反而沒人說葉啟的不是。

葉啟不受人詬病，又順利成了世子，樂氏高興得什麼似的，出門來盧國公府之前就發了帖子，定了後天在園子裡唱一天戲，約了貴婦們好好樂一樂。

小閒把著她的手臂往起居室走，道：「我還想著去瞧瞧義母，把這個好消息跟義母說一聲呢。」

這件事，可把她折騰得夠嗆，害得她擔了老大的心事。

樂氏笑道：「我一個時辰前得了信兒，說是聖旨已下，當即就要過來，沒想到安國公夫人先一步到了，和我說了半天話。」

華氏？她不來盧國公府與自己親近，跑去鄭國公府幹什麼呢？小閒想了想，才明白她又要表親近，又擔心陳氏拿小閒撒氣，她若在場於小閒面子上不好看，不僅不能表示兩府非同一般的關係，反而會讓小閒記恨她。

難怪安國公府一直是勛貴中的一等一人家，瞧華氏這為人處事，真是滴水不漏。小閒心裡感慨，臉上便顯露出來。

樂氏笑道：「想明白了吧？所以說，不要小看請立世子這件事。三郎再能幹，若是沒了襲爵的資格，前途也會艱難很多。」

沒有爵位，就不是勛貴，不能在貴族圈子裡混，只能靠自己的能力、皇帝的提攜、太子的交情，到底只是一個權臣罷了。

小閒想通此節，對樂氏更是感激，握著她的手道：「多謝義母一直為我們周旋。」為了她，樂氏可是豁出去找陳老夫人理論一番。魏國公手握重兵，等閒人哪裡敢去沾惹陳老夫人？

樂氏笑道：「傻孩子。三郎既讓妳拜我為義母，我們兩家便如一家，妳嫁入盧國公府，我與陳氏便是姻親，我自是當妳如親生女兒一般看待，以後你我兩家相互守望也就是了。」可不正是如此。小閒連連點頭，道：「女兒一定好好孝敬義母義父。」

樂氏摸了摸她的頭髮，笑了，兩人在起居室裡吃茶說話，葉歡來了，歡歡喜喜地道：「我來給三哥、嫂嫂賀喜。」

從袖子裡取出兩塊手帕，道：「我自己繡的，嫂嫂別嫌手工粗糙。」

小閒心裡暖暖的，接過帕子，珍而重之地讓袖袖收好，道：「做繡活傷眼睛，以後還是少做些。」

待葉歡走後，樂氏便問：「這孩子多大了？可說親了沒有？」

小閒失笑，葉歡今年才十一歲呢，上面葉馨、葉芸都沒說人家，哪裡輪得到她？

樂氏道：「我瞧著這孩子不錯，不如說給十八郎吧？」

周十八郎是樂氏的小兒子，今年十三歲，與葉歡倒是年齡相當。

樂氏越想越覺不錯，道：「妳婆婆呢？我這就找她說去。」

這麼急，連媒人都省了嗎？小閒笑得不行，道：「妳悠著點。」

正要把公婆兩人打了起來，陳氏心情不好的話告訴她，剪秋慌慌張張跑進來，道：「不好了，夫人與國公爺又打起來啦！」

小閒的安慰，陳氏一句也沒聽進去，心裡只是怨氣沖天，想著自己委委屈屈嫁了這麼個窩囊廢，辛辛苦苦打理一切，把家無餘財的盧國公府打理得好生興旺，生的兒子又能幹又有本事，盧國公府有今天，全是自己的功勞，臨了，這老貨還想掐死自己。

她剛嫁過來時，為省幾個錢，小衣褻褲全得自己動手做，每個月只靠爵位的俸祿過日子。她拿嫁妝出來，問娘家要最能幹的掌櫃，一步一步把盧國公府支撐到現在，如今卻要掐死她?!

當時，怎麼就鬼迷了心竅，非要嫁給這個混蛋呢？

明月來報葉啟回了啟閒軒，葉德換了衣裳上車出門，她就讓門子守著，若是葉德回來，快來稟報一聲。

葉德本來是要去蒔花館的，半道上不知哪根弦抽了，心想，自己是一家之主，為什麼要怕那個女人？為什麼要躲出去呢？於是吩咐回府，他要休了那個女人。

沒想到一到上房，陳氏像個瘋婆子似的，手持一根棍子，不要命地撲上來，他頭上身上落了好幾棍。

奪過陳氏手裡的棍子，他惡狠狠地盯著她道：「老子今天要不休了妳，老子就不是盧國公！」

休了她?!陳氏驚得呆了，這話會出現在這個窩囊廢嘴裡？

欒氏不便窺人隱私，告辭回府了。小閒帶了青柳和袖袖趕到時，陳氏與葉德正對峙，丫鬟們都躲得遠遠的，生怕聽到一點不該聽的，會招來殺身之禍。

「父親、娘親，你們這是……」小閒佯裝不知，上前扶陳氏。「娘親快坐下歇歇。」

陳氏已換了衣裳，應該是重新梳了頭的，可是現在鬢釵橫亂，脖子上的紫痕掩在像雞窩似的亂髮之下，時隱時現。

她一把推開小閒，小閒沒防備，被推得趔趄，青柳忙扶住，攔在小閒身前。

小閒轉向葉德，勸道：「父親有話慢慢說，一家人，哪裡有說不清楚的？」

葉德看都不看小閒，一字一頓道：「我要休了這個瘋婆子。」

他當著兒媳婦的面說這話！陳氏猶如晴天霹靂，比葉德掐她脖子更讓她吃驚，驚恐地瞪著葉德，竟是一個字也說不出來。

這就沒法勸了，小閒忙喊人。「袖袖，快著人去請世子。」

葉啟去東宮了。袖袖二話不說，飛奔去前院找人。她可聽到了，國公爺要休掉夫人，這也太嚇人了！

小閒再次上前扶陳氏，道：「待三郎回來，讓三郎和父親好好談談。」

在這個一向自己瞧不上眼的兒媳婦面前，真是丟臉丟到家了，陳氏嘆了口氣，由小閒攙扶著坐下，那淚再也止不住。

小閒拿了帕子給她拭淚，道：「父親也請坐下，待三郎回來，自會給你們開解。」

葉德不聲不響地在榻上坐了，吩咐取酒來，自斟自飲。

時間慢慢過去，起居室裡靜得落針可聞，直到外面一迭連聲喊：「世子回來了！」

葉啟邁著穩健的步伐進來，像往常一樣行禮。「見過父親、娘親。」

葉德仰脖就著壺嘴飲了一口酒，道：「我要休了這婆娘。」

葉啟一怔，小廝飛馬來報世子夫人讓他速速回府，門子又說世子夫人在上房，請他過去，沒想到父親開口便是這麼嚴重的事。

葉德又說了一遍。

小閒望向陳氏，見她再沒有以前的精明厲害，低了頭不知想什麼，神色悲愴。

葉啟也望向陳氏，但很快收回目光，對上葉德那雙痛苦的眼睛，道：「父親有話，和兒子到書房說吧。」

「好。」葉德爽快地站起來，搭了葉啟的肩頭，兩人並肩而去。

小閒去扶陳氏，道：「媳婦服侍娘親梳洗。」

陳氏站了起來，走向臥室。

待陳氏重新梳洗換了衣裳，小閒吩咐備下瓜果點心，又取了茶具煎茶，擺出一副長談的樣子。

屋中只有婆媳兩人。

陳氏突然向小閒嘲諷般笑了笑，道：「我一輩子要強，沒想到嫁了這麼一個人渣，一步錯步步錯。到如今，這人渣還要休了我？哼，要休，也是我休了他。我要和離！」

小閒哭笑不得道：「娘親說哪裡話，妳與父親相濡以沫二十多年，夫妻情分深重，哪裡就到這一步了呢？父親說的不過是氣話，娘親萬萬不可當真。」

「不，」陳氏眼睛直直望著前面的空地，語氣堅定地道：「我要和離，我要回娘家。」這麼大年紀了還和離？小閒輕輕搖她，道：「娘親切不可如此想，和離這種事，怕是魏國公府也無法接受吧？」

陳氏兩眼放光道：「我有的是銀錢，大不了買座宅子，自己過日子。」

「越說越不像話了。」小閒好氣又好笑道：「三郎與我如何能讓娘親別處另居？」傳出去成什麼樣子？

陳氏卻越想越覺得這主意好，雙掌一擊，道：「就是這個主意。」大聲喊明月。「去請魏國公過來一趟，再讓幾個掌櫃的過來。」

她倒要瞧瞧，若沒有她，那人渣還有銀子眠花宿柳嗎？

明月答應一聲要去，小閒忙叫住她。「妳也是聰明人，不說大事化小，還盼著把事情弄大不成？」

外書房，紫砂提梁壺咕嚕咕嚕地響，對面的葉德卻在無聲落淚。

葉啟無語。堂堂男人，再御妻無術，也不用長達二十多年受老婆的氣到這種程度吧？起碼掙個分庭抗禮啊。

一個是父親，一個是母親，他真的不知說什麼好了。

天色慢慢暗了下來，門外，青松小心翼翼地請示要不要進來掌燈。

葉德換了條帕子拭淚，兩隻眼睛腫得跟核桃似的。

青松垂頭放好燭臺，又飛快出去，順手把門帶上。

小半個時辰後，剪秋在門外道：「世子，世子夫人問可要傳膳食？」

葉啟朗聲道：「好。」

很快，膳食擺了上來。

葉德的眼睛一下子被食案上的瓷白酒壺吸引住了，定定看了一會兒，道：「怎麼還有酒？」

剪秋已退到門口，聞言回身行禮道：「世子夫人說，國公爺日常喜歡吃兩盞，特地備了最好的瓊漿酒。只是這酒易醉，還請國公爺少吃一些。」

葉德苦笑著對葉啟道：「柳氏可真善解人意，你挑人的眼光比為父好太多了。」

如果當年他堅持就好了，沒地娶個母老虎放在家裡作威作福。

葉啟給他倒酒，道：「父親只看到娘親性子要強，事事拿主意，卻沒看到娘親這些年為了這個家日夜操勞。娘親自是有做得不對的地方，難道父親就沒一點責任嗎？」

葉德大聲道：「我有什麼責任？」

葉啟給自己倒酒，道：「若是父親支應起門庭，用得著娘親一個女子拋頭露面嗎？」

葉德沒想到兒子沒站在他這一邊，怔了怔，道：「那婆娘給我機會嗎？」

你是一家之主啊，怎麼要別人給你機會？葉啟慢慢挾了一筷子菜吃了，道：「父親有何打算？」

不會真的要休了母親吧？就算是真的，他也斷然不容許此事發生。

葉德發洩完了，也找兒子訴說過了，心情反而平定下來，道：「總之，不許她再管我，動不動就不許我支銀子，讓我顏面盡失。」

再沒提要休妻了。葉啟微微一笑，道：「入股商隊的分紅下個月就能到手了，以後不要再去帳上支銀子了，明兒我送五千兩銀票過來，父親不要跟娘親鬧啦。」

葉德盤算著，有了五千兩銀子，可以置個別院，買兩個美人兒。蒔花館的清倌人黛兒就不錯，把她贖出來，好生侍候他。正想到開心處，就聽葉啟道：「父親拿這五千兩置些田地，也好應付日常開支。」

不是每個月給他五千兩嗎？商隊的分紅，還得還周信的本錢呢。這麼說，還是竹籃打水一場空啊……葉德的笑容僵在臉上。

葉啟回到啟閒軒，小閒剛從上房回來不久，兩人見了面，同時道：「怎麼樣了？」

小閒道：「可算把娘親安撫下來了，她說要和離，還要讓大舅父過來主持公道，又要置宅子獨居，我勸了半天呢。」

葉啟笑著抱抱她，道：「我就知道我的小閒最會安撫人了。妳是怎麼跟她說的？」

小閒白了他一眼，拉了他坐下，靠在他懷裡，道：「我跟娘親說，若是這樣，十郎要說門好親就難了，她馬上改主意啦。」

# 第八十九章

接下來的日子，小閒忙著支使僕婦打掃吟竹軒，又仔仔細細把那裡看了再看，越看越愛。這個院子，位於盧國公府東邊，層層疊疊各種各樣的竹子，曲徑通幽，安詳寧靜。這麼熱的天，走在竹林中，陰涼清爽，可真是太適合夏天居住了。

小閒一天中倒有大半時間待在吟竹軒，對別的事便不太上心，直到陳氏著人來喚她過去，她才知道秀王妃來訪。

秀王妃言笑晏晏，小閒剛要行禮，她已扶住，道：「快過來這邊坐。」緊緊牽了小閒的手，讓小閒坐在她身邊。

陳氏臉色很不好看，道：「王妃說妳為麗蓉郡主做冰人，可有這回事？」

自家小姑子成了老姑娘，不說把那什麼鎮國公世子整成妹夫，有好處緊著別人，這是她的兒媳婦嗎？

葉啟偶遇鎮守西北來京公幹的鎮國公世子羅宣文，覺得這人不錯，起了為麗蓉郡主牽線的想法，小閒只不過遞了個話。

小閒陪著小心道：「王妃可著人打探羅世子的情況？他為人如何？才情品性如何？」

作媒這種事，若是說個好人家，嫁過去夫妻恩愛、公婆疼愛、妯娌和睦還好，但凡有一點不合意，那是要受男女雙方埋怨的。

秀王妃輕拍小閒的手，笑道：「妳可真有心。我們家王爺親自著人打探過了，鎮國公對陛下忠心耿耿，乃是世代忠臣良將。鎮國公世子少年英才，是乃父的左臂右膀，為人謙和，馭下又嚴。」

無論家世還是才貌，秀王夫婦都是極滿意的。小閒不停點頭，道：「不知王爺可曾見過羅世子？」

不管是明著見面還是暗中偷窺，總得見上一見吧？

秀王妃輕笑出聲，道：「見過了。果然一表人才，生得極好。」

陳氏再也繃不住，瞬間臉黑如鍋底。這麼十全十美的女婿上哪兒找去？兒子媳婦偏硬生生推向別人家。

秀王妃看都沒看陳氏一眼，只是緊緊拉著小閒的手，道：「我跟王爺說，多虧了妳，要不然三郎也不會想著我們家麗蓉。」

小閒道：「三郎只是隨便說說，若是兩家覺得好，不如另請德高望重的勛貴作媒。三郎和我都還年輕，怕是壓不住場面。」

小閒擔心，秀王妃走後，陳氏會剝了她的皮，還是低調點好。

秀王妃呵呵地笑，道：「妳還年輕，面子嫩，我和王爺商量了，想請妳婆婆保這個媒呢。至於鎮國公世子那邊，還請三郎去說一聲，讓他請了媒人過來提親吧。」

陳氏果斷道：「我最近身子不大好，天氣又熱，怕是力不從心。不如請了樂氏，她有的是閒工夫。」

樂氏不是最喜歡摻和人家的親事嗎？就讓她摻和個夠吧。

小閒不知羅宣文那邊打聽後怎麼樣，道：「還是看羅世子怎麼說吧？他畢竟是男方呢，應該主動些。」可別秀王夫婦滿意了，人家羅世子看不中麗蓉，到時候鬧了個大紅臉，她和葉啟裡外不是人。

秀王妃連連點頭，道：「是這個理。」

再三地請葉啟忙中抽閒，去問一問羅宣文的意思。

她一告辭，還沒走到垂花門，陳氏便冷笑道：「我倒不知四娘怎麼得罪你們。」

小閒上前虛扶她，道：「外頭日頭毒，我們回屋裡說去。」

陳氏甩開她的手，自顧自走了。

小閒跟在後面，回到上房的起居室，在下首坐了。看著陳氏烏雲密布的臉，把丫鬟們打發出去，道：「三郎的意思，鎮國公世子看著是不錯，不過鎮國公永駐西北，鎮國公世子是要襲爵的，嫁了他，就得跟去西北。那地方冬天寒冷不說，還荒涼得很，春天又滿天揚沙，怕四娘待不慣，又擔心娘親捨不得四娘去那麼遠的地方受苦。」

小閒一頭說，陳氏的臉色一頭緩和，待說後，她語氣和緩很多，道：「為何不先來問為娘的意思？」

或者她看在鎮國公世子特別優秀的分上，同意這門親事了呢。

小閒苦笑，道：「娘親與父親嘔氣……」

陳氏明白了，道：「妳這孩子也真是的，我再瞧不慣那老貨，難道會連親生女兒的婚事都不放在心上？」

這麼多天了，陳氏與葉德還是各過各的，老死不相往來，只可憐葉德最疼愛的小妾吳氏成了替罪羊，被陳氏找藉口發賣出去。

小閒誠懇地道：「娘親自然是愛惜四娘的，只是事關四娘一輩子，容不得半點大意。娘親在氣頭上，未免有失偏頗，這也是人之常情。事關四娘的終身，由不得三郎與我不小心。」

她清澈的眸子流露出的是對葉馨滿滿的關心，陳氏心裡一軟，嘆了口氣，道：「說來說去，都是那老貨耽誤了四娘。」

小閒好生無語。

陳氏想了半天，道：「三郎回來，妳讓他到我這裡來，我得好好跟他說道說道，把四娘的親事放在心上。那老貨我是指望不上了，現在只能指望三郎了。」

待葉啟回來，得了信兒，換了衣裳來到上房，耐著性子聽母親訓了一通，然後收到命令。「給四娘說一門好親事。」

夜裡，兩人恩愛一番後偎在一起，葉啟學著母親的語氣說出這句時，小閒笑得不行，道：「你打算上哪兒找一個家世人品長相皆上乘的男子回來交差？」

葉啟耳中聽著軟軟糯糯的輕笑，眼前是粉膩雪白一片，不由一雙手亂揉，道：「我明天上街敲鑼去。」

小閒好不容易捉住他作怪的大手，喘著氣道：「義母前幾天過來，遇到九娘，相中了她，想為十八弟定下這門親事。十四哥可說親了沒有？我恍惚聽說，義母相中誰家姑娘來著？」

周川天天跟葉啟混一塊兒，她反而不擔心他的親事。

葉啟笑道：「周十四沒瞧中，黃了。」

柳洵中了秀才，從並州回到京城。小閒回娘家，柳慎說起柳洵的親事。「說的是伍家的姑娘，為父親自相看過，端方賢良，很是不錯。」

小閒細問，卻是被太子嫌棄的伍氏。葉啟聽說，笑得不行，道：「若是伍氏得知曾與太子妃之位擦肩而過，不知有多難過。」

這話小閒不愛聽，給了葉啟一個大大的白眼，道：「她想當太子妃也得品貌才情過得去才行，就她那樣子配我哥，我還覺得委屈呢。」

大舅哥不覺得委屈，妳委屈啥呀？葉啟腹誹，看小閒惱了，不敢再說，用別的話岔開。

「大舅兄可打算明年下場？為什麼不考了鄉試再回京？」

這麼巴巴地回來，明年想考舉人，豈不是得再跑一趟？

小閒道：「說是過幾年再考。」

三年一試，錯過明年，就要再等四年了，怕是到時候孩子都會走了。

葉啟便不言語了。

七月半過後，天氣一天天涼爽，轉眼過了中秋。

麗蓉的親事定下來了，婚期定在明年二月，陳氏接到消息，整個人都不好了，把葉啟叫過去，好生訓了一頓。

鎮國公世子她見過了，人長得魁梧，舉止又有禮，確實當得起「長得極好」四個字，難怪秀王妃最近總是笑得合不攏嘴。怎麼自己婚事上輸了她，到兒女這一代，還是輸了她呢？陳氏想想就來氣。

這氣，只好撒在葉啟身上了。

小閒看葉啟挨訓，心疼得不行，試探道：「那鎮國公世子再好，也離得遠，有些不知根底，不如為四娘說一門知根知底的親事。」

陳氏兩眼放光，直勾勾看著小閒，道：「妳有什麼好人選？」

葉啟向小閒使眼色，意思讓她別多話。母親有遷怒的毛病，若是四娘嫁過去順遂還好，若是稍有不順，她這做兒媳婦的定然招母親記恨。

小閒明白葉啟的意思，不敢再說，只道：「我想著，京城勛貴多如狗，我們家在京城也是開府百餘年的人家，難道就找不出一個好的來？」

葉啟的眼色陳氏瞧見了，氣得拿帕子擲他，道：「我肚子裡爬出來的兒子向著別人，可教我怎麼活？」

葉啟道：「娘親，這事得慢慢尋訪，哪裡能說有就有了呢？」

陳氏一口唾沫啐到葉啟臉上，道：「為娘跟你說了有兩、三個月，你怎麼不尋訪？」

一句話沒說完，小閒臉上變色，彎了腰猛嘔起來，嘔了半天，哪裡吐得出什麼東西，氣得陳氏道：「我不過說了三郎幾句，妳就裝這個樣子給我看。」想到丈夫成陌路，兒女不省心，不禁悲從中來。

小閒翻江倒海一通折騰，好不容易停了乾嘔，對葉啟道：「快著人去請薄太醫。」

葉啟一怔。

小閒催道：「快去。」又在他耳邊說了一句話。

葉啟大喜，先抱她在榻上坐了，再喊剪秋。「拿了我的名帖遣順發去請薄太醫，要快。」

陳氏氣得捶几案，道：「這個家沒有我們母女立足之地，我們搬出去就是了。」

「娘親！」葉啟無奈道：「妳就快要抱大胖孫子了，再急著搬出去，也等抱了孫子再說啊。」

陳氏一時反應不過來，道：「什麼？」

葉啟眉開眼笑道：「小閒的癸水有兩個月沒來了，或者懷上了也說不定。」

說話間，小閒又乾嘔起來。

陳氏望向小閒的目光複雜極了，道：「這就懷上了？」她可真好命，進門不過幾個月，就有孕了嗎？

葉啟不滿地道：「娘親，妳說什麼呢！」

從薄太醫嘴裡證實小閒有孕，葉啟只是看著小閒傻笑。

小閒看他那個呆樣，也抿了嘴笑，道：「快抬軟轎來，扶我回吟竹軒去。」

「喔喔。」葉啟應著，卻一彎腰，抱起小閒就走。

「三郎，」小閒道。「放我下來。」

葉啟手臂穩穩抱著小閒，氣不喘臉不紅，笑得眼睛沒了縫，柔聲道：「我抱妳回去。」

小閒哭笑不得，道：「我想嘔吐。」

自從薄太醫診脈之後，她只嘔了一次。

「嘔我身上好了。」葉啟理所當然道。

從上房到吟竹軒著實不近，葉啟就這樣抱著小閒走回去。

葉德、葉標、葉歡等人得信兒，都過來探望，一通熱鬧後，葉啟吩咐闔府有賞，府裡一片歡騰。

柳慎接到消息，高興得直搓手，看看天色已晚，這會兒過來不方便，左等不到天亮，右等不到天亮，在屋裡繞了一夜圈圈。

樂氏就乾脆多了，接到信兒，換了衣裳坐了車即刻過來。

照例，先來見陳氏，進屋一見陳氏一副古怪的神情，很不高興地道：「怎麼，小閒有孕，妳不高興嗎？」

怎麼著也是盧國公府嫡出的長孫或是長孫女，即將榮升祖母的陳氏，無論如何不該是這副表情，換了正常點的人，早就高興得不知東南西北了。

陳氏道：「高興啊，怎麼不高興？只是我總覺得，怎麼就要當祖母了呢，我看著有那麼老嗎？」

樂氏氣結。妳老不老的，盧國公都不看妳一眼好不好？真是話不投機半句多，樂氏略坐了坐，到吟竹軒這邊。

小閒要起身給她行禮，被她攔住了，對剛行完禮的葉啟道：「小閒是頭胎，可要小心小心再小心，你們年輕，總有個忍不住的時候，可不能亂來。」

小閒和葉啟面面相覷。

樂氏嘆了口氣，道：「三郎，你去書房，我有話跟小閒說。」

葉啟千伶百俐的一個人，此時卻像腦子短了路，傻傻道：「妳們說妳們的，我就在這裡坐，不插話。」一刻也不願離開小閒。

樂氏笑了，道：「我有些話叮囑小閒，不方便爺們聽呢。」

小閒也道：「義母說完，就去請你，不過是幾句話的工夫。」

「喔。」葉啟站起來，道：「那我到外面候著。」

院子裡風吹竹動，發出沙沙聲，離得又遠，她們說什麼，他總聽不見了吧？

小閒嫁了這麼一個好夫婿，樂氏心裡又是歡喜又是感慨，忍著笑，道：「那你去外面站一會兒，待我們說完話，再請你進來。」

「嗯。」葉啟慢慢走出去，就這麼幾步路，回頭三、四次。

屋裡的丫鬟們都笑了，低著頭魚貫出了起居室。

樂氏跟小閒說了有身孕該注意的事，末了，拉著小閒的手，道：「妳這還有好幾個月呢，這些日子，三郎一個人，總有個忍不住的時候，你們少年夫妻，又在恩愛上頭，若是萬一忍不住，傷及胎兒，可就後悔莫及了。」

小閒真的不認為懷了孕就不能同房，只要注意體位就行了嘛，只是這個實在說不出口，便唯唯諾諾應著。

樂氏見小閒態度良好，更是放心，道：「我平時冷眼看著，三郎身邊的丫鬟還算識大體，不如妳挑兩個給他，或是做通房丫頭，或是扶了妾侍，總好過外面買的……」

讓她跟別的女人分享自己的老公？小閒整個人都不好了，只覺得噁心，便乾嘔起來。

葉啟人在院子裡，心在屋裡，兩人說的什麼聲音太小聽不見，可小閒乾嘔的聲音卻是聽得清清楚楚。他顧不得別的，馬上竄了進來，一把將小閒摟進懷裡，輕拍她的後背。

小閒斷斷續續道：「我、沒事……」

樂氏見葉啟對小閒著急上心，不禁想起周八娘診出喜脈，她過府探望，可是連太子的影子都沒見到，只有幾個老成宮人侍候。太子到底是皇室中人，帝國未來的繼承者，天家親情淡薄，卻是無可奈何了。

小閒乾嘔了一會兒，又喝了幾口溫水，壓住胃裡的翻江倒海，依在葉啟懷裡只是喘氣。

樂氏又說了一會兒話，道：「天色不早，我也該回去了，過兩天再來看妳。」起身告辭了。

因不滿三個月，除了娘家，並沒有再告訴別家。

歇下時，葉啟把耳朵湊到小閒肚子上，自顧自跟肚子裡的孩子說話。「寶寶，我是你爹，你以後要乖乖聽你娘的話……」

小閒笑得不行，道：「他還小呢，哪裡懂得這些。」

葉啟嚴肅地道：「就是他不懂，我才要教他啊，我是他爹！」

小閒只好由他胡鬧。

待得並肩躺下，小閒聞著他的氣息，說起樂氏讓她為他收房，然後仰了臉看他，也有試一試他的意思。

葉啟果斷拒絕道：「不用。妳本來有了身子，再弄些亂七八糟的人放在屋裡，豈不是壞了心情？」

小閒輕聲笑，道：「只是怕壞了我的心情？若是人妥當，我又不壞了心情，是不是可以？照這麼說，不如我給你納兩房妾侍，只要人長得好又老實，問題應該不大。」

葉啟一下坐了起來，小閒本來枕在他臂上，他這一起來，把她也帶得坐起來。

「怎麼了？」小閒眨著大眼睛看他。

葉啟瞪圓了眼，道：「妳這麼說，讓我很傷心。」就這樣不待見他，非得把他往別的女人身上推嗎？

小閒咬著唇道：「我不是為你好嘛？」

「我不要。有妳在我身邊足夠了，妳如今有了身子，還須些知根知底的人服侍。待妳生產了，我原來幾個丫鬟年齡也大了，到時再為她們挑人品性情好的嫁了就是。」

世子身邊的大丫鬟要放出去，府裡不知多少人上躥下跳要娶到手呢。

小閒見他說得認真，心裡再無懷疑，不禁捧了他的臉，狠狠親了一口，道：「好，這件事，交給我吧。」

府裡幾百人，她就不信挑不出幾個好的，至於做什麼差事有什麼相干呢，她自可抬舉他們，只要人好，彼此兩情相悅就行。

# 第九十章

天剛矇矇亮，柳慎來了。

葉啟得報岳父來了，吩咐請柳慎到起居室用茶，自己起身梳洗。互相見禮後，葉啟把診出喜脈的事說了。

柳慎撫著長鬚只是傻笑，直到小閒起身梳洗了過來。

「可害喜？」柳慎仔細打量小閒的臉色，怎麼好像瘦了？

小閒道：「有一點，不太嚴重。」

柳慎嘆道：「妳母親有妳時，害喜害得厲害，吃什麼吐什麼，妳出生時像隻貓兒似的，只有四斤二兩。」

提起母親，小閒臉色黯然。雖說她是穿越過來的，對原主的母親沒有感情，可每當有人提起母親這兩個字，她便想到自己的父母。若是他們知道她嫁得好，又有了孩子，不知有多歡喜？

葉啟見小閒臉有悲戚之色，忙開解道：「想來各人體質不同。」

柳慎道：「正是。」

送走柳慎，葉啟不顧小閒反對，把她抱回臥室，道：「天氣一天天冷了，妳就不要到處亂跑。」

太子妃得信，雖沒親自過來，卻遣了老成的宮人過來，教了她好些保胎的竅門。

小閒早晚害喜，其他時間倒還好，也吃得下。姜嬤嬤使出渾身解數做了好吃的送來，趙嬤嬤每天也往這裡送吃食，她做的菜小閒本就愛吃，這麼一來，一天吃了不下六、七頓。

「再這樣，我可就胖得像豬了。」小閒笑對葉啟道。

葉啟點頭。「胖一點好，胖了孩子才健康。」

不過一個月，她就胖了一大圈好不好？再這樣下去，可真不得了。

就在小閒認真思考怎麼合理安排飲食時，太子妃生了，生了一個三公斤重的女嬰，這是皇帝的嫡長孫女。

小閒安心在家養胎，過了開頭三個月，想著每天早晚散步走動，第一場雪卻下來了。

懷抱暖爐，坐在窗前看外面飄飄揚揚的大雪，小閒的心情好得不得了。

樂氏來了，道：「可別著了涼。」

地龍燒得旺旺的呢，哪裡就著涼了？小閒笑道：「這麼冷的天，義母怎麼過來了？」

樂氏笑道：「丫鬟沒稟報妳嗎？我剛從妳婆婆那裡來。」

剛才有人來報樂氏去了上房，小閒想著義母一定會過來，因此沒有著人去打聽她冒雪來做什麼。反正她來了，問她就是。

現在樂氏主動提起，小閒配合地道：「可是有什麼事？」

樂氏笑道：「妳十四哥的親事定下來了，十一娘的親事也議得差不多了。我想著，順帶把妳十八弟的親事也定下來。」又解釋道：「眼看著要過年啦，也好走動。」姻親送的年節禮跟別家不同。

小閒問：「義母親自為十八郎求娶九娘？」

葉馨、葉芸的親事還沒著落，越過他們求娶葉歡，陳氏豈不氣死？

樂氏點頭道：「正是。」

小閒好奇。「我婆婆答應了沒有？」

就算葉芸是庶出，又一向沒有存在感，可葉馨卻是嫡長女，怎麼能不為她著想呢？

樂氏笑呵呵道：「妳婆婆說，要問九娘的意思。我估摸著，是要讓兩人見一面，眼看著就過年了，見面機會有得是。」

一家有女百家求，陳氏倒沒有生氣，只是葉歡過來時，不免多看她幾眼，越看越滿意，女兒越長越漂亮，很有幾分自己年輕時的風采。

葉歡被母親看得納悶，道：「娘親看我做什麼？可是我臉上有花嗎？」

說著噗哧笑出聲，心想，每次盯著嫂嫂看，她總會這麼說。她喊了跟的小丫鬟過來。「去吟竹軒跟世子夫人說一聲，我晚上過去吃飯。」

小丫鬟應了自去。

陳氏道：「雪這麼大，妳就不要亂跑了，要是不小心跌一跤怎麼辦？」

地上積雪有半尺厚呢，也就上房和主子們住的院子著人清掃，從上房到吟竹軒，有甬道小徑，又有山又有湖，一時之間，哪能清掃得了？

葉歡笑道：「沒事，我小心些就是了。」

到了晚上，雪小些了，葉啟過來請安後匆匆回吟竹軒，問了小閒的飲食，道：「這兩天不要外出，待天氣好，雪清掃乾淨再去散步。妳若不放心，就在屋裡走走也是一樣。」

小閒應了，道：「聽說竹子上落了雪，煞是好看，我都沒敢去瞧。」現在一切以孩子為重，可不敢大意。

葉啟把小閒擁進懷裡，親了親她的額頭，道：「真是懂事。我擔了半天心，就怕妳孩子氣發作，非要去賞雪。」

吟竹軒還是賞雪的好地方，半上午開始下雪，他就擔心，特地差小廝過來說一聲。

小閒道：「我是那起拎不清的人嗎？」

葉啟陪笑哄道：「我的好小閒自然是極聰明的，要不我怎麼會娶進門呢？」

「少來。」小閒推開他撫摸自己腰背的大手，道：「我只不過想著，雪年年有，今年賞不成，明年再賞也就是了。」

葉啟拿了她的手放在嘴邊親，含糊不清道：「是是是，我的小閒最聰明了。」

兩人打鬧著，外間有人急急走動，接著，剪秋在門外道：「世子、世子夫人，明珠來報夫人病了，請世子和世子夫人過去。」

病了？兩人對視一眼，葉啟叮囑小閒道：「在屋裡乖乖待著，我去看看。」

小閒也知外面還下著雪，黑漆漆一片，很多地方雪沒清掃乾淨，這麼過去，很不妥當。可是來人已經說了，請世子和世子夫人過去，難不成她不過去？若是陳氏真有什麼事，一個不孝的名聲是逃不了的。

「你先過去。多挑幾盞燈籠，我走慢些，隨後到吧。」小閒道。

葉啟把明珠叫進來問，明珠走得急了，想是跌了跤，身上又是雪又是泥，半邊臉也有泥，卻顧不得擦，行了禮道：「夫人收拾了要歇下，肚子卻突然疼起來，病情來勢洶洶，情況實是危急。」

葉啟臉一沈，道：「可有去請薄太醫？」

「已經去請了，又派人去請國公爺。」明珠說著眼眶就紅了，道：「還請世子快些過去。」

小閒忙問：「病情來勢洶洶，是怎麼個洶洶法？」

明珠的眼淚就下來了，道：「夫人……夫人，肚子疼，在床上打滾……」

葉啟和小閒臉色齊齊變了。小閒失聲道：「可是吃了什麼不乾淨的東西？」

明珠道：「就是下午吃了幾塊點心，晚上吃了趙嬤嬤做的晚膳。」

小閒的心一沈。趙嬤嬤斷然不可能對陳氏下毒。

葉啟喊了青柳和剪秋過來，好生叮囑一番，道：「走得慢沒關係，切記要保證少夫人安全。」

青柳道：「不如由奴婢揹少夫人。」

小閒忙搖手，道：「我自己走。」把自己和孩子的生命交到別人手上，哪怕這個人是她的貼身丫鬟，她也做不到。

葉啟卻點頭，道：「妳身手好，可要穩穩護住世子夫人。」

「奴婢曉得。」青柳說著，又去勸小閒。「哪怕奴婢跌一跤，也會護住世子夫人的。」

她下盤練得極穩，就是走在光滑如鏡的懸崖上，也不會掉下去。

葉啟親了親小閒的臉頰，撐了傘急步出門，丫鬟們忙打了燈籠跟上。

小閒推開青柳，剛要邁步，青柳跪在小閒面前，求道：「由奴婢揹世子夫人過去，再穩妥不過了。」

周夫人可說了，若是世子夫人有個三長兩短，她是要陪葬的，她不能讓世子夫人掉一根頭髮絲。

見她這麼有信心，又素知她的能耐，丫鬟們又一個勁兒地勸，小閒沒奈何，只好讓她揹了，讓剪秋打傘，五、六個丫鬟挑燈籠，盡可能照亮青柳面前的路。

待得一行人提心弔膽地趕到上房，陳氏面如金紙，躺在床上只有出氣沒有入氣了。

葉啟不在，一問才知快馬加鞭去請薄太醫了。

想是風雪夜，盧國公府去請的人走得慢，再一個，薄太醫的馬車也趕得慢，陳氏卻再也等不得了。

葉馨三姊妹來了，一個個默默流淚，葉歡更是撲在小閒懷裡抽泣。

葉啟回來時渾身濕透，拖著腳步踉蹌的薄太醫快步進來。

薄太醫頭髮濕了，衣服皺巴巴的，面無血色，話也說不利索了，結結巴巴道：「取溫水來我洗手……」他快凍僵了好不好。

診斷的結果，當然是中毒。待用了針，陳氏嘔吐幾次，才睜開眼睛。

上。

葉啟鬆了口氣，向薄太醫拱手，道：「得罪了。」又讓丫鬟取來葉德的乾淨衣裳請他換上。

薄太醫苦笑不已，盧國公府的小廝去請，他收拾了剛要出門，沒想到葉啟縱馬奔來，提了他的腰帶，馬鞭子一抽，馬便狂奔起來。

「天色已晚，風雪又大，還請太醫在這兒歇宿一晚。」小閒扶著剪秋的手走來，道：「若是太醫因為給娘親診病著了涼，我們怎麼過意得去？」

葉啟明白小閒的意思，一迭連聲吩咐下去，讓人備了熱水、點心，又安排了舒適的客房，由葉德陪著去歇息了。

小閒又和葉歡一起去看了趙嬤嬤。她被關在柴房，凍得直發抖，小閒讓她回房，又讓跟著的丫鬟好生服侍。

葉邵不知什麼時候在小閒身後冒出來，道：「嫂嫂為什麼要放了這個人？」

小閒回頭，見葉邵站在她身後。

「娘親自小吃趙嬤嬤做的飯菜長大，若是趙嬤嬤要下毒，何必等到這時候？」

葉邵無話。

她吩咐把上房的丫鬟叫來，道：「一個個進來，把今天發生的事細細跟我說了，若是有半句假話，馬上發賣出去。」

剪秋勸道：「明天再問吧，今兒天晚了，妳也該安歇啦。」

小閒搖搖頭，道：「我自己的身體自己知道，若是覺得累了，自會歇一會兒。」

葉啟守在陳氏榻前，聽說小閒在審問下人，安排剪秋守著陳氏，自己來廂房這邊。

在陳氏屋裡侍候的丫鬟，不約而同說起王氏下午冒雪送了點心過來，只是吃剩的點心已被王氏收走。

「夫人吃的時候，王姨娘可一起吃？」小閒問。

明月、明珠兩個在跟前侍候的細細想了，搖了搖頭。

小閒已有幾分猜測是王氏了，只是她毒殺陳氏做什麼呢？

葉啟垂下眼瞼，良久，抬眼道：「王姨娘還有一個孿生姊妹。」

「嗯？」小閒道：「不會也被父親納為妾侍，又活不了多久吧？」

葉啟點頭，道：「我是小時候聽下人們說的，好像父親母親成親不過半年，父親便納了她們姊妹倆。自我懂事，一直只有王姨娘，並沒見她的孿生姊妹。」

王氏舉止異常，他該警惕才是，卻只是起了疑心。

小閒皺眉想了想，道：「她做得太明顯了。為什麼選擇這樣一個下雪的時機？」

難道不能在宴會中下毒嗎？雖然那樣會殃及無辜……想到這裡，小閒打了個寒噤。

把王氏叫來一問，她自然是不認的，葉啟也不跟她廢話，直接把她院裡的丫鬟拘來。那些丫鬟見葉啟周身冒冷氣，不敢隱瞞，把所知道的都說了。

又照丫鬟所說，在王氏妝奩裡搜出一包粉末狀的藥，摻在飯裡讓貓吃了，兩個時辰後，貓便死了。

王氏自縊了。

葉邵悲憤欲狂，卻只是紅著眼眶抱著王氏的屍體不語。

經此一事，葉德老實多了，把屋裡的小妾都打發了，雖沒進陳氏屋裡，也沒再去外面花天酒地。

陳氏在鬼門關走了一遭，人變了不少，聽說葉啟冒雪把薄太醫擄來，及時救了她一命，對葉啟的態度好了很多，連帶著小閒也得了益。每天上午處理完府中庶務，下午過吟竹軒陪小閒，教些養胎需注意的事。

一時間，一家人倒其樂融融起來。

日子順遂，時間過得飛快，轉眼到了夏天。這一天，小閒跟往常一樣繞著竹林走動，葉啟在旁相陪，突然覺得肚子隱隱作痛，於是道：「想是要生了，快去請產婆。」

因日子就在這幾天，幾個產婆早請在府中候著，丫鬟去叫一下子便過來。

陳氏聽了，忙趕了過來。

活了兩輩子，第一次生產，小閒只覺快痛死了，不停地叫喊著。

葉啟在產房外，不停走來走去，手心全是汗。

好在小閒日日早晚步行一個時辰，雖是頭胎，倒也順利，不過半天，產房裡傳出響亮的嬰兒哭聲，產婆掀簾出來，道：「恭喜夫人、世子，世子夫人產下一位小郎君。」

頭胎得男！陳氏大喜，道：「快賞。」

葉啟邁步就要進去，被門口的剪秋攔住，道：「世子稍待，待收拾乾淨了再進來不遲。」

葉啟在門口道：「小閒，妳還好嗎？」

小閒虛弱地道：「你個混蛋，都是你害的，疼死了……」她聲音微弱，哪裡傳得出來，產房裡的人一陣笑。葉啟聽不清她說什麼，聽到笑聲，安心不少。

產婆抱了孩子出來，白白胖胖的小子，眼睛閉著，長長的睫毛微微顫動，竟是睡了。

葉啟接過孩子，胸口軟得一塌糊塗。陳氏湊上來要看一看孩子，卻見葉啟大步進了產房，不由一怔，也跟了進去，就聽葉啟大聲道：「小閒，我有兒子了，我有兒子了呢！」

他真想跟滿京城的人說，他有兒子了！

小閒微微地笑，眼角一滴淚落了下來。是的，她有兒子了！

穿到這個陌生的世界，不僅奇蹟般地活了下來，還有了相親相愛的丈夫，如今又有了兒子，那可是她與他的兒子呢……

葉啟把兒子抱到小閒跟前，讓小閒看清孩子的長相，驕傲地道：「長得像我。」

剛出世的孩子，哪裡看得出像誰？小閒心裡暖暖的，依在他身上，兩人一眨不眨地看著懷裡的孩子。

陳氏站在門口看著眼前的一幕，眼眶也濕潤了。

一片溫暖的氣氛中，一個清脆的聲音響起。「我要看！」

葉歡擠了進來，湊了過去。「好姪兒，叫姑姑！」

屋裡屋外的人都笑了。

——全書完

2016年9月出版

# 換得好賢妻

文創風 449～451

她有一個家，有一個對她很好的男人，
她不是一個人，她有家有愛。
前世她獨自一人都能打拚出一條路來，
這輩子是和家人在一起，還有什麼是戰勝不了的，
定也能經營出一份安安穩穩的幸福！

溫馨又溫柔的小確幸／**暖和**

季歌剛穿越，還沒來得及搞清狀況，就被父母匆匆忙忙地換了親。
嫁去的劉家，父母皆逝，沒有公婆持家，
原是長姊如母，如今劉家的長姊跟她家換親也嫁了人，
她這個新婦長嫂，自然得把劉家長姊的活全接手裡。
數著這一二三四……個小蘿蔔頭，望著家徒四壁的茅草屋，
嘆！真真是巧婦難為無米之炊。
但嫁都嫁了，夫婿又是個體貼、顧著她的，她咬牙也得撐起這個家，
憑著穿越前學得的廚藝，
家裡一餐餐飽了，銀子一點點攢下，小日子過得愈來愈好……
她有信心，總有一天定能發家致富！

風 文創
458

# 鴻運小廚娘 3 完

國家圖書館出版品預行編目資料

鴻運小廚娘 / 初語著. --
初版. -- 臺北市 : 狗屋, 2016.10
冊 ; 公分. --（文創風）
ISBN 978-986-328-647-9（第3冊 : 平裝）. --

857.7　　105015126

著作者　初語
編輯　張蕙芸
校對　黃薇霓　簡郁珊
發行所　狗屋出版社有限公司
地址　台北市104中山區龍江路71巷15號1樓
電話　02-2776-5889～0
發行字號　局版台業字845號
法律顧問　蕭雄淋律師
總經銷　知遠文化事業有限公司
電話　02-2664-8800
初版　2016年10月
國際書碼　ISBN-13　978-986-328-647-9

---

本著作物由作者授權出版

定價250元
狗屋劃撥帳號：19001626
網址：love.doghouse.com.tw　E-mail：love@doghouse.com.tw

版權所有・翻印必究　倘有倒裝、缺頁、污損請寄回調換